知识生产文丛

问史哪得清如许

傅国涌 著

江苏凤凰文艺出版社

图书在版编目（CIP）数据

问史哪得清如许 / 傅国涌著. — 南京：江苏凤凰文艺出版社，2016

（知识生产文丛）

ISBN 978-7-5399-9102-3

Ⅰ.①问… Ⅱ.①傅… Ⅲ.①随笔－作品集－中国－当代 Ⅳ.①I267.1

中国版本图书馆 CIP 数据核字(2016)第 057231 号

书　　　名	问史哪得清如许
著　　　者	傅国涌
责 任 编 辑	黄孝阳　汪　旭
出 版 发 行	凤凰出版传媒股份有限公司
	江苏凤凰文艺出版社
出版社地址	南京市中央路 165 号，邮编：210009
出版社网址	http://www.jswenyi.com
经　　　销	凤凰出版传媒股份有限公司
印　　　刷	江苏扬中印刷有限公司
开　　　本	880×1230 毫米　1/32
印　　　张	8.375
字　　　数	165 千字
版　　　次	2016 年 4 月第 1 版　2018 年 7 月第 3 次印刷
标 准 书 号	ISBN 978-7-5399-9102-3
定　　　价	32.00 元

（江苏文艺版图书凡印刷、装订错误可随时向承印厂调换）

目　录

第一辑

袁世凯之问：共和要几个世纪？　　3

1912年秋天，中华民国临时大总统袁世凯向身边的英文秘书顾维钧提出一个问题："中国怎样才能成为一个共和国，像中国这样的情况，实现共和意味着什么？"这一百多年来，在历史的上空，这个问号若隐若现，却从来没有消失过。

"新国民"：袁世凯称帝之时知识人的思索　　26

许多的分歧都会随着时间而过去，他们寻求一个新的现代中国或在现代文明基础上重建中国的用心则不会随风掩埋。他们都是低调理想主义者，只是属于不同的侧面，虽然很长的时间内，他们的声音都曾被高调理想主义的声音淹没。

纸上的县治理想　　56

他们不知道将来如何，但他们渴望自己的祖国变得更文明，他们是古老中国一小部分先文明起来的人。如果用成败标准去衡量，他们追求的理想迄今还停留在纸上。但当时他们确实真诚追求这一理想，并在某种程度上付诸了实践。

1934：《独立评论》的乡村纪事　　　　　　　　　　　70

那些关于各处乡村求生的记录，一不小心就成了1934年中国历史的一部分，如同黑白的默片，只有画面，没有声音，但历史不能忽略他们的存在，正是他们的命运处境，在很大程度上影响了未来的轨迹，影响着相斫相杀的历史方向。

胡适为何拒绝组党？　　　　　　　　　　　　　　　87

他给雷震的信中说："我平生绝不敢妄想我有政治能力可以领导一个政党。我从来没有能够教自己相信我有在政治上拯救中国的魄力与精力。胡适之没有成为一个'妄人'，就是因为他没有这种自信吧。"他爱惜自己的羽毛，不愿成为"妄人"，一次次拒绝组党就是必然的。

第二辑

时局　饭局　格局：史量才在"九一八"之后的公共生活　　103

他们搞组织，发通电，做演讲，大量的公共交往，利用各种饭局来讨论公共事务，那些组织、演讲、交往都是因应时局的需要，在许多时候他们都通过饭局来讨论时局，呈现出的是史量才和那一代人或者说一代精英的公共生活格局。

鲁迅为何不喜欢杭州？　　　　　　　　　　　　　128

鲁迅年轻时曾在杭州工作过，1933年，郁达夫要移家杭州时，他却要写诗劝阻。他为什么不喜欢杭州？无论生前还是身后，故乡浙江既有恨他的人，也有爱他、护他的人。但是，已经改变不了鲁迅不喜欢杭州的事实。

鲁迅为何拒绝诺贝尔文学奖提名？　　　　　　　　139

鲁迅的话虽然说得有些尖锐，却是一语中的。对自己的文学成就，他当然有谦虚的一面，但更多的是他对自己深爱的民族弥漫的虚荣心、虚骄之气有着清醒、彻底的认识，他内心多么渴望这个民族在精神上变得更健全一些。

民国史上的建设力   150

> 中国历史一直有两种力量在拉锯,一种就是破坏力,始终是中国社会最大的力量。从古到今,中国社会在某种意义上是由破坏力在推动的。另一种力量不指向政治,它只是在个体或社会的层面,致力于建设性的事情,包括乡村建设、教书育人、法律、实业等。他们所做的事情都是和风细雨的,并不是雷霆霹雳,跟那些农民暴动有巨大的差异。

"九〇后"一代知识分子的不同选择   160

> 他们只是安安静静、脚踏实地地做了自己该做的事,得寸进寸,但是时过境迁,时间过去得越久你就越觉得他们身上有光,他们走的是一条阳光的路,不是闪电的路,他们的遗产是不流血的遗产。

王人驹:一个低调理想主义者   178

> 低调理想主义强调的并不是一个人要有多么耀眼、多么显赫,而是脚踏实地,朴素地、低调地、持续地耕耘。在我们栖身的这个时代,似乎也有越来越多的人,在各个角落从事看上去不起眼的事情,但是这些不起眼的事情,放在整个历史当中,恰恰可能是最长久的,是经得起检验的。

第三辑

到无锡寻访荣氏兄弟遗迹   191

> 钱穆问荣氏,毕生获得如此硕果,意复如何?荣氏回答,人生必有死,即两手空空而去。钱财有何意义,传之子孙,也没有听说可以几代不败的。钱穆说荣氏的人生观和实践是一致的,在荣氏身上他体会到了中国文化传统中优良的一面。

到南通寻访张謇遗迹   203

> 文化不是直接的生产力,它是潜移默化的,不是立竿见影的。但文化的作用是长远的,是真正有生命力的。一个张謇能为故乡带来什么乃是不可

估量的。我看到了个人可以如此深刻地影响一个地方,影响历史的进程。有了张謇,南通就有了灵魂。

重庆到宜昌:访卢作孚遗迹　　　　　　　　215

码头上彻夜映照着灯光,工人的号子声、汽笛声、起重机的声音、江水拍岸的声音……在一个民族危亡的时刻,融会成了一曲最最动人的交响曲,七十年后,我来到宜昌,在长江边上,试图寻找当年的痕迹,感受那场惊心动魄的"敦刻尔克大撤退"。

海盗和核电:风云三门湾　　　　　　　　　227

对于农业文明中浸染成长起来的大多数中国人而言,海盗文化无疑是陌生而神奇的。"盗亦有道",海盗在中国历史进程中到底扮演过什么样的角色,海盗文化中包含了哪些有可能走向新文明的因子,都值得思考。

到成都寻找历史　　　　　　　　　　　　　237

中国文化在根本上重视的是世俗的功利,是自己的身后名,包括把自己的名字刻在石头上不朽。或者借助先贤的光环,来凸现自己。从这一意义上,这个后人建造的"杜甫草堂"并不是为杜甫而存在的。

跋:问史哪得清如许　　　　　　　　　　　249

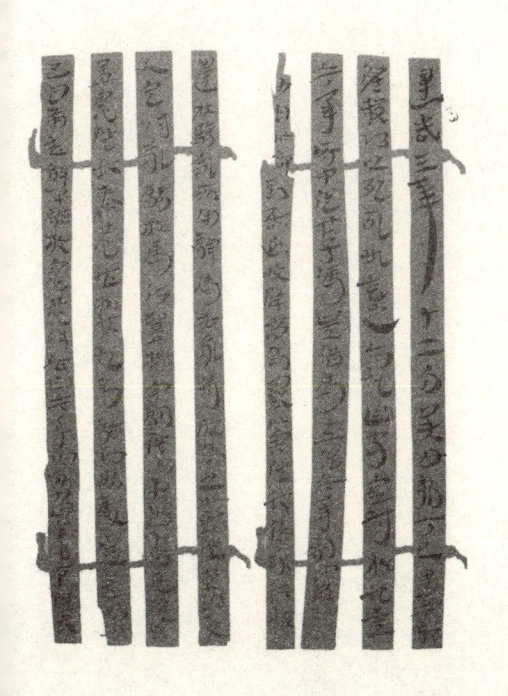

第一辑

袁世凯之问：共和要几个世纪？

一

1912年2月12日，清廷颁布的辞位诏书说："今全国人民心理多倾向共和，南中各省既倡议于前，北方诸将亦主张于后，人心所向，天命可知……"共和就这样被全国上下接受了。

当年秋天，中华民国临时大总统袁世凯向身边的英文秘书顾维钧提出一个问题："中国怎样才能成为一个共和国，像中国这样的情况，实现共和意味着什么？"

几个月前，年轻的顾维钧刚从美国哥伦比亚大学拿到了哲学博士学位，他主修国际外交，副修宪法和行政法、政治学，博士论文的题目就是《外国对中国政府的权利要求》。当他应唐绍仪之召回国，第一眼看到袁世凯，其人留给他的印象是"坚强、有魄力，谁一见他也会觉得他是个野心勃勃、坚决果断、天生的领袖人物"。

面对袁的共和之问，他回答："共和国源出于很久以前的罗马，罗马公民很重视他们的公民权利和选举产生的立法机关。罗马作为共和国存在的时间虽然不长，但这种思想在中世纪有所抬头，中产阶级在所谓自由城邦中的兴起便是民主政治的先驱。自由城邦比较小，人口不多，然而，这种公民权利和政治自由的思想却在人们头脑中生了根。这种思想逐渐传播，在十三世纪成为英国民主政治的基础。虽然英国表面上是君主立宪，但政事是民主的。这要追溯到十三世纪的《大宪章》。此后，美国人（原为英国的移民）经历了几世纪的殖民统治之后，经过革命建立了共和国。他们容易取得成功，因为他们热爱自由，并具有以法律为依据的权利与自由的观念。美国人的思想在欧洲、拉丁美洲广为传播，近年来又传播到亚洲。诚如总统所说，中国情况大不相同，特别是国土这样大，人口这样多。不过，要教育人民认识民主政治的基本原则，也只是需要时间而已。"

袁接着问："共和的含义是什么？"他回答："共和"的意思是公众的国家或民有的国家。袁对此颇有疑惑，中国老百姓怎能明白这些道理？打扫屋子时，把垃圾堆到大街上，他们关心的只是自己屋子的清洁，大街上脏不脏则不管。他回答："那是由于他们无知。但是，即便人民缺乏教育，他们也一样爱好自由，只是他们不知道如何去获得自由，那就应由政府制订法律、制度来推动民主制度的发展。"袁问："那需要多长时间，不会要几个世纪吗？"他回答："时间是需要的，不过我想用不了那么久。"

这次谈话让顾维钧意识到："袁世凯不懂得共和国是个什么样子，也不知道共和国为什么一定比其他形式的政体优越。

……他不只是不了解共和国需要什么或民主如何起作用,看来他根本没有实现共和或民主的愿望。"①

事实上,袁世凯的担心不是多余的,共和要多长时间,不会要几个世纪吗? 袁世凯之问,真的无比沉重,相隔一百多年还能感受得到它的分量。 袁确实完全不懂共和国的性质,他只是以帝国时代丰富的从政阅历来思考问题,而举国上下又有几人真正明白共和到底是什么。

几千年来,中国一直在帝制的循环中打转,一代代的哲人圣贤都没有思考过这个问题。 当中华民国诞生之时,中华书局、商务印书馆等出版社迅速推出的小学教科书,为顺应时代的需要,才开始出现大量关于共和的课文。 商务印书馆1912年4月推出的教科书干脆就叫《共和国教科书》,《共和国教科书新国文》初小第四册即有课文《大总统》,第七册有《共和国》《自由》《平等》等课文,第八册有《国庆日》《选举权》《法律》《司法》《行政》等课文。《共和国》一课简明扼要,将共和的原则说得清清爽爽:

> 共和国者,以人民为国家主体,一切政务,人民自行处理之,故亦谓之民主国。
>
> 虽然,一国之人数至多,欲人人与闻政事,为事势所

---

① 顾维钧:《顾维钧回忆录》(第1册),中华书局,1983年版,第91—93页。

不能，于是有选举之法，选举者，由多数人选举少数人，使之代理政务也。

共和国以总统组织政府，以议员组织国会，总统议员，由人民公举，其职权、任期，皆有限制，故无专擅之弊。

在《共和国教科书新修身》初小第八册也有《选举》《博爱》《平等》《自由》《好国民》等相关课文。

《共和国教科书新国文》高小第一册有《国体与政体》《民国成立始末》《共和政体》等课文，第二册有《人民之权利义务》，第三册有《国家》《国民》，第四册有《地方自治》《共和国之模范》《共和政治之精神》《临时约法》，第六册有《政党》等课文。《共和政治之精神》以平等、自由、博爱来概括共和政治的精神。《共和国教科书新修身》高小第二册有《自由》，第四册有《博爱》，第六册有《人权》等课文。何谓人权？课文如此回答：

人权者，人人所自有，而非他人所能侵损者也。析而言之，有对于公众之权，有属于个人之权。

组织社会，参与政治，选举议员，举吾学识之所及，皆得发布于外，以求有益于人类。此人权之对于公众者。

信教自由，营业自由，生命自由，财产自由，意志所在,即权力所在,非他人所得干涉。此人权之属于个人者。……

与民国同步诞生的中华书局抢先推出适用于新时代的教科书,抢了商务印书馆的先机,得到了部分教科书市场。在《新制中华国文教科书》中,孩子们也可以读到《大总统》《中华民国成立记》《国体之别》《政体之别》《共和国民之自治》《共和国民之责任》《共和政治》等课文。

仅商务印书馆的《共和国教科书》(初小)每年的发行数都在七百几十万以上。① 正是透过这些教科书,共和观念悄悄地渗透到千千万万少年的心中,与报刊等媒介中盛行的共和话语,及标榜民主、共和的政党一同构成了那个时代的浪潮。

对于在皇权意识中浸渍了两千年之久的中国人,"共和"完全是个陌生的观念,有之,也不过是古老的"周召共和"。1903年,少年邹容鼓动革命的小册子《革命军》中出现了"共和国"这个新概念,但很少有人追究到底什么是共和,是不是就是"周召共和"的那个"共和"。而辛亥革命造就的时势,却是一边倒的共和呼声。1915年10月2日,英国驻华公使朱尔典与袁世凯谈起当年的选择,还充满无奈:

当时华民醉于共和、非共和不可,是推翻满清之得

---

① 张元济:《张元济日记》(上),河北教育出版社,2001年版,第53页。

力口号,是时大总统以为君主立宪近于中国人民理想习惯,尔典与美使嘉乐恒亦曾主张君主立宪,前驻京美使柔克义,亦屡言之。南北讨论之时,唐少仪因一时之感动,未察国家万年之计,主持共和,不可谓非失策矣。①

唐绍仪骨子里是个共和主义者,他的倾向共和并非一时感动。袁世凯之接受共和确是时势造成,并非出于对共和的理解,他的宣誓也只是照本宣科。共和是什么?民国是什么?他与大多数中国人一样陌生。

原来主张君主立宪的立宪派领袖张謇,为大势所趋转向共和之际,在《建立共和政体之理由书》中提出:"国民程度由一国之政治制度而成。……有共和政治,然后有共和程度之国民。"国民程度不足,不宜实行共和,是当时包括思想家、翻译家严复在内许多人的看法。不过张謇很快发现国民程度确实不足,有些学生误以为共和就是放任,不要秩序。1912年2月21日,他在《申报》发表文章批评这一现象,指出欧美养成共和国民,"惟以重公德、爱秩序为唯一之方法。"②

1913年12月2日,一位叫章遽骏的人对袁世凯解散国民党、剥夺国民党议员席深感不满,他认为:"我们已经走到迫不得已只好不顾一切接受议会政体的地步,尽管亿万人民还远远

---

① 骆宝善:《骆宝善评点袁世凯函牍》,岳麓书社,2005年版,第380页。
② 张謇:《张謇全集》(第4册),上海辞书出版社,2012年版,第200、208页。

没有达到实行代议制的程度。"他在写给莫理循的信中说:"我们当中多数人甚至不懂什么是宪法,几乎有百分之九十的人民对于政府体制漠不关心。对政府来说最根本的问题是增加人民的政治知识,并使他们关心政治从而引导他们用切合实际的方式过问政治。政府过去所做的只有使人民觉得,过问政治是一条可以危及自己生命的危险道路。"①

他知道莫理循受袁世凯的器重,希望将这些意见转达给袁。然而,这是袁不会做,也不愿做的。让国人关心政治,懂得政治知识,也就是张謇所说的养成共和国民,这与袁的经验和认识距离太大了,他要做的恰好相反。所以,我们只看到他下令改教科书,删除"自由"、"平等"等课文,像"元年元旦南京设临时政府,举孙文为临时大总统"这样的内容都要被删去。②商务印书馆被迫将《共和国教科书》更名为《普通教科书》。

2月12日本是清廷退位、南北统一的共和纪念日,北大照例要放假一天,而1916年,这一纪念日被废止了,学校照常上课。(1917年又恢复了这个纪念日。)毫无疑问,这些带有共和记号的课文、日子,都与袁世凯格格不入。

---

① [澳]乔·厄·莫里循:《清末民初政情内幕》(下),刘桂梁等译,知识出版社,1986年版,第280—281页。
② 钱玄同:《钱玄同日记》(上),北京大学出版社,2014年版,第309页。

二

1913年11月，芮恩施出任美国驻华公使，袁世凯跟他说："中华民国是一个非常幼小的婴孩。必须加以看护，不叫他吃不易消化的食物，或服那些西医所开的烈性药物。"几年后，他看到袁1915年3月8日颁布的一个告示，对此有了真切的理解。告示试图肯定共和主义的信仰怎样深入遥远的边区，又要奖励那里刚刚归信的共和主义者：

> 据蒙藏事务局呈：科尔沁旗亲王伊锡海顺咨请该局转呈称，该旗呼图克图昆楚克楚隆木布尔率其部属拥护民国，请予褒奖。查该呼图克图率其部属效忠民国，深明大义，殊堪嘉许，应准其乘坐黄缎篷盖马车，以示宠荣。

透过这个文绉绉的告示，这位美国外交官发现："这种承袭清朝的，一味讲究外表和喜欢炫耀的习气，是中国政治生活的一个特色，其重要性可能超过我们所想象的程度。中国大部分社交礼节上都带有这种色彩。"他到总统府呈递国书时，来接他的那辆庄严华丽的礼车用八匹骏马驾驶，车身涂着描有金饰的蓝珐琅，以极其豪华的帝国宫廷排场来迎接他。袁的侍从武官长荫昌，即满洲贵胄、清廷的陆军大臣。

帝制时代的老办法、老规矩、老仪式、老排场，都是袁熟悉的，他摆脱不了，也无意摆脱。

芮恩施眼中的袁世凯是这样的：

> 他不了解在一个共和国中执政的意义是什么，虽然他受过训练，见多识广，但他没有高深的文化修养，没有到过外国，也不懂得外国语。因此，他对于中国这时正在开始模仿的外国的各种制度只可能有一个淡薄的、模糊的观念。他对于共和政体的原则没有真正的认识和了解，对国会的职能和真实用处，尤其是对国会内的反对派的职能和用处，也同样没有真正的认识和了解。

这与顾维钧的看法是一致的。所以，一旦有机会，袁世凯就要将反对派赶走，甚至解散国会。这一点，梁启超、张謇他们没有看穿，就连他在政治上的对手、对共和国抱有强烈热忱的宋教仁都没有看穿，他们对袁的认识都是有限的。

曾长期在大学教授政治学的芮恩施，在踏上中国的土地之初，在上海黄浦江边曾有一个感觉："中国有着可供民主的种籽生长的肥沃土地；但是八千年所形成的文明不是一下子就能摧毁的。中国究竟是一个古老的君主国家，而共和政体却是相当突然地加到它身上去的。所以它现在仍然处于调整的时期。"他说："中国正在努力创造真正的代议制，其主要榜样是美国。个人统治和帝制传统阻碍了中国人的这种努力，同时他们也缺乏经验来作指导；此外，他们还受到外国的怀疑和反对。"①

当时，有许多长期住在中国的外国人对中国的共和前景抱着相当悲观的态度。1912年12月8日，《纽约时报》发表了对濮兰德的长篇采访，此人是英国人，自1883年以来长期在中国任职，曾是海关总税务司赫德的私人秘书，也在上海公共租界工部局工作过，对中国相当熟悉，著有畅销书《慈禧统治下的大清帝国》等。他在接受采访时引用了一句中国谚语：江山易改，本性难移。他称中国源远流长的专制制度只是换了个名字，其本质特征并未改变。"普选代议制并不是解决方案。在现今中国，它是不可能实现的，并且在今后若干年也不可能实现。历史经验表明，相信中华民族会突然出现激进变革是愚蠢的。但是，如果没有这样的一次变革，真正的共和制又是不可能实现的。"据这位中国通的观察，中国人的内心并未因辛亥革命而发生任何天翻地覆的变化，大多数人的心中也缺乏对自由的渴望和吁求。这与周树人的感受几乎是一致的，在以鲁迅笔名发表的系列小说和杂感中，这位中国最具有洞见的作家呈现的正是这样一幅图画。

濮兰德断言："这里并没有诞生一个'全新的中国'。国家不会新生，只会演变。从结构上看，他们并没有改变自己的特性，政治属性和中国官员的秉性并未改变。人类历史经验和科

---

① [美]保罗·S·芮恩施：《一个美国外交官使华记》，商务印书馆，1982年版，第10—13、40页。

学研究表明，中国这种根植于民族传统、绵延千年的政治制度，要想在一两年内或者一代人之内就发生改变，是根本不可能的。"

他说，中国与美国不同，美国是几个世纪来根植于英国民族内心、与生俱来的一种精神表现。这种精神起源于英国宪章革命，通过移民由"五月花号"带到新大陆，成为英美两国人民追求自由权利的基础。"你不能指望仅仅通过大叫两声'共和'，便可以把这种精神成功地灌输给那些从不知道自由为何物的人们。"①这些看法即使到今天仍值得我们认真对待。

1913年10月13日，在袁世凯当选正式大总统之后，长期研究中国事务的日本人佐原笃介写信给袁的政治顾问莫理循说："事实上存在着一个伪装的军事独裁的专制政体，在任何意义上都不成其为共和国。……袁世凯现在尽管年富力强，但是不能指望一个血肉之躯永远活着。他死后谁能治理国家？我看最好是在他的背后建立一个由皇帝统治的好制度。"②（他主张把权力交还给宣统皇帝。）

这些外国观察家的意见，袁世凯不会毫无耳闻。他称帝之前最担心的也不是国内的反应，而是外国能否接受。在1913年他迅速击败革命派，并将立宪派玩弄于股掌之上，共和体制在他

---

① 郑曦原编：《共和十年·政治篇：纽约时报民初观察记》，当代中国出版社，2011年版，第70、71、75页。

② ［澳］乔·厄·莫里循：《清末民初政情内幕》（下），刘桂梁等译，知识出版社，1986年版，第237页。

眼中实在分量太轻了。 1915年10月2日,英国驻华公使朱尔典当面向他表达英国的立场:"现行之共和,系世界所无之政体,既非共和,又非专制,又非君主立宪,此种特别政体,断难永久维持。 若早日议决正当君主立宪政体,则于中国人民思想习惯,丝毫不背。"①这对于他最终迈出称帝这一步,恐怕比他儿子袁克定专门为他印的假《顺天时报》影响更大。

此前,美国的政治学教授古德诺博士在北京对芮恩施说过:"这里至今还是一个缺乏政治的社会,这种社会经过了许多世纪,它依靠自行实施的社会的和道德的约束,没有固定的法庭或正式的法令。 现在它突然决定采用我们的选举、立法和我们比较抽象的和人为的西方制度中的其他成分。 我倒相信如果制度改革能够更缓和些,如果代议制能以现存的社会集团和利益为基础,而不以普选的抽象观念为基础的话,那末情况就要好得多。 根据实际经验,这些政治上的抽象原则,对于中国人来说,至今仍然没有意义。"对于国民党等党派主张建立一种类似英国内阁制的强烈愿望,他觉得实行这种严密的制度,还需要更多的政治经验,"我倒认为实行总统集权和负责制会有更令人满意的结果。"②

1913年10月,古德诺应袁世凯之请而草拟的一个说帖,对内阁制的意见十分明了:"在中国施行内阁制政府可能导致的后

---

① 骆宝善:《骆宝善评点袁世凯函牍》,岳麓书社,2005年版,第378页。
② [美]保罗·S·芮恩施:《一个美国外交官使华记》,商务印书馆,1982年版,第32页。

果，如果我们借鉴外国经验来判断，将使适用这种制度的新政府极其不稳定，而政策的合理延续性，如果不是办不到的话，也难于保持多久。"①

袁对内阁制一直深深怀疑，并一心予以抵制。这一点国民党人中具有洞察力的领袖宋教仁也早已看出。1913年2月1日，他在武汉写信给"北京国民党诸兄先生"说："吾党形势，以此次选举观之，大约尚佳。惟可虑者，即将来与袁总统之关系耳。袁总统雄才大略，为国之心亦忠，惟全赖之以任建设事业，恐尚不足，此必吾党早已认定，故主政党内阁。近闻颇有主张不要内阁者，此最危险之事也。"②极力主张内阁制的宋教仁，在国民党在国会选举中胜出、政党内阁呼之欲出之际横遭暗杀，幕后主使者到底是谁虽无定论，然袁世凯不可避免地成了嫌疑者之一。

围绕在袁世凯身边的梁士诒、周自齐等人都是共和政体的怀疑者，他们先后对芮恩施表示喜欢君主政体。梁说："中国官方的和商业的传统和习惯都强调个人的关系。就制度和一般法律原理来说，抽象的思想形式为我国人民所不理解。在皇帝的统治下，权力将会更加稳固，因此有可能彻底进行基本财政改革，如地产税改革等。要抵制官员中贪污腐化的发展，就必须

---

① [澳]乔·厄·莫里循：《清末民初政情内幕》(下)，刘桂梁等译，知识出版社，1986年版，第249页。

② 章开沅等主编：《辛亥革命史资料新编》(第2册)，湖北人民出版社，2006年版，第9页。

要有对个人忠心和负责这样一个因素。中国人无法想象对一种纯粹抽象概念的个人（职）负责。"①

到了1916年6月4日，袁去世前两天，《纽约时报》还发表了梁士诒的署名文章《君主立宪制是中国的选择》，开篇即说："中国到底应该实行共和制还是君主制？国民会议的代表毫无异议地一致赞成中国采取君主立宪制，显然中国将成为一个君主立宪制国家。"他认为，"想要中国国体从根本上转变为共和制，就像强迫美国突然转变为君主制一样令人匪夷所思。"他论证说，西方国家基本上都是宗教国家，基督教在国家政治事务中始终扮演着极为重要的角色，在中国将不同民族和地域联系在一起的是一套儒家伦理道德体系，其中忠君是维系整套国家政治体系的基石，也是国家建立"德政"的核心。他质疑共和制的致命弱点是不稳定性，中国如果想要在世界各国的残酷竞争中存活下去，注定要走上君主立宪制的道路。②

这些想法在同时代人中不是个别的，留学日本学法政的曹汝霖就直言不讳，"他对自己的祖国和共和体制是怀疑的。"③在赞成恢复帝制的"筹安会"发起人中不乏胡瑛这样的革命党骨干。

---

① ［美］保罗·S·芮恩施：《一个美国外交官使华记》，商务印书馆，1982年版，第139页。

② 郑曦原编：《共和十年·政治篇：纽约时报民初观察记》，当代中国出版社，2011年版，第123—126页。

③ ［美］保罗·S·芮恩施：《一个美国外交官使华记》，商务印书馆，1982年版，第223页。

让袁世凯无法理解的是，1915年12月举行的所谓"国民代表"投票中，1993人当中支持君主立宪制的明明是100%，想要求几张装点门面的反对票都不得，然而等到帝制真要登台，却到处都是反对的声音。其实，反对者未必对共和有多少的理解，包括袁亲信的北洋将领，他们反对的不是帝制。在这一点上，陈独秀的判断是可信的："袁世凯要做皇帝，也不是妄想；他实在见得多数民意相信帝制，不相信共和，就是反对帝制的人，大半是反对袁世凯做皇帝，不是真心从根本上反对帝制。"①

所以，袁称帝的失败也不代表共和观念的胜利，共和在中国依然有极为艰难而漫长的路要走。袁氏之问依然重若千斤。

三

像顾维钧、唐绍仪那样受过美国教育，对共和有着较深认识的中国人，毕竟是少数中的少数，许多人即使有出国留学的经历，也未必认同共和制度，比如曹汝霖，比如与唐绍仪同为留美幼童的蔡廷干。袁的政治观点在当时的中国还是有广泛基础的。

1916年5月21日，《纽约时报》刊登了对前民国总理唐绍仪的采访，唐说："即使我们再发动一百场革命，也必须保留共

---

① 陈独秀:《陈独秀文章选编》(上)，生活·读书·新知三联书店，1984年版，第205页。

和制度。"接下来,他说了一番大大美化中国传统的话:"共和制对中国而言是最好的体制。中国人的精神从孔孟时代起就是民主精神。中国各地区和城镇都实行自治。在中国城镇中,常常十年间都没有行政长官。……我认为中国是世界上最民主的国家。……在中国,哪怕你是出身最低贱的苦力的孩子,只要你受过教育,都有可能获得国家最崇高的职位。通过考试的学生中有90%来自穷人家庭。"这位曾入耶鲁大学的留美幼童误读了中国人的精神,对中国历史和社会的理解也不合乎实情。

不过有一点他说对了:"我们中国人反对袁世凯,不仅是因为他试图建立一个君主国,更是因为他违背了对国家的承诺。"

袁世凯受任正式大总统时,曾发誓维持共和政体,转念又要变为君主立宪,他担心这会失信于天下。1915年10月2日,他就跟朱尔典袒露了这一顾虑。朱尔典对他说:"国民议决共和政体,选举大总统为大总统,则当然发誓维持共和政体。若国民又议决君主立宪政体,恭举大总统为新帝国之大皇帝,则又当本国民之意,发誓维持君主立宪之政体,此顺民意而为之,于信用毫无损失也。"[①]

芮恩施问及袁将如何使整个步骤与他支持共和政体的誓言一致起来时,得到的回答是,"这确实是个很大的障碍,除非全国坚持,一定要袁世凯在新的统治形式下继续治理这个国家,否则这个障碍就难以克服。"

---

① 骆宝善:《骆宝善评点袁世凯函牍》,岳麓书社,2005年版,第379页。

芮恩施认为企图重建帝制是向后倒退,"虽然中国人没有由选举产生的代议制方面的经验,但由于他们在地方上已在很大程度上实行自治,他们可以根据经验和传统而适应于发展某种形式的省的或全国的代议制。……自治的基本原则是每个民族将自己解决自治的问题,在解决这个问题的过程中,通常要经历许多困难,而且还会出现多次反复,退到更不完善的方式上去。"①

这些意见是经过深思熟虑的,也显示其对中国和中国人有相当的了解,并给予了深切的同情,与朱尔典不一样。

唐绍仪却说,芮恩施并不了解中国人,古德诺也只是被当成了一个工具。"古德诺是一个伟大的学者和教授,是一个伟大共和国家的公民,但他也被君主制所蒙蔽,因为他并不真正了解中国现状。"②

正是古德诺的备忘录《共和与君主论》成了袁世凯回归君主制的理论基础。共和在中国落地生长出一个全新的行之有效的制度,或许要几个世纪。然而,古老的君主制在这块土地上行不通了,却成了铁铸般的事实。这是袁世凯至死都难以明白的。在内忧外患中,袁称帝的迅速失败,或许也是古德诺没有完全看明白的,一年后,张勋复辟又迅速被挫败,他追述往事,

---

① [美]保罗·S·芮恩施:《一个美国外交官使华记》,商务印书馆,1982年版,第138页。

② 郑曦原编:《共和十年·政治篇:纽约时报民初观察记》,当代中国出版社,2011年版,第117—118页。

展望未来：

> （当时日本政府提出"二十一条"，中国表现出了极度的无助和软弱）许多中国人将中国的无助和软弱归罪于共和制度，认为是这项制度使得国家涣散，没有凝聚力；而那些已经拥有权力的人为了保全他们的地位，也不喜欢共和制度；当然，更主要的是因为有许多有影响力的中国人真诚地相信，如果切实考虑到中国的历史传统和目前的现实状况，只有实行君主制度才能实现国家的强盛。
>
> 看来中国人确实是反对君主专制制度的。……而袁世凯，他是一个汉族人，他的称帝企图也同样遭到失败。这不禁让人们认为在中国没有谁有能力建立一个君主制国家，除非他能够通过武力完成国家的统一，结束目前的纷乱局面，但这势必要发生一场长期而惨烈的内战，外国势力是否会允许这样一场内战的发生是存在疑问的。

他感叹，看来中国人可能已认可了目前这种所谓的"共和政体"。①

---

① [美]古德诺：《解析中国》，蔡向阳、李茂增译，国际文化出版公司，1998年版，第114、116—117页。

古德诺是美国著名的行政法专家，1913 年 5 月被袁世凯聘为宪法顾问，有了近距离观察和深入了解中国的机会。他认为，中国的社会经济条件极有利于专制独裁制度的发展，家族制度以及孝道义务使中国人有很强的习惯性的顺从心理，"国"就是一个放大了的"家"。与英国不同，迫使英王签署保障公民权和政治权的《大宪章》的大封建领主和教会组织，在中国是缺席的。自秦始皇废除诸侯分封制之后，再也未能出现一个拥有巨大政治、经济影响力、可以与皇权抗衡的阶层。他之所以倾向于君主制，就是基于对中国根深蒂固的传统的认识。

袁氏崩后，中国暂时回到共和轨道。芮恩施等在古老的北京目睹平静而有条不紊的这一幕，"以致使外国人对中国的共和制非常尊敬"。他甚至认为，袁的逝世为在中国建立真正的共和政体扫清了道路，"那些当权的人会是真正的共和主义者呢，还仅仅是政客？"①在未来的时间中，这个问号将由他们自己不断地作出回答。

1917 年 5 月 1 日，在张勋拥溥仪复辟前两个月，陈独秀在北京公开演讲："我们中国多数国民口里虽然是不反对共和，脑子里实在装满了帝制时代的旧思想，……不过脑儿小，不敢像筹安会的人，堂堂正正地说将出来。其实心中见解，都是一样。"他直言，"数年以来，创造共和、再造共和的人物，也算不少。

---

① [美]保罗·S·芮恩施：《一个美国外交官使华记》，商务印书馆，1982 年版，第 153、154 页。

说良心话，真心知道共和是什么，脑子里不装着帝制时代旧思想的，能有几人？"①两个月后发生了张勋复辟，这是不可回避的冷酷现实。

当然，这并不表明中国将停滞不前了。古德诺在看到中国深厚专制传统的同时，也看到了中国自十九世纪以来发生的变化，特别是当袁氏失败之后，他有了新的看法，"中国原本是简单的经济类型正在日益复杂化；除了人文知识之外，科学知识也在逐渐引进这个国家并被更多的人所接受；中国人的家庭观念也在逐渐淡化，人们开始走出家庭更多地投向社会，各种社会团体也在不断涌现。中国社会的这种种变化使我们有理由相信在中国会逐渐产生民主制度，这个国家会成为一个真正的共和制的国家。"他相信将来会有一天，"在世界的面前将奇迹般地出现一个崭新的中国，它将是一个有着良好秩序的国度。"尽管从当时的现实和中国的传统，似乎都还看不到这样美好的前景。

他也知道，"中国数千年以来一直习惯于专制制度，要指望他们在短短数年之间建立起一个共和制的国家，其难度可以想象。中国人从未有过大选的经验，在这个国家甚至从未有过任何形式的选举。"②不过，也不能说民国之前中国从未有过任何形式的选举，1909年举行的各省咨议局选举虽然有财产和教育

---

① 陈独秀：《陈独秀文章选编》（上），生活·读书·新知三联书店，1984年版，第205—206页。
② [美]古德诺：《解析中国》，蔡向阳、李茂增译，国际文化出版公司，1998年版，第117、135、134页。

程度的限制,毕竟有过选举的尝试,民国初年举行的国会选举也有类似的限制,选举的基础扩大了,政党之间的竞争也更为激烈。

古德诺有个观察是值得注意的,人们以为中国人面临如此众多的棘手难题,面临国内极其糟糕的政治局势,他们的生活该是一番多么痛苦而悲惨的景象。他却发现,中国社会就像一个深邃的汪洋大海,其表面可能时时会波涛汹涌,政治风暴、军阀角逐的戏码不断,可是老百姓依然平静地有条不紊地过日子,千百年来自给自足的生活使他们养成了凡事靠自己的习惯。在经历种种政治风云变幻之后,中国的社会、经济却没有多大变化,他们还是按着惯有方式平缓地走着自己的路。①

这个观察让我想到陈独秀1917年4月1日写下的这些话:"人民程度与政治之进化,乃互为因果,未可徒责一方者也。多数人民程度去共和过远,则共和政体固万无成立之理由。"不过他也清楚,不是要等到人民程度足够了,才来实行共和政体,他们之所以论政就是以促进共和为目的。② 1921年12月,芮恩施在向《纽约时报》记者讲述袁世凯称帝一幕时,说了一句话:"新生的中国,将在阵阵剧痛之中缓慢地学习民主。"③

---

① [美]古德诺:《解析中国》,蔡向阳、李茂增译,国际文化出版公司,1998年版,第134页。
② 陈独秀:《陈独秀文章选编》(上),生活·读书·新知三联书店,1984年版,第200—201页。
③ 郑曦原编:《共和十年·政治篇:纽约时报民初观察记》,当代中国出版社,2011年版,第97页。

面对袁世凯之后军阀割据的局面，古德诺说："我们还不可能预测，这次混乱的结果是会产生一个新的大一统专制国家的新天子，还是在西方思想的影响下出现另外一番局面，从而为中国历史的发展带来某种新的改变。"①历史还在展开的过程中，最终的答案并没有亮出。背负了支持帝制恶名的古德诺，对中国未来的这些思考也一直未曾引起国人的关注。

1927 年，燕京大学社会学系组织的社会调查中，距北京西北 14 里的挂甲屯村 100 户人家，对于"民国是什么意思"的提问，回答"人民平等"的 5 家，回答"没皇上"的 4 家，回答"以民为主者" 3 家，回答"采取民意者" 1 家，回答"人民受苦者" 1 家，此外 86 家回答"不知道"。问及："民国好，还是有皇上好呢？"回答"民国好"者占五分之一强，回答"有皇上好"者占四分之一，回答"一样"的占三分之一强，回答"不知道哪种好"的占六分之一。调查进行了三个月，当时中国没有大总统，张作霖在北京自称安国军大元帅，顾维钧和杜锡珪先后为国务总理。问及"现在大总统是谁？"回答"没总统"的只有 8 人，回答"不知道"的 91 人，回答王士珍为大总统的 1 人。主持调查的李景汉教授因此感叹道："挂甲屯村距京极近，尚且有这样多的人不知道中国有无总统，岂非笑话。距大城较远乡村人民的知识可想而知了。"更不必说村中没有剪辫的脑子还有

---

① [美]古德诺：《解析中国》，蔡向阳、李茂增译，国际文化出版公司，1998 年版，第 72 页。

十分之一。

在此前后,对北京郊区宛平县另外三个村(黑山扈村、马连洼村、东村)64户人家做的调查也是如此。问及"民国是什么意思?"回答不知道"民国"的意思者27家,其他37家的回答也是五花八门。问及"民国好还是有皇上好?"回答"有皇上好"的41家之多,占了三分之二,回答"一样好"的15家,约占四分之一,回答"民国好"的有8家,占八分之一。留辫子的男子约占22%。①

这就是袁世凯死后十来年京郊农民的观念和境况。虽然袁不在了,但袁世凯之问却没有过去,年轻的共和政体要在这个古老国家落地生根,变得名副其实,需要几个世纪吗? 老实说,这一百多年来,在历史的上空,这个问号若隐若现,却从来没有消失过。

2015年3月31—4月2日初稿、5月7日、6月16日修改

---

① 李景汉:《北京郊外之乡村家庭》,《民国时期社会调查丛编·第一编 乡村社会卷》,福建教育出版社,2014年版,第498—499、507页。

"新国民"：袁世凯称帝之时知识人的思索

一

相距三十年，陈寅恪读了吴其昌的《梁启超传》，追想往事，当年他26岁，正担任经界局局长蔡锷将军的秘书，亲历过"洪宪称帝"一幕，"其时颂美袁氏功德者，极丑怪之奇观。深感廉耻道尽，至为痛心。至如国体之为君主抑或民主，则尚为其次者。"就在此时，在万千读书人心中有着偶像地位的梁启超公开发表了《异哉所谓国体问题者》，"摧陷廓清，如拨云雾而睹青天"。①

梁启超本人在《国体战争躬亲录》也回忆，他在筹安会发起后一星期写下此文，"其时亦不敢望此文之发生效力，不过因举国正气销亡，对于此大事无一人敢发正论，则人心将死尽，故不顾利害死生，为全国人代宣其心中所欲言之隐耳。"②

---

① 陈寅恪：《寒柳堂集》，生活·读书·新知三联书店，2001年版，第166页。
② 梁启超：《梁启超全集》（第5册），北京出版社，1999年版，第2902页。

1915年8月14日，杨度等六人发起筹安会，19日发布启事，推定杨度为理事长，23日正式宣告成立，向各地发出《筹安会通电》。该月底，梁启超的文章在京城一见报，各报即争相转载。(此前的8月20日，已交《大中华》杂志付排。8月22日，梁启超写信给女儿梁令娴就说，论国体问题的文章已交人带入京登报。)

比陈寅恪小四岁的吴宓听说袁世凯见到此文，以为足以当一师团。9月5日，吴宓(1894年生)在《国民公报》读到此文，同时读到汪凤瀛的《致杨皙子书》，当天在日记中激动地写下："听风雨之鸡鸣，作颓波之砥柱，亦大可为共和吐气，使奸人丧胆。"他也很想在这共和与专制生死存亡的关键时刻执笔，只是力与学未逮，而梁、汪之文虽说理透彻、词锋犀利、措语庄严，只是"深心韬晦，使他人无懈可击"，他觉得意犹未尽，因此有爽然若失之感。①

章士钊也在《甲寅》撰文指出：

> 梁任公先生号为言论之母，今于国体论"甚嚣尘上""八表同昏"之时，独为汝南晨鸡，登坛以唤，形大而声宏，本深而末茂，其所以定民志、郭众说者至矣。顾其文不免有斧凿之痕，启人疑虑。颇闻人言，梁先生草此文，

---

① 吴宓：《吴宓日记》(第1册)，生活·读书·新知三联书店，1998年版，第489页。

凡数易稿,初稿之词最为直切,亲爱者以为于时未可,点窜涂改,以成今形。①

曾追随梁启超的吴贯因见过此文原稿,确有删改之处。比如痛斥帝制之非,并说由此行之,"就令四万万人中三万九千九百九十九万九千九百九十九人皆赞成,而梁某一人断不能赞成也"这样的表述(大意)。后有人劝他,袁现尚未承认有称帝之举,初次商量政见无须如此激烈,所以删去了这段,其他各段也改得更为平和。②

就连主张君主制的严复9月23日的私信中也认为,反对声音中以汪、梁两文最有力,"然两家宗旨,皆非绝对主张共和,反对君宪,而皆谓变体时机为未成熟。"他举出梁启超文中所言:"吾国宪政障碍,非君宪所能扫除,障碍不去,则立宪终虚。"严复指出:"大总统宣誓就职之后,以法律言,于约法有必守之义务,不独自变君主不可法,且宜反抗,余人之为变,堂堂正正,则必俟通国民意之要求。顾民意之于吾国,乃至难出现之一物,使不如是,则共和最高国体,亦无所谓不宜者矣。"③向民国宣过誓,这正是袁世凯所担忧的。所以,若不是民意一边倒地呼吁他放弃共和、回归帝制,他也不敢贸然轻进。

---

① 章士钊:《章士钊全集》(第3卷),文汇出版社,2000年版,第618页。
② 丁文江、赵丰田编:《梁启超年谱长编》,上海人民出版社,2009年版,第466—467页。
③ 严复:《严复全集》(第8卷),福建教育出版社,2014年版,第306页。

8月31日，章士钊在《帝政驳议》中言及袁世凯就职总统时的誓词"发扬共和之精神，涤荡专制之瑕秽"，就说："未几而精神浸亡，瑕秽山积"。反过来却又成了共和不行、要回到帝制的借口。他堂堂正正地批评："口血未干，言犹在耳，而今竟以民主帝政见告，立会在政治首要之地，主事皆左右近幸之人，收集党徒，明谋不轨……举凡前此带山砺河一切之誓，于今所未便，即悍然毁灭，使无或遗。而司其说者，犹欲以将来立宪为饵，而欲人之欣然乐从，俯首而听命，此岂可得知数耶？"①

《青年》杂志问世前，王庸工写信给陈独秀提到宣誓："以共和国之人民，讨论共和国体之是否适当，其违法多事，姑且不论，倘讨论之结果，国体竟至变更，则何以答友邦承认民国之好意，何以慰清帝逊位之心，何以处今总统迭次向国民之宣誓……"②可见这在当时几乎是常识。

到当年十二月下旬蔡锷将在云南起兵，统率办事处连续两电责问他为何出尔反尔，明明8月25日在北京签名主张君主制。他电复统率办事处就如此回敬："若云反复，以总统之信誓旦旦，尚可寒盟，何论要言！"③

违背屡次的宣誓，正是袁世凯感到棘手的。10月2日，他跟英国驻华公使朱尔典就坦言了心中的顾虑。朱尔典回答："国民议决共和政体，选举大总统为大总统，则当然发誓维持共和政

---

① 章士钊：《章士钊全集》（第3卷），文汇出版社，2000年版，第566页。
② 陈独秀：《陈独秀书信集》，新华出版社，1987年版，第7页。
③ 曾业英编：《蔡松坡集》，上海人民出版社，1984年版，第864页。

体。若国民又议决君主立宪政体，恭举大总统为新帝国之大皇帝，则又当本国民之意，发誓维持君主立宪之政体，此顺民意而为之，于信用毫无损失也。"①

9月6日袁世凯特派政事堂左丞杨士琦到代行立法院的参政院，发表对于变更国体的宣言，他故作轻巧地说："而维持共和国体，尤为本大总统当尽之职分，近见各省国民，纷纷向代行立法院请愿改革国体，于本大总统现居之地位，似难相容。然大总统之地位，本位国民所公举，自应仍听之国民……"

集中民意，是杨度发起筹安会之用意之一，更是策动"全国请愿联合会"、组织虚拟的"国民代表大会"的目的。12月11日，经代行立法院核定，全国各省区"国民代表"1993名，主张君主立宪的票数1993张，也就是100％赞同回归帝制，欲求一张反对票都不得。袁世凯声言，"民国的主权本于国民之全体，既经国民代表大会全体表决改用君主立宪，本大总统自无讨论之余地。"所谓"民意"只不过是揣摩"上意"，非真民意也。试想，在共和政制之下，岂能容许京师堂而皇之公开地讨论废除共和的问题，而且是由参政院参政身份的杨度出面。《筹安会通电》所谓"本会之立，将筹一国之安，研究君主、民主国体二者以何适于中国。"这一点，早在8月21日，清末曾力主君主立宪的徐佛苏即在北京《国民公报》公开指出了——

---

① 骆宝善：《骆宝善评点袁世凯函牍》，岳麓书社，2005年版，第379页。

古今中外，无人在本国法权之下，而集会结社，公然讨论本国国体者。更未有昌言推翻本国现有之国体，谋植其他国体而不触禁令者。何也？国体者国本之所托命，国民全体艰难开创，歃血缔盟，共同奠造之大基业也。故其本国人民，无论何人，对此国体，凛若神圣不可侵犯。

如国体可以自由讨论改变耶，则国家有一日之生存，在人民即可以有一日之讨论改变，非待至无国以后，将无讨论改变终止之时。然则此讨论也，岂不与国家生存之目的相背，而成为滑稽之事乎？故世界无论何国人士之言论著作，对于他国之国体，可以任意批评，若一论及本国国体，纵心怀反对，亦只能出以微言婉风之笔，否则谓之倡革命耳。①

杨度主张君主立宪可谓久矣，当初在日本留学时，孙中山就没有说服他。这年四月，杨度抛出对话体的长话《君宪救国论》，认为共和之下强国无望、富国无望、立宪无望，终归于亡国而已矣。他以答客问的方式阐述政见：

共和政治，必须多数人民有普通之常德常识，于是以人民为主体，而所谓大总统行政官者，乃人民所付托

---

① 转引自《章士钊全集》(第3卷)，文汇出版社，2000年版，第562页。

以治公共事业之机关耳。今日举甲,明日举乙,皆无不可,所变者治国之政策耳,无所谓安危治乱问题也。中国程度何能言此？多数人民不知共和为何物,亦不知所谓法律以及自由、平等诸说为何义？骤与专制君主相离而入于共和,则以为此后无人能制我者,我但任意行之可也。①

严复老先生以他翻译的著作而广为人知,他虽主张君主立宪,并列名筹安会,却与杨度的见解不甚相同。当年9月23日,他在写给熊纯如的信中自道心曲："吾国今日之事,亦视力之何如耳？至于其余,大抵皆装点门面之事……故问中华国体,则自以君主为宜。吾侪小民,为其中托庇之一分子,但愿取此大物之家,量力度德,于外则留神邦交,于内则通筹财力,使皆稳固,则权力所在,将即为讴歌所归,历史废兴,云烟代谢,我曹原无所容心于其际也。"

对于梁启超的影响力,严复深知,他在后来（1916年4月4日）的私信中曾言,梁启超"妙才下笔,不能自休……其笔端又有魔力,足以动人",然对于梁的"政见常有变化"则深不以然。他继续对梁有所议论,认为其"不识中国之制与西洋殊,皇室政府,必不可分而二者,亦可谓枉读一世之中西书矣"。他引用法国作家雨果《九三年》中一语："革命时代最险恶物,莫如直线。"

---

① 杨度:《旷代逸才》,东方出版社,1998年版,第97—98页。

他说梁启超理想中人，正是"常行于最险直线者也"。

他坦言自己对君主制一如既往的感情。当辛亥革命之际，他即对共和心怀警惕，在写给英国《泰晤士报》记者莫理循的信中，曾清楚地表明了君主立宪的立场。他对君主制的肯定确乎没有变过，认为，"中国立基四千余年，含育四五百兆，是故天下重器，不可妄动，动则积尸成山，流血为渠。"

而对于比他小五岁的袁世凯，他却自有看法，1915年6月19日给熊纯如信中即说："大总统固为一时之杰，然极其能事，不过旧日帝制时，一才督抚耳！欲与列强君相抗衡，则太乏科哲知识，太无世界眼光，又过欲以人从己，不欲以己从人，其用人行政，使人不满意处甚多，望其转移风俗，奠固邦基，呜呼！非其选尔。顾居今之日，平情而论，于新旧两派之中，求当元首之任，而胜项城者，谁乎？此国事之所以重可叹也。"在上述信中又议及袁："夫袁氏自受委托组织共和以还，迹其所行，其不足令人满意者何限！顾以平情冷脑，分别观之，其中亦有不可恕者，有可恕者，何则？国民程度如此，人才消乏，而物力单微，又益之以外患，但以目前之利害存亡言，力去袁氏，则与前之力亡满清正同，将又铸一大错耳。"两个月后，袁薨，民国政局转入不可测。当日（6月6日），严复即在私信中预言："从此国事，思之令人芒背。"①

---

① 严复：《严复全集》（第8卷），福建教育出版社，2014年版，第306、312、303、312、317页。

二

1915 年，筹安会出笼时，严复 61 岁、杨度 40 岁、梁启超 42 岁。章士钊只有 34 岁，正在办《甲寅》杂志。杨度是留日学生，梁启超曾流亡日本等国，严复毕业于英国伦敦格林威治皇家海军学院，章士钊留学于英国阿伯丁大学，研习法律、政治，兼攻逻辑学。同是留英出身，他与严复的政见却不相同。

自辛亥以来，章士钊已成为共和价值最有力的阐释者和捍卫者之一，他的文章曾启迪过年龄相仿的湖南老乡、也是民初最有活力的政体设计者宋教仁，宋将他的专栏剪报装订成册，作为案头参考读物。难怪有人称他是"宋教仁的灵魂"。自日本略窥察宪政门径的宋教仁，与在英国正式研究过宪政的章，在学理层面确不能相提并论，但章氏理想，若无宋氏实行，也不过纸上文章。不幸宋于 1913 年春天被刺，章的共和政体理想失去了在现实中落地的推手。但他依然通过《独立周报》《甲寅》等媒体表达清晰的政见。他的典雅文风、严密逻辑，吸引过比他年轻的钱基博、胡适、罗家伦等人，他们都曾给他的政论文极高的评价。

当杨度的《君宪救国论》和古德诺的《共和与君主论》相继发表之际，他以"秋桐"的笔名发表了一系列捍卫共和价值的政论。对于杨度，也包括严复等一再强调的国民程度不足，早在 1914 年 6 月 10 日，在《国家与责任》一文中，他就曾以民智最高的美国为例，阐述有选举权的不过全部人口的五分之一，多数并不是一个绝对的概念，而是相对的，所谓多数是指有选举权的多数，不是全部人口的多数。他假设中国五分之一的人有选举资格，那就是八千万。退一步，八千万人的五分之一，那就是一千六百万，即使只有一千六百万的五分之一，那就是三百二十万，即使是三百二十万的五分之一六十四万，甚至是六十四万的五分之一，就是十二万八千，都不妨碍他关于国民程度是一个相对概念而不是绝对概念的说法。如果中国连十二万八千有政治常识的人都没有，那么即使实行专制也没有资格。

这一点，1915年6月22日，章士钊在《共和平议》长文中说得更清楚，所谓"程度"只是比较之词，而非绝对之义。即使说以中国民智之低，不足以举行普通选举，也不能说中国没有一部分足以介入参与政事的优秀分子。他直言自己理想中的立宪政治，最初不是以普通民智为基础的，"而即在此一部优秀分子之中，创为组织，相观、相摩、相质、相剂，此其基本任务，与世俗所称开明专制，不必有殊。"共和政制可以由一部分优秀分子创设，而不是"其智未足以言政"、从来没有听说过共和为何物的普通人民自主选择的结果。"若以人民全体为一标准，而疑多数拙劣分子所不能了解之事，即不能行于少数优秀分子相互之间，以致优秀者失其磨荡之力"，则将永无进步可言。针对古德诺所说中国以人为治传之数千年，中国人"绝不适于社会共同运动"，他说这句话的毛病就在于：以人民全体的程度，作为创设政制的标准，而忘记了转移社会的中坚，无论哪个国家，都是一部分聪明俊秀之士,在中国尤其如此。他接着指出,"惟人治之不善,乃立宪法,惟人民之无识,乃言进步。不然,则有国者,亦只随其古来相传之政习以终焉耳矣",按这一逻辑,不仅辛亥之役不值一钱,当时各文明之邦,达成良明政治的无论是激进的革命还是平和的改革,岂不都成了谬妄?①

相比之下,比他年长、同是留英出身的严复,虽翻译过《法意》《群己权界论》等经典,却只能守着老中国"古来相传之政习"打吗啡终老了。

1914 年 11 月 10 日,1879 年出生的陈独秀在《甲寅》发表的《爱国心与自觉心》文中,也阐述过国民程度的问题,他认为一国人民的智力,不能建设共和,也未必宜于君主立宪,两者都是要行代议之制。"代议政治,既有所不行,即有神武专制之君,亦不能保国于今世。其民无建设国家之智力故也。"所以,他说,"今吾国之患,非独在政府,国民之智力,由面面观之,能否建设国家于二十世纪? 夫非浮夸自大,诚不能并无所怀疑。"②这不是他一个人的怀疑。当筹安会出笼后,王庸工给他写信,认为更可怕的就是:"此邦官民,对于吾国国体变更,莫不欣欣然有喜色,口中虽不以为然,心中则以此为彼国取得利益莫大之机会,……此诚令吾人不寒而栗者也。"他在回信时即指

---

① 章士钊:《章士钊全集》(第 3 卷),文汇出版社,2000 年版,第 460—461、473 页。
② 陈独秀:《陈独秀文章选编》(上),生活·读书·新知三联书店,1984 年版,第 71 页。

出:"人民程度,果堪立宪,而谓之不适共和,诚所不解。"他之所以想在国人思想的根本觉悟上用力,道理就在这里。①

新生的民国,在共和政制的实践中诚然多有缺点,却也并不像批评者所说的那样一无是处。主权在民,三权分立、天赋人权这些观念得到确认不用说了,即使是共和制最最受诟病的国会,章士钊在《共和平议》中也说,"平心论之,国会亦何尝造大孽于天下?"吵吵闹闹是国会的常态,他曾目睹英国历史深远的巴力门也是争吵不已。日本帝国议会经二十多年训练,今年开会时还差一点动拳头。我们开第一次国会,相持之急,传闻也不过是拍桌子、掷墨盒而已。翻一翻各国议会史,就算不得什么了。为何到了中国,就好像冒了天下之大不韪,为五洲万国所无一般。岁费六千,就好像是议员应受死刑的证据,内外攻讦,体无完肤。当袁解散国会,选举产生的议员出局,指定的所谓参政登场,"所受实同,不闻其非,转嫌其少"。他承认议员品性不齐,无可讳言但当贿赂遍地,兵威四逼之时,而天坛宪法草案,还能从容起草,主张不变。总统选举,将议员困在里面不给吃的喝的,外面以军队威吓,从早到晚,票也只是勉强够而已。这些事先不去追问是非曲直,国会议员中至少有许多人是有节操的,断不能说其绝无存立之价值。他思考共和之所以受挫,一是由于国民责望之过奢,一是由于当局成心之无对。责望过奢的又分两类,一是向来主张共和的,平日的理想一旦见

---

① 陈独秀:《陈独秀书信集》,新华出版社,1987年版,第7页。

之实行，不如原来的期望，则顿生失望，如章太炎就是；一类是向来不主张共和，处处以挑剔的眼光来看待，康有为，乃至梁启超都是这样的心态。他说："惟读者思之，'共和'二字，本为吾国人所不习，行之而不能无弊，又为事实所当然，今骂倒共和之声，出于此辈贤豪长者之口，其不为人所利用，以颠覆新制者几何。至于当局者之成心，尤为章显。昔之主张排满者，谓满洲不能立宪当亡，能立宪亦当亡。今之排共和者亦然，共和不适于吾国当亡，适于吾国亦当亡。"他直言，共和不能行，开明专制更无可望，非一端走入无政府，一端走入黑暗专制不可。有人口说"立宪"，而不知以政体而言，共和与立宪正如二五之与一十，势难区别也。今日民智虽幼稚，难道是三百廿乃至千余年前所可比的吗？对于另一种说法，即中国地大不适于共和之说，他也做了有力的反击，在广土众民的大国实行共和，美国、法国已提供了先例。

此时距离筹安会正式出笼已近两个月。

8月31日、9月17日，章士钊与杨度、古德诺的言论针锋相对，接连以《帝政驳议》《民国本计论——帝政与开明专制》等长文予以回应。过去人们的目光都被梁启超那篇《异哉所谓国体问题者》所吸引，包括当时的"九〇后"青年吴宓、陈寅恪等。其实，章士钊对共和政体的立言，无论放在言论史还是政治史上来考察，都更值得重视。10月1日，他的《评梁任公之国体论》一文就是与梁商榷，对于梁的"只问政体不问国体"，"在甲种国体之下，为政治活动，在乙种反对国体之下，仍为同样之政治活动,此不足为政治家之节操问题",他指出:"君主国体,为家天下,民主国体,为公天下,自私而之公,一也。满洲季年,立宪绝望,易为共和,而宪政确立,在理宜然,二也。苟政论之节操,缘此二义而无伤,则在同类变故之下,政情稍与其义相背,则所谓节操,已零落瓦解而不可救,而况适得其反者乎?"在这句话下面,他有自注,今天倡言君主的每以将来立宪为词。梁在国体论中已论及徒立君主,不能立宪。他最后表示以梁启超其人对于中国的治乱兴衰密切相关,如果举棋不定,"冥冥中堕坏国家之事,不知几许",所以本着责备贤者之意,直言相商。

对于汪凤瀛的文章,他虽赞其恳切详明,却也有不同看法。其实汪不是反对帝制,只是反对袁帝制自为,其给杨度的公开信中说:"今之在朝诸彦,罔非清室遗臣,止以国为民国,出而为国服务,初无更事二姓之嫌,屈节称臣之病。故一经劝驾,相率来归耳。"何况汪认同开明专制。他在《民国本计论——帝政与开明专制》中直言:"开明专制之误国也如是,而今之贤士大夫如汪君凤瀛之流,犹颂言此物,以为今日而治中国,外此莫可。"①

除了《共和平议》,他的《说宪》《学理上之联邦论》等文,与他的《联邦论答潘力山君》《联邦论答储亚心君》《联邦论再答

---

① 章士钊:《章士钊全集》(第3卷),文汇出版社,2000年版,第472—473、618—620、609页。

潘力山君》《邦与地方团体——答张效敏君》……皆从正面立言，从中不难看出他对共和宪政和联邦制等重大问题的关切。在民国或帝国成为现实而不是纸上的论题时，他留下的制度性思考尤为珍贵。一个有着健全常识的政论家，他的声音长久地被历史遗忘，是因为这个民族与这条政治文明的线索渐行渐远，滑到另外的轨道去了。今天回过头来，重新听一听他的声音，百年前的政体之战给我们提供的岂止是不可更改的历史事实，还有那些掷地有声而又清明严谨的常识理性。

研究比较行政法的美国学者古德诺从学理入手，认为中国共和政体不宜于中国。张东荪在上海《神州日报》发表《对于古博士国体论之质疑》，九月，美国传教士李佳白主办的《尚贤堂纪事》即全文转载。针对古德诺所谓"教育未遍，民智卑下"的论点，他直言："夫未厉行教育者，惟有厉行教育而已；禁压人民不许参政者，亦惟有复其自由，使其参政而已。若变本加厉，改为专制，适足以促成内乱。"

有过议会问政经历的前议员谷钟秀、杨永泰、欧阳振声、徐傅霖等也联名发表了《维持国体之宣言》《对于筹安会之外论》。10月13日，成都《四川群报》将吴虞《对于国体问题之意见》列入社论；15日，在《四川群报》编辑室讨论马相伯的国体论之后，他又写了《书马良国体论后》一文。这些人的声音，与梁启超、章士钊等人的声音汇合在一起，构成了一百年前袁世凯回到帝制的舆论阻力。

1916年春天，袁世凯的帝国梦在蔡锷等人的武装反对声中做不下去了，严复写信对熊纯如说：

> 国体之议初起，时谓当弃共和而取君宪，虽步伐过骤，尚未大差。不幸有三四纤儿，必欲自矜手腕，做到一致赞成，弊端遂复百出，而为中外所持，及今悔之，固已晚矣。窃意当时，假使政府绝无函电致诸各省，选政彼此一听民意自由，将赞成者，必亦过半，然后光明正大，择期登极，彼反对者，既无所借口，东西邻国亦将何以责言。①

当然，严复的猜测至多只是一家之言，政治的现实永远都要比书生的一厢情愿复杂得多。无论杨度、严复们，还是梁启超、章士钊、张东荪们都无法预知历史将往哪里去。

三

1915年9月，民初有名的记者黄远庸因在帝制问题上的暧昧态度，饱受舆论之非，避居上海，出国前夕给章士钊写信（刊于当年10月的《甲寅》），提出一个重要的观点："至根本救济，远意当从提倡新文学入手，综之，当使吾辈思潮，如何能与现代思潮相接触，而促其猛省。而其要义，须与一般之人，生

---

① 严复：《严复全集》（第8卷），福建教育出版社，2014年版，第308页。

出交涉。法须以浅近文艺，普遍四周。史家以文艺复兴为中世改革之根本，足下当能语其消息盈虚之理也。然如足下今兹所为，觉世晓民，其于国民本分，亦已尽矣。"

章士钊在9月27日的回信中回应道："提倡新文学，自是根本救济之法，然必其国政治差良，其度不在水平线下，而后有社会之事可言，文艺其一段也，欧洲文事之兴，无不与政事并进。"①他的兴趣还是在政治方面，文学非其志也。

《甲寅》出至第九期，即被禁止邮递。《甲寅》初在东京创刊，自第五期起，印刷、发行即由上海亚东图书馆办理，大致每月下旬出版。据亚东图书馆的汪原放回忆：

> 记得是第九期，发表章行严先生的《帝政驳议》。厨师把杂志送到邮局去，过了半天，把邮件一齐车回了，脸上很气恼，说："不寄！禁掉了！"原来因为反对袁世凯被禁了。……邮政局寄不出，零卖还没有到禁止的地步罢？果然总算平安无事的过去了。②

国内不能邮寄，读者无从购买，出了第十期，也就停刊了。章士钊于这年7月从日本回到北京，随后任北大教授兼图书馆主任。10月22日，有人告诉吴虞，前一天成都《国民公报》登有

---

① 章士钊：《章士钊全集》（第3卷），文汇出版社，2000年版，第616、613页。

② 汪原放：《亚东图书馆与陈独秀》，学林出版社，2006年版，第30页。

政事堂来电,通饬缉捕章士钊、谷钟秀,说他们荝言乱政。①

此时,不以批评时政为宗旨的《青年》杂志已在上海悄悄问世。黄远庸从新文学入手的观点是否启发过《甲寅》的作者和读者胡适、陈独秀等人,无法确知。但紧接着《甲寅》的《青年》(《新青年》)杂志上,胡、陈等人的言论确与黄的想法有共通之处,或许正好所见略同。

是年 8 月 18 日,袁氏将恢复帝制的消息传到太平洋彼岸,向往"少年中国"的留美学生胡适即在英文写的《中国与民主》一文中说:

> 不管袁先生当不当皇帝,这并不影响少年中国之进程(余在此并不是指任何特定之政治派别)。少年中国正在为中国建立真正民主而努力奋斗。它相信民主;而且相信:通向民主之唯一道路即是拥有民主。……倘若盎格鲁一撒克逊人从不实行民主,那他们决不会拥有民主。这是一种政治哲学,……古德诺教授和许多其它善意之制宪权威认为,东方人不适于民主政体,因为他们以前从不曾有过,与此相反,少年中国认为,恰恰因为中国不曾有过民主,所以她现在必须拥有民主。

8 月 29 日夜,他再次执笔写下《古德诺与中国的反动势

---

① 吴虞:《吴虞日记》,四川人民出版社,1984 年版,第 223 页。

力》一文，反驳古德诺，投稿给《新共和》周报，最后改了个题目，发表在《中国留美学生月报》11月号。

面对国内的帝制与共和之战，1916年1月11日胡适写信给女友韦莲司，提出"新造因"这个说法，他认为如果缺乏必备的先决条件，政治就可能上轨道。无论是主张君主制，还是共和制，都救不了中国。他认定，自己的职责就在于准备这些先决条件，即"新造因"。1月25日夜，他在写给还在留日的同乡、同学许怡荪信中有更进一步的论述：

……从根本下手，为祖国造不能亡之因，庶几犹有虽亡而终存之一日耳。

……适以为今日造因之道，首在树人；树人之道，端赖教育。故适近来别无奢望，但求归国后能以一张苦口，一支秃笔，从事于社会教育，以为百年树人之计：如是而已。

虽然他明知树人乃最迂远之图，但他认识到国事、天下事都没有捷径可走。七年之病当求三年之艾。几天后（1月31日），他在写给韦莲司父亲H.S.维廉斯教授的信中也说，虽对革命者深表同情，但作为个人，宁愿从事"从下往上"的建设工作，我们可以称之为基础建设或底部建设。他相信，通向开明而有效的政治，没有捷径可走。"不管怎样，总以教育民众为主。让我们为下一代，打一个扎实之基础。"这是他理解的"从下往上"的建设之途，注定是一个极其缓慢的过程，却是一个十分必需的过程，需要足够的耐心。①

胡适与同时留美的梅光迪、任鸿隽等，与在国内开始办刊的陈独秀关于文学的讨论，他倡导白话文、新文学，翻译、介绍西方文学等，都可以看作是"三年之艾"，是"从下往上"打基础的迂远之举，是在为"少年中国"提供前所未有的"新造因"。

他得到章士钊的称许："年少英才，中西之学俱粹"（1915年10月1日《甲寅》按语），更为梅光迪等同辈所推崇，"如胡君适之者，文兼中西，为留学界中绝无仅有之人"。3月14日，梅光迪写信给他："足下近来为民党发表意见乃至可佩之事。"梅也曾撰文投给《独立》《新共和》等报，因未见发表而感到丧气，"吾辈徒有一腔热血，能以小学生资格张空拳以扑杀群魔乎？"②

8月13日，陈独秀给胡适回信，提及"中国万病，根在社会太坏"。他们当时就想在社会下手，"从下往上"，寻找出路。陈独秀办《青年》杂志，以"改造青年之实行，辅导青年之修养"为天职，寻求青年的根本觉悟。这是对政象纷乱的时代危机之回应，与胡适的思考是合拍的。

面对世事、国事日非，1915年10月25日，尚未出国留学

---

① 胡适著：《胡适日记全编》（第2册），安徽教育出版社，2001年版，第249、325、335—336页；江勇振：《舍我其谁》（第一部），新星出版社，2011年版，第369—371页。

② 梅光迪：《梅光迪文存》，华中师范大学出版社，2011年版，第537页。

的吴宓在清华学堂写下自己的思考:"国家之盛衰,不在其政体,不在其一二人物,亦不尽由财力兵力之如何。处今之中国,而言兵与财,尤急不能成。所恃以决者,国民全体之智识与道德,故社会教育、精神教育尚焉。苟民智开明,民德浡发,则旋乾转坤,事正易易。不然者,虽有良法美意,更得人而理,亦无救于危亡。"①推其用意也是要为共和政体在中国生根提供"新造因",与胡适心意相通。

后来被胡适誉为"四川省只手打孔家店"的老英雄吴虞(1872年出生,毕业于日本法政大学),在1916年1月6日写下的《儒家主张阶级制度之害》一文直言,"苟非五洲大通,耶教之义输入,恐再二千余年,吾人尚不克享宪法上平等自由之幸福,可断言也。"此文一年半后在《新青年》面世。他在文末指出,欧洲有马丁路德创新教,为数百年来宗教界辟了新国土;培根、笛卡尔创新学说,为数百年学界开了新天地。他为此大声疾呼:"儒教不革命、儒学不转轮,吾国遂无新思想、新学说,何以造新国民?悠悠万事,惟此为大已吁!"②

吴虞耿耿在念的新思想、新学说,特别是造新国民,不正是胡适一辈"九〇后"所呼唤的"新造因"吗?

比袁氏回归帝国轨道的选择更重要的是,毫无疑问是新青年胡适之、梅光迪、吴宓等人的思考和选择。1915年,南开中

---

① 吴宓:《吴宓日记》(第1册),生活·读书·新知三联书店,1998年版,第514页。

② 吴虞:《吴虞集》,四川人民出版社,1985年版,第95、98页。

学学生周恩来写了一篇题为《共和政体者,人人皆治人,人人皆治于人论》的作文,以略为稚嫩的文言论证了共和政体的优越性。 对于孟德斯鸠的这句话,他认为足以代表共和真正之精神,"(今)欲求人民能具治人治于人之资格,则必道德高尚,智识充足,知自由之真理,明平等之范围。 法理通然后知进退(操纵),自治明而后免祸患(知运用)。"①胡适生于1891年,吴宓生于1894年,梅光迪与陈寅恪都是1890年出生,周恩来生于1898年,比他们更年轻。 这一代的思考,当时公开发表出来的并不多,在私人书信和日记中却已透露出了吴虞所说的"新国民"气息。 胡适采用"少年中国"的说法,也可以视为现代中国的一个表述。 培育一代"新国民",从下往上,以造就"少年中国"的基础,不正是他们念兹在兹的吗? 他们与年长一些的张东荪、陈独秀辈,更年长的吴虞辈都想到一起去了。

1915年7月,胡适在纽约写信给章士钊,谈及翻译世界文学名著(包括小说、戏剧等),不仅与黄远庸的来信相呼应,也与陈独秀一拍即合。 1916年2月3日,他给陈独秀的信中说得:"今日欲为祖国造新文学,宜从输入欧西名著入手,使国中人士有所取法,有所观摩,然后乃有自己创造之新文学可言也。"让人想起不久前被中华革命党人在异国谋杀的黄远庸之思考。 黄生于1884年,殁于1915年12月27日,已无缘即将来临的新文学时代。

---

① 周恩来:《周恩来早期文集》,南开大学出版社,1993年版,第75页。

胡适在给章士钊的上述信中还抄录了去年写的《留学篇》中一番话：

> 适以今日无海军、无陆军，犹非一国之耻，独至神州之大，无一大学，乃真祖国莫大之辱，而今日最要之先务也。一国无地可为高等学问授受之所，则固有之文明，日即于沦亡，而输入之文明，亦亦扞格不适用，以其未经本国人士之锻炼也。

此信刊登在《甲寅》第十期。当时，比胡适小两岁的湖南省立第一师范学生毛泽东便是《甲寅》的热心读者。他大概从老师杨昌济、徐遂良他们那里借阅《甲寅》。自1914年5月27日收到《甲寅》创刊号，杨昌济就常在日记中提及这一杂志，记下自己的感想，对章士钊的文章多有肯定。杨自1909年到1912年在英国爱丁堡大学留学，与章留英的时间有两年交集。1916年1月28、29日，他连续写了两封信给要好的同学萧子升，要萧帮忙借《甲寅》第十一期和第十二期，第二封信中表示"欲阅甚殷"，希望向徐先生或杨先生借。[①] 可以推想，他以往也是从老师那里看到《甲寅》的。他当时并不知道《甲寅》出完第十期即已停刊，还眼巴巴地等着拜读。

胡适等人试图以白话文为抓手，在文学、思想、教育、学术

---

① 毛泽东:《毛泽东早期文稿》，湖南出版社，1990年版，第35、36页。

上造成新潮流，这一切萌芽于《甲寅》，而在《新青年》抽出枝条，在北大开花。1916年底，蔡元培入主北大，吸纳陈独秀、胡适等新人，就是在庙堂之外，通过办学堂来开创新局，此正是刷耻之举。三只兔子汇聚红楼是袁氏称帝失败之后最具诱惑力的一幕历史，也是为未来中国提供"新造因"。有新思想、新学说的激荡，造就一代又一代新国民，不愁新的共和政体不能名副其实。不同意白话文，对新文学也兴趣不大的政论家章士钊此时已淡出这一波新潮。百年言论史上，政论家办刊的时代亦迅速让位于思想家办刊的时代。

与胡适、陈独秀他们见解不同的留美学生吴宓、陈寅恪、梅光迪等，则在东南大学和清华学堂汇聚起一道同样有生命力的风景。他们年龄相仿，多数人都是"九〇后"。如果要在他们之间找到共同底线，或者共同的起点，还是逃不出陈寅恪拈出的"独立之精神，自由之思想"。许多的分歧都会随着时间而过去，他们寻求一个新的现代中国或在现代文明基础上重建中国的用心则不会随风掩埋。他们都是低调理想主义者，只是属于不同的侧面，虽然很长的时间内，他们的声音都曾被高调理想主义的声音淹没。

四

比他们年长的章士钊、张东荪一辈，在辛亥前夜就已在论坛上发出声音。章士钊在《苏报》主笔政只有22岁，宋教仁主持

《民立报》也不到30岁。

1911年,25岁的张东荪自东京帝国大学哲学系毕业,通过殿试,被授予格致科进士。当年5月23日,他在《东方》杂志发表《论现今国民道德堕落之原因及其救治法》(署名"圣心")说:

> 政体与国民之道德,有至大之关系。我国之初,本非专制,自秦而创,至汉而成。自此以往,淫威日甚,压制日重,于是民生困苦,恐惧伪诈、谄媚自私、卑贱苟且、无耻不仁,凡诸不德,养成根性。且国家所定之法,皆为防弊。弊愈多,则法愈素;法愈素,则梗阻愈多、牵制愈烦,使全国之民无复活气,奄奄若病。

此一语道破中国的病根,近两千年的专制病已根深蒂固,非短期可以疗治。辛亥革命造就的共和政体本是疗治之方,却非短期所能奏效。于是杨度们回到帝制的主张成为一种选择,1915年2月15日,他在《正谊》月刊发表《中国之将来与近世文明国立国之原则》,最后提出:

> 中国国运之兴也,不在有万能之政府,而在有健全自由之社会。而健全自由之社会,惟由人民之人格优秀以成之。此优秀之人格,苟政府去其压制,使社会得以自由竞争,因而自然淘汰,则可养成之也。易言之,中国

> 之存亡，惟在人民人格之充实与健全，而此人格则由撤去干涉而自由竞争，即得之矣。于诸自由之中，尤以思想自由及思想竞争为最也。

张东荪强调的重点就是："必政治与社会分离，使政治之干涉范围愈小，则社会之活动范围愈大，于是社会以自由竞争而得自然发展也。"①

创刊于1914年初的《正谊》，即以促进政治之改良，培育社会之道德为宗旨，到转年6月15日，出了第九期即停刊。他寄希望于社会，特别是思想自由和思想竞争，而不是把希望放在当权者身上。所以，他对于将来并不绝望。他的优秀人格造成健全社会之说，与章士钊《共和平议》中强调一部分优秀分子造成共和政体基础说相呼应。1916年5月15日，更年轻的留日学生李大钊（1889年生）发表《民彝与政治》一文，阐述了立宪政治基于自由之理，特别指出，自由的保障不仅系于法制的精神，尤其需要舆论的助力。"故凡立宪国民，对于思想言论自由之要求，固在得法制之保障，然其言论本身之涵养，尤为运用自由所必需。"他认识到，"葆有绝美之精神"的代议制并非天上掉下来的，而与本国国民的智力、追求以及由此形成的社会舆论环境呼吸相关。②

---

① 张东荪：《张东荪学术文化随笔》，中国青年出版社，2000年版，第40、63、54页。
② 李大钊：《李大钊文集》（上），人民出版社，1984年版，第169页。

几位"八〇后"分别留学英国、日本,或以哲学为专业,或以法政、逻辑为专业,他们的思路却是相通的,都是从提升古老民族的政治文明着眼。1915年5月10日,张东荪在《甲寅》发表《制治根本论》,明确提出:"立国制治,在国民之自由,非特在普泛之自由,尤在间接得致其影响于政治之自由,如言论自由、集会自由,出版自由,结社自由、书信自由等是也。……欲社会之力,足以威迫其政府,则必有社会威迫之道,为不为政府所夺,其道即国民之政治上之自由是也。国民有出版自由,则政府有失职者,得以言论纠责之;国民有集会自由,则政府有失职者,得合群力以抵抗之"。他很清楚,没有国民政治上之自由,不可能有健全自由之社会。①

相距百年,东荪之言尚有人在意否?更令人纠结的是他和章士钊这些曾捍卫过共和价值的优秀分子,在此后几十年间思想和现实中的曲折,理想的遭遇和命运的沉浮。

无论是曾经肯定过代议制的陈独秀,还是在他们之后,生于"五四"前后,深深卷入红色革命铁流的一辈,在阅尽人间沧桑之后的思考,是不是算回到了1915年前后他们追寻现代中国的起点上了?(1927年被杀的李大钊没有机会了。)1973年4月20日,生于1915年的顾准在贫病交加之中,写信给他的胞弟陈敏之:"唯一行得通的办法,是使行政权不得成为独占的,是有人在旁边'觊觎'的,而且这种'觊觎'是合法的,决定'觊觎'者能否达到取

---

① 转引自左玉河:《张东荪传》,山东人民出版社,1998年版,第53页。

而代之的，不是谁掌握的武装力量比谁大，而让人民群众在竞相贩卖其政纲的两个政党之间有表达其意志的机会，并且以这种意志来决定谁该在台上。"①五十八年前，张东荪、章士钊他们的文章，他未必读到过，他是在另一种思潮中浸泡过，在革命的绞肉机中滚过来的。回归常识，回到正常的文明轨道，成为他之后，那一代许多有相似经历的知识人不约而同的选择。

如果说，"政府必须符合被统治者的天性，政府正是此一天性的产物"，意大利思想家维科1725年出版的《新科学》中的判断只说出了一个侧面。1774年法国思想家卢梭在《忏悔录》的第九章中则作出了更清晰的表述："我已看出一切都归于政治，而且，无论我们作什么样的解释，一个民族的面貌完全是由它的政府的性质决定的。"甚至由此可以上溯到古希腊时期伯利克里在阵亡将士墓前的演讲，以及亚里士多德对政治的理解，即已包含了这样的思路。

常识需要不断的重复，因为人类是健忘的。每个时代、每个不同的民族需要以不同的方式回应这些人类的基本常识，扎根在这些数千年来甚至更长世代中累积起来的文明常识当中，而不是在常识之外去画全新、全美的图画。

无论是梁启超、吴虞、陈独秀这一代"七〇后"，章士钊、张东荪、宋教仁、李大钊这一代"八〇后"，还是胡适之、梅光迪、吴宓、周恩来等"九〇后"，他们的思考容或不同，甚至政

---

① 顾准：《顾准文集》，贵州人民出版社，1994年版，第369页。

见落差巨大，但他们都曾意识到了政体与国民道德之关系，现代中国不可能一蹴而就，胡适指出的"新造因"，其实就是张东荪所说造成一个健全自由的社会，作为新政体的基础。也是吴虞呼唤的"造新国民"，他们这一辈不提倡走捷径的低调理想主义者，即不妨将其看作是最初的"新国民"。

从戊戌到立宪，从辛亥到"五四"，几代人苦苦求索，就是想走通一条与人类文明常识接轨的"新国民"之路。不料中国却走上了一条与他们意愿相悖的不可测之路。这不仅是他们万万想不到的，也是袁世凯、杨度等在内的人没有想到过的。这已是另一篇文章的题目，也是我长久以来所困惑的。我此刻试图追问的无非是他们当年求问的起点，也是现代中国之起点的问题。

新制度与新国民之关系，是现代中国转型之关键，从章士钊、宋教仁到张东荪，"八〇后"一辈，共和政体在中国的倡导者、阐释者或设计者，他们侧重于构建新制度的探讨。相比之下，"九〇后"一代更着力的是"造新国民"，他们意识到新制度的基础在于新国民，所以在社会层面"从下往上"努力。事实上，新制度与新国民是相辅相成的关系，没有新制度提供的坚实保障，新国民也无从产生，反之，没有新国民，新制度的基础何在？

我又想起张东荪驳古德诺的那篇文章，针对古德诺提出的"一国所以立其国体，非由国民之有所选择，即非出于人力，乃必宜于其国之历史习惯、社会经济状态"，他反击说："然试问此种历史习惯，果其宿于国民之心中，抑亦存于客观之实物？吾知勿论何人，必不能认历史习惯为存于客观之具体物，是则宿于人之心中明矣。自卢骚总意说之反响以来，学者笃信历史，亦复过甚。殊不知历史者，时代精神之连续的表现也。否则历史总莫由以成，不惟断片之事实，不足研究，抑且势必千年如一日而不生变化矣。世上宁有此理耶？"他接下来指出："历史习惯，即存人民之心中，则社会组织经济状态，无一而非人民意思之表征。"因此说国民对国体不能有所选择，真是谬论。① 国体、政体说到底是人民的选择，虽然一国人民的思想常常不是一国最有前瞻性的思想家形塑的，但这并不意味着思想家、政论家们本着学理、常识、良心提供的思考是没有价值的。一切的价值都在时间中沉淀，也在时间中彰显。老实说，百年的时间尺度还是太短了。一种思想、主张、言论到底有什么恒久的价值，自会在历史显明出来，历史是"时代精神之连续的表现"，历史是关于人类有限性的记录。午夜梦回，研习历史，我们看到的总不是标准答案，而是它展开的过程。它将所有人的言行选择呈现在我们的面前，也将整个具体的充满纠结的过程呈现出来。说到底，历史不过是后见之明，而人类永远无法活在先见之明中，这是当年袁世凯、杨度们的限制，也是我们今天的限制。

2015 年 9 月 6 日—23 日，断续完稿于杭州家中

---

① 转引自章士钊：《章士钊全集》（第 3 卷），文汇出版社，2000 年版，第 563 页。

纸上的县治理想

一

自秦以来,县一直是中国最基本、也是最稳定的行政单元,其上的府、州、道等常有变动,县却屹立不动。可以说,庞大帝国就是由一个个县构成的,在近两千年的时光中县治都是官治,知县(县令、县知事)也常被称为父母官。

直到清末地方自治的想法才进入国中。自1906年即清廷颁布预备立宪诏书那年起,不少人上折子要求地方分治,其中既有南书房翰林、驻外使节,也有地方大吏。出使俄国大臣胡惟德在折子中就提出,每县设议会,由本县人民选举议员。到了1907年,天津试办地方自治已有一年,天津县议事会也已成立,北洋大臣、直隶总督袁世凯上了一道折子,汇报相关情形:"目前教育未周,识字之民尚少,设有误会,流弊滋多,乃遴派曾习法政熟谙土风之绅士为宣讲员,周历城乡宣讲自治利益,复编印法政官话报,分发津属州县以资传习,并将自治利益编成白话,张贴广告,以期家喻户晓,振聩发聋。"①

---

① 《清末筹备立宪档案史料》(下),中华书局,1979年版,第716、720页。

在千年相续的国家政治生活中，自治是个新概念，不是乡土中国"帝力于我何有哉"的那种自足，包括袁世凯在内，在时代演变的过程中，开始尝试新的治理方式，调整老旧帝国的统治方式、官民关系，这也是晚清中央与地方关系演变的一个结果。

1908年8月27日颁布的《钦定宪法大纲》有关逐年筹备事宜清单，计划次年颁布《厅州县地方自治章程》，1910年起筹办厅州县地方自治。随着《城镇乡地方自治章程》《府厅州县地方自治章程》等的出现，年轻的出版机构——商务印书馆顺应时势，出版了孟森、杨廷栋、王士森、陈承泽等人编撰的《地方自治浅说》《城镇乡地方自治章程通释》《府厅州县地方自治章程笺释》《府厅州县地方自治章程释义》等系列读物，普及政治文明的常识。权利和义务、官治资格和自治资格、直接选举和间接选举、选举权和被选举权、选举人和选举种类（定期选举、解散后之选举、补缺选举等）、投票、开票、当选、议事规程……这些全新的名词在这里都有详尽而浅显的解释。毫无疑问，那一刻，孟森、杨廷栋这些呼吸过文明的新空气、有新学装备的新人，对古老中国寄予了巨大的希望。

1909年成立的各省咨议局，进入正常的运转，第一代进入议会问政的读书人开始以这样的新方式参加国家政治生活。不是民选产生的资政院，看它留下的会议记录，也不是举手机器。包括县级在内的地方自治也已着手准备展开。这一进程因辛亥革命的发生而出现变数。

民国代替帝国，本是推进地方自治的大好时机，袁世凯颁布的《地方自治试行条例》却极端偏重官权，与自治原理背道而驰。 随后他又以一纸命令解散国会，取消自治，全国各地的自治进程几陷于停顿。 与他在晚清为督抚时热心推动地方自治判若两人，令人深思。

二

袁氏之后，武人当国，各自为政，联省自治的呼声渐渐开始在南方高涨，特别是 1920 年之后的几年间，湖南、浙江、广东等地省宪运动一波接一波，云南也受到影响。 1922 年 3 月，39 岁的武人唐继尧再次主导云南政局，有心整顿云南事务，与民生息，发展经济、文化、教育，推行新县制也是这个念头的产物，包括将司法完全划出，另设县司法公署独立办理，并积极伸张民权，将县议会职权扩大成为全县政务议决机关。 在此之前，1919 年，他就下达了恢复自治之令，特别设立自治筹备处，颁布县自治、城乡自治两级章程，并限期在四、五年间完成。 1921 年他因部下顾品珍倒戈，通电下野，离滇一年多。

当他返回昆明，浙江、湖南等地制省宪运动还处于高潮，他也通电主张联省自治，并创立云南民治实进会，积极推行新县制等方面的工作。 这就给当地怀抱民权思想的精英带来了机会，一度让他们兴奋。《云南全省暂行县制》《云南全省暂行地方自治章程》等就是他们参与制定的，云南全省地方自治讲习所成为他们重要的活动空间。

1924年，昆明、宜良、阿迷、蒙自、腾冲、会泽、思茅、个旧等八个县，被首先选为第一期试行自治的县份，当年7月1日开始施行，其余九十二县，要等这八个县试办有效，再分期推行。

1889年出生的熊光琦（字印韩）此时不过35岁，正在大好年华，担任云南省法制委员会委员、省民政厅科长、秘书等职。由他编写的《云南全省暂行县制释义》被选定为云南全省地方自治讲习所的十种讲义之一。这套书中还有《省、县、市村议会议员选举章程详解》（郑崇贤、常宪章）、《市村自治释义》（陈坦）、《户籍要义》（李耀商）、《法学通论》（王灿）、《行政大纲》（杨梦兰）、《统计大要》（周浩东）、《地方财政概况》（邓绍先）、《现行警团制度》等。《云南全省暂行县制释义》出版于1925年3月，编写的时间应在此前一两年间，虽只是一本讲义，其中可以看到他们的思想脉络。

熊光琦说："县制之精神，在融官治、自治为一气，其所规定，纯重民治主义。"民治主义是那个时代许多读书人的追求，生于1894年的鲍明钤留学美国时用英文写出了《中国民治主义》，1924年由上海商务印书馆出版，对晚清以来民治主义在中国的艰难过程多有洞见。

对于当时有人非议新县制的规定"民权太重，官权太轻"，熊光琦反问说："试问今日之中国，是否共和民主政体？而共和民主国家，是否主权在民？必欲削民权而张官势，此在现政治状况下之新县制，所绝对办不到者，诸君欲破坏新制，其唯有加入复辟党、帝制党，推翻中华民国，恢复君主专制政体……否则官吏乃人民之公仆,则诸君只有一听主人翁之颐指气使,而莫可如何耳……"

熊光琦们的民治思想当然不是一夜之间天上掉下来的,而是在几十年时间中累积起来,几代人摸索、思考、行动的产物。自 1906 年清廷宣布预备立宪以来,举国舆论宣传、教科书上都有相关内容,当时他正在四川求学,熟悉这些思想。所以他会说"三权鼎立之说,自清季预备立宪以来,即已盛倡之"。他在《云南全省暂行县制释义》开篇指出:"夫立法、行政、司法三权之应分立,财政之应分别,国家、地方统一经理,稍有政治常识者之所知也。"他也提到了法国人权宣言、英国权利法案、美国宪法中的观点。特别是孟德斯鸠的思想,梁启超早在《中国积弱溯源论》等文章中就介绍过,张相文从日语将《论法的精神》翻译过来,1902 年即已问世,当时叫《万法精理》。大约在这期间,严复已着手将其由英文译为中文,1913 年商务印书馆以《法意》的书名发行。熊光琦很可能早就接触到了。

熊光琦的父亲熊廷权在思想上对他也有影响。熊廷权生于 1866 年,三十二岁中进士,曾在四川、云南等地做官,民初受云南都督蔡锷器重,任川边道尹时,受藏民敬重,在腾越道尹兼腾越关监督任上尤有建树。更可贵的是推崇西方思想及教育,倾全部家产,将两个儿子、一个女儿分别送到法国、德国和美国念书。

熊光琦因是家中长子,不远行,没有出国留学。不过他少年时随父在四川,进入成都最早的新式学堂之一客籍中学堂求学。与他年龄相仿的银行家康心如(1890 年出生)、国民党元老戴季陶（1891年出生）等也在此就读，这所学堂在晚清创办新学的风气中诞生，聘有至少两位日本教习，他所接触的已不仅是"子曰""诗云"，西学东渐在这一代读书人身上留下了深深的烙印。

晚清与民国不是断裂的，民国的精英（无论是有过科举功名的，还是受过新式教育的），既有中国旧学的熏陶，也不排斥世界文明，视野较为开阔。推动一县自治，基础正在这些人身上。所以，如同晚清咨议局选举，对选举人和候选人资格有财产和教育的限制，民初国会选举也有类似限制，他们设想作为一县自治枢纽的县议会选举同样要做这样的限制。《云南全省暂行县制》第四条规定，年满二十一岁，并继续住居本县境内两年以上的县居民，拥有这四种资格之一的才有选举权：

> （一）曾任或现任公职者。（二）初级小学以上毕业，或与有相当之程度者。（三）曾办或现办地方公益事宜，著有成绩者。（四）年纳国税或地方公益捐二元以上者。

主要也是财产和教育程度的限制。

第六条规定云："凡有左列情事之一者，不得有选举权及被选举权：（一）褫夺公权，尚未复权者。（二）受禁治产、准禁治产、或受破产之宣告，尚未撤销者。（三）不识文字者。（四）吸食鸦片或营不正当业务者。"他特别解释为何要限制"不识文字者"：

此所谓不识文字,即以在调查选民时,不能自书其姓名,及其简明履历者为限,此因教育而涉及财产之一种,盖虽具有财产资格,而其教育程度,乃至不识文字,其何以参与地方政事,故亦应限制其选举权也。

在县这个基本行政单元,如何协调官治与自治,让当地民众有机会行使权利,自我训练,养成共和国民之能力,这是沉闷了千年的农耕国度的新鲜事儿。他们明白中国民智未开,尤其云南地处边陲,以自然条件、民众受教育程度的限制,实行自治的难度之大可想而知。所以,要从积极和消极两方面,对选举权、被选举权给出一些必要的限制。

三

在那个时代,熊光琦已清楚地看到中国官权太重,官本位意识盛行,国人只看重做官,认为是人生伟大事业,看不起农、工、商等业,三家村的顽童连菽麦都还分辨不清,就会将这些不通的诗句挂在口上,什么"白马紫金鞍,骑出万人看,问道谁家子,读书人做官。"什么"斗大黄金印,天高白玉堂,不因书万卷,那得目君王。"可见读书做官的流毒之广、之深。

中国人的头上只有权力,完全看不见权利,权利意识在漫长的帝制时代缺位,与此相应的就是对程序的陌生。对于官署与自治团体之区别,他给出了清晰的解释。官署无人格,而自治团体有人格，所谓人格就是以自己的生存活动为目的，官署是国家设置的机关，为国家而存在，其发表的意思，是国家的意思，行使的权力也是国家的权力，无论何时，毫无自己生存活动的目的参加其间。至于自治团体，即自有其意思，自有其事务，虽对于国家随时履行义务，而终以保自己的生存活动为目的。"人格"这个说法，道破了自治的真义，也是自治与官治本质之别。简单地说，自治就是围绕着有生命气息的个人，围绕着具体的人的生存和生活，人的权利和尊严。

县自治就是要引导民众逐渐产生权利意识的自觉，并练习行使权利的程序。这几点在《云南全省暂行县制释义》中都有很好的说明。关于权利，他除了列举《中华民国临时约法》确认的各项自由权利，还注意到了当时湖南、浙江、广东、四川等省宪法中，对这些权利更具体、细密的规定，比如湖南省宪中就有：人民有保护其身体生命之权；人民有保护其私有财产之权；人民在不抵触刑事法典之范围内，有用语言、文字、图画、印刷及其他方法，自由发表意思之权，不受何种特别法令之限制，或检查机关之侵害；人民在不抵触刑事法典之范围内，有自由结社及不携武器平和集会之权，不受何种特别法令之限制等。他说，这些省在自制省宪时因鉴于临时约法的疏漏，"事事考虑，从详规定，其保障人民之权利，自较约法周密"。县的立法权很有限，一县的法规不得不先认定国宪、省宪所规定的人民权利义务，所以他盼望首先有一完善的宪法，来确保民众之权利。而对于民国以来宪法多变，宪法规定的权利之不足他尤其深有感触。

他解释，民众很大程度上是透过县议会的选举来行使自治权，并拥有向县议会请愿等权利的。在县地方自治规定程序未完成以前，县长并不是民选产生，而是由省长任命的。县长和议员的任期都是三年。民选产生的县议会对县长的行政权构成了监督，可以行使质问、弹劾等权利。县议会如有违法或溺职行为，全县选民三十分之一以上连署，指陈事实，经由全县市村自治团体组织联合会，以过半数的表决，可由县长转请省长查核解散。县议会解散后，应于两个月内改选组成。

他认为，这个新县制的设计，对于县长与县议会的职权，处处维持均势，没有丝毫厚此薄彼，对于县长作为地方官的地位，尤保有相当之尊严，只要不违法、溺职，而为正当的施政，议会不能牵制，人民岂敢藐视？

县议会对于一县财政的监督有很大的权力，县长分别编制年度的预算决算，提交议会议决。县地方税及使用费、筹费的征收方法，要经县议会议决，才可实行征收。县公债的募集方法，或长期或短期，以及金额利率等，也须由议会议决。县有财产、营造物、公共设备的经营及处分方法，都须由议会议决。仅这一点就足以显明县议会地位的重要。

关于县议会的选举，从县议员定额、选区划分、议员选举到县议员的权利、义务等都有详尽的解释。关于议事程序方面，县议会可自行制定议事规则及旁听规则，因各地方风俗习惯及其他一切情形，都有不同，绝难强为划一规定，以适应各地情形。县议会的议事，关系到全体县民的直接利害，所以要事事公开，允许旁听，不过议会可以对规则有所限制，如精神病者、泥醉者、携带危险物者不得旁听。 自公开原则外，依法还有三种例外，可以禁止旁听（经县行政公署及提案之各法团要求者，经议、长副议长认为必要者，经议员三人以上之提议者）。 对议案的表决，取决多数，如遇到赞成与反对者各占半数，以议长取决制解决。 议长行使表决权时，是以议员的地位行使，而行使取决权，则是以议长的地位行使。

程序正是几千年来国人所忽视的，在这本小册子中，有大量篇幅或是强调权利，或是强调程序。 熊光琦他们正是力图将这些陌生的观念、技术，传递给更多的国人。 当时云南每个县有三十个以内的代表到讲习所学习，这份讲义最初就是为他们准备的，加上出版之后有更多的人可能读到这本读物。 可以说，它与晚清和民初以来其他同类读物，包括教科书上相关的课文一起，构成了那个时代政治文明的新空气，从小学生到成人都有机会呼吸到这样的空气。

只有将熊光琦和他编的这本讲义，放在一个古老国家的自我更新进程中来看，其意义才会凸显出来。 一部分先文明起来的人，毕竟还有机会将他们的县治理想表达出来。 纸上的县治理想，与动荡不安的现实之间，或许有着巨大的反差，但是理想指示了未来，埋下了文明转机的新因子。 这是何等美好的开始。

即使两年后唐继尧下台、去世，国民党政权兴起，政局大变，远在边陲的云南，仍然保持着相对的稳定性和独立性，某种程度上还在继续缓步地推进地方自治。

四

熊光琦在偏远的云南编出的这本讲义，传递出那个时代的信息，即使在军阀的野心之下，天下纷乱的时局当中，健康的因素还在生长，如同石板下的草，总在向上冒，军阀政治不是水泥地，军阀政治充满变数，军阀的个性、局势的变化都给这些健康的思想提供生长空间。熊光琦在云南，与整个中国并不隔膜，同时代在浙江追求自治的律师阮性存，在湖南起草省宪的李剑农，在美国研究民治主义的鲍明钤，《太平洋》等杂志上执笔讨论联省自治的知识分子，都呼吸着同一个时代的空气，他们不知道将来如何，但他们渴望自己的祖国变得更文明，他们是古老中国一小部分先文明起来的人。如果用成败标准去衡量，他们追求的理想迄今还停留在纸上。但当时他们确实真诚追求这一理想，并在某种程度上付诸了实践。

面对当时中国"盗贼逼地，军事方兴"的现实，熊光琦认为这都是因为地方制度不良，国人无真正自治的能力与决心，如果改善县地方制度，使民众都能自治、自决，国家建立在真正的民意之上，则不光是区区盗贼不难解决，就是太上军阀也不足道。这样的认识无疑是有见地的。地方自治，就是改变民众基本的生活方式，从臣民向公民转型，不再凡事等候青天大老爷，这只有通过教育，提升民众的文明水准，才有可能做到。改变生活方式的前提，是改变思维方式。开民智，是实行民治的前提。

从孙中山到民盟那些知识分子，都很重视县自治。孙中山1924年起草的《国民政府建国大纲》第十八条明确："县为自治之单位，省立于中央与县之间，以收联络之效。"①1945年10月通过的"中国民主同盟纲领"也提出："地方自治为民主政治之基础，县以下应行使直接民权。"②1946年12月25日通过的《中华民国宪法》第一百二十一条到一百二十八条关于县的制度，确立了县自治、县议会议员和县长都实行民选的原则。

但是，县所辖往往是分散的乡村，交通不便，教育落后，生计艰难，民众自治意愿较弱，首先从县着手推行自治，在这个广土众民的大国，难处之大可想而知。云南地土辽阔，人烟稀少，边远地方，民族杂处，风俗言语，各不相同，村落组织，大都零星散处。基于这样的现实环境，纸上的县治理想如何生根，熊光琦并非没有考虑过。他了解云南，每到乡间，与村人谈及县政，总是格格不入，而问起县里官吏有关乡村的状况，也多是"支离其辞，答非所问"。所以他一再强调云南地处边陲，民智晚开，各县人民，尤乏政治知识。每个县具有相当政治知识，并热心公益，不为利禄所动者，又有几人？想到这里，他就为这个纸上的县治理想感到忧心忡忡。开民智，当然包括开官智，这是自治得以实行的条件。

说到县长民选，他指出："共和国家，主权在民，本省此次

---

① 转引自《孙中山全集》(第9卷)，中华书局，1986年版，第128页。
② 《中国民主同盟历史文献》，文史资料出版社，1983年版，第66页。

改革县制，主旨专在扩张民权。本制已处处予人民以参与县政之实权，以期达到全民政治之希望，则一县之行政长官，自应统由县民直接选举，固不仅县长然也，县长民选，其在今日，实已成为天经地义而无待考虑者矣。"不过他也深深明白，当民治意识还在萌芽之际，人民知识幼稚，而云南僻处边隅，民智尤为蔽塞，一旦实行县长民选，不但不能收得人之效，反而会助长争竞之风，巧取豪夺之弊。所以他主张循序渐进，等到自治程序推行完成后，再来实行也不晚，而在此期间，最急于要做的就是推广教育，提高人民知识。

1810年，卸任的美国总统杰弗逊认为："普通教育，借以使人人都能为自己作出判断，断定什么事情会保证自己的自由，什么事情会危害自己的自由。"1820年，他又在一封信中深情地写道："我不知道除了人民本身以外还有什么储藏社会的根本权力的宝库。假如我们认为人民在智能上不足以审慎地行使他们的管理权力，其补救办法不是剥夺他们这种权利，而是通过教育来启发他们的辨别能力。"熊光琦未必读到过这些论述，但他有着与此完全相通的见解。在他看来，教育不仅关系到自治的能力，更是关乎每个人精神生活的发达。虽然人的能力生来就不平等，但是他主张人不分贫富智愚，都应该有受教育的平等机会。

1927年以后龙云长期主政云南，继续在云南推动地方自治，1930年民政厅增设全省地方自治筹备处，开办训政讲习所、区长训练所，熊光琦担任过训政讲习所教务主任和区长训练所所长。他当然不会忘记《云南全省暂行县制释义》中的县治理想，这些融合了人类先进政治文明的理想，或许在那些参加讲习所、训练所的云南各县精英那里也留下了一些影响。云南在民国时代相对的稳定，使许多自治、改革的举措得以长久推动，与许多像他这样不起眼的人物也不是没有关系的。

1930年到1948年间，他先后在澜沧、石屏、宾川、建水、景东、漾濞、兰坪等县担任县长，所到之处，颇思有所作为，教育也始终是他所看重的。档案中还保存着一些他当年办学的往来公文。1931年他提出的《开发澜沧全部与巩固西南国防之两步计划》（收入龙云主编的云南丛书之《云南边地研究》），包括建设勐朗、修筑通缅道路、发展特种教育、统一地方财政、垦殖农田等具体方案，特别强调了女子受教育的权利。

《云南全省暂行县制释义》中的县治蓝图一直藏在他的心中，他对教育的关注即与此相关。1941年，正在艰难的抗战岁月，他在为父亲熊廷权写的墓志铭中，记下了父亲去世前的盼望："时训子女必竭智尽忠，力图护国。期早获胜利，实行民主。"十年后，当他离世，身边没有亲人，不知他心中是否同样存有早日实行民主的盼望？

2015年4月16—21日初稿，5月4日—5月8日修改

1934:《独立评论》的乡村纪事

一

1934年来临时,《边城》开始在天津《国闻周报》连载。而立之年的沈从文已离开湘西多年,他在梦中曾千百次地为"翠翠"的家乡吸引,终于踏上了回家的旅程。这次湘西之行,他不停地给妻子张兆和写信,有时一天即要写好几封。1月18日下午,他在小船上被山头的夕阳感动,被水底各色圆石感动,在信中说:

> 我们平时不是读历史吗?一本历史书除了告我们些另一时代最笨的人相斫相杀以外有些什么?但真的历史却是一条河。从那日夜长流千古不变的水里石头和砂子,腐了的草木,破烂的船板,使我触着平时我们所疏忽了若干年代若干人类的哀乐!我看到小小渔船,载了它的黑色鸬鹚向下流缓缓划去,看到石滩上拉船人的姿势,我皆异常感动且异常爱他们。我先前一时不还提到过这些人可怜的生,无所为的生吗?不,三三,我错

了。这些人不需我们来可怜,我们应当来尊敬来爱。他们那么庄严忠实的生,却在自然上各担负自己那份命运,为自己,为儿女而活下去。不管怎么样活,却从不逃避为了活而应有的一切努力。他们在他们那份习惯生活里、命运里,也依然是哭、笑、吃、喝……①

就在这天上午,在过一个险滩时,他目睹一个临时纤夫与水手之间的讨价还价,来的是一个老头子,"牙齿已脱,白发满腮,却如古罗马战士那么健壮",双方大声嚷着而且辱骂着,一个要一千文,一个只愿出九百文,就为了这一百文谈不拢,他算了一下折合银洋约一分一厘。等到水手将船划到急流里,老头子才不再坚持那一分钱。小船上了滩,老头得了钱,坐在水边大石上一五一十地数着,问起年纪,已经七十七岁。在他看来,简直就是一个托尔斯泰,眉毛那么长,鼻子那么大,胡子那么多,一切都跟画像上的托尔斯泰相去不远。看到那数钱的神气,年近八十了,对于生存还那么努力执着,给了他太深的印象。

小船到了一个两山不高而翠色迎人的小小水村边,他听到母鸡下蛋的声音,有人隔河喊人的声音,一字排开的待修小船边有敲敲打打的声音,还有木筏溜过的声音……忽然,村中响起炮仗的声音,唢呐的声音,还有锣声,原来是村中有人娶媳妇。

---

① 沈从文:《从文家书》,上海远东出版社,1996年版,第62页。

锣声一起，修船的、放木筏的、划船的，都停下了工作，向锣声起处望去。①

　　这是他熟悉的湘西，是《边城》中翠翠和爷爷相依为命的那个湘西。随着《边城》的悄悄问世，那个仿佛在山水画、田园诗中的湘西乡村，那里人们的喜怒哀乐，他们的生老病死，将引起多少人的向往。然而，那只是古老的封闭状态被打破之前最后的平静，也注定了如同白塔一般突然坍塌。而此时此刻，中国各地的乡村正在迅速沦陷。胡适他们在北平自办的民间刊物《独立评论》，这一年就收到了不少关于乡村实况的来稿。

　　历史是大人物钩心斗角、相互算计、相互斫杀的历史，也是无名无姓者埋头在土地上，卑微地生存和挣扎的历史，他们默默地活着，默默地死去。那些关于各处乡村求生的记录，一不小心就成了1934年中国历史的一部分，如同黑白的默片，只有画面，没有声音，但历史不能忽略他们的存在，正是他们的命运处境，在很大程度上影响了未来的轨迹，影响着相斫相杀的历史方向。

二

　　河北井陉县东北隅有个冈峦起伏、四面环山的村庄，约有上千人，算是个大村，百分之百的人几乎都以农为业，土地都是零

---

① 沈从文：《从文家书》，上海远东出版社，第154—155页。

零碎碎的旱山，没有大块的在二十亩以上的，土地的分配还比较平均，最富的也不过二百亩，真正房无一间、地无一陇的也很少。所以，不论穷的富的，只要能吃苦耐劳，勤俭仔细，在雨水多的年份，可以不用为吃饭发愁，要是遇上旱灾，那就糟了，不像邻近的平山县，土地多能灌溉，一般的旱灾不怕。

多少年，这里的人都勤劳地过日子，每当农历正月以后，他们便开始耕作了，穷的要拼命地去地里求生活，富的也非亲自动手不可，如果一切都要雇人，一年的收成，恐怕还不够干活的饭食和工资。夏秋两季是人们最忙的时候，男女老少几乎都要起五更睡半夜地总动员，与风雨战，与烈日争，整天提心吊胆，苦乐莫测，要等到五谷都收拾到家，场里的柴草也清理停当，才可稍微放心，喘一口气。

等到小麦种上以后，他们也不肯闲下来，男子壮健者多去"住花房"，就是到棉花店给人弹轧棉花，其他的人或登机织布，或上山拾柴，女的则到自家的"石洞子"纺棉纱。

他们俭省地过日子，日常饮食多以小米、高粱、玉蜀黍等为主，夏秋三餐，冬春两餐，大米、白面、肉类非过年过节或婚丧大事、亲友到访绝少食用，甚至有终年不知肉味的，穿的多为土布或石家庄产的洋布，近几年因外出的人渐多，奢侈之风开始袭来，但影响面还不大。

这两年恰好遇到风调雨顺，十成丰收，谁知"谷贱伤农"、"丰收成灾"，穷的固然无法谋生，富有的也天天愁眉不展，忧虑着明天怎么过。粮食是这个村唯一的出产物，吃的穿的零用的完税的，都从粮食的收成中来。村里的农产物以小米、小麦为大宗，其次是玉蜀黍、豆类、高粱，平常年景每亩夏可收麦五斗，秋可收谷八九斗（谷一石可碾米七斗），前两年粮价高时，小麦每斗一元七角，小米每斗一元五角，平均一亩地一年收入可达十六元。如今，麦不过六角，米也是如此，收入锐减，而税杂开支仍然照旧。难怪他们过不下去了。连他们的命根子——土地价格也大跌。无以谋生的人到平山给人锄春苗、推粪土，每天工资不过铜元四枚，折合大洋八厘，还不够买两支烟，他们之所以愿意出卖劳力，只是为了混顿饱饭。华北水利委员会在灵寿县建水闸，只管饭，不给工钱，人们也蜂拥而去。

由于政府屡加盐税及改用新秤，盐价一涨再涨，许多人家连盐也吃不起了，常常只能吃淡饭。季珍在《故乡之今昔》最后说："农村问题，现今严重至极，此非我故乡之特殊现象，全国皆然，查我国自古以农立国，农民占全人口百分之九十以上，如农民问题不能适当解决，一切都是妄谈。"①

董浩是辅仁大学的学生，这年暑假回家乡，在河北东南部的大城县住了一个多月，目之所及都是贫穷、紊乱、人民生活的颓废、知识的浅陋，耳闻的都是破产、分家、土匪等等，不一而足，"到处都象征着中国前途的黯淡"。他回校不久，在9月15日提笔写下《回家的印象》。他的家乡离天津不过一百里，交通还算便利，7月28日，从天津乘小火轮到离家二里地的村

---

① 《独立评论》第122号，1934年版，第8—11页。

庄，转小木船就到了，这是一个有着将近四千人的大村庄——

> 村内静悄悄的没有什么声息，炎热的太阳照着大地，只见几个提水的妇人，都穿着褴褛的衣服，还有几个赤身的儿童，好像不曾感到太阳晒背的痛苦！
> ……农村的经济状况更是愈趋愈下，今年全国水旱灾而家乡很侥幸的有六七成年景，但因物价惨落的结果，却与往年不可同日而语了。家乡一带乃产麻、麦之区，麦秋已过，收获不佳，人们因为急于用钱，所以都不待这次因灾粮价上涨而将辛苦得来的麦子贱价出售了。麻秋虽然收获很好而价格则较去年贬落百分之四十左右。

他的大舅舅是个辛苦耐劳的农人，抱怨自己种了七十亩麻，结果只卖了二百八十元，如果将这些地出租，也可以收到这样的租价，如果卖价加上工资与地租比较起来，等于每亩地净赔一元以上，一共赔了七十多元。 收麻是个很繁重的苦活，雇人做工很费钱，每天夜里两点就要起床去市上叫人，待雇的人黑鸦鸦的一片，老弱常常没有人雇，干一天，最高的工价不过二百枚左右，折合洋钱不到四角，除去自己吃饭的费用，五口之家就很难维持。 那还是夏秋旺日，到了冬季，既无副业，又无正当的工作，唯一的办法就是借债度日。 利率之高却出人意料，有所谓的"天钱"，即每一元钱每日出利钱一大枚，每个月在一角一分左右。

他以为家乡生计如此艰难，他们的生活也一定十分节约，但事实上并非如此，每年从天津进来的茶叶、纸烟、煤油、布匹等，样样不少。二十年前连肉铺都没有的村里，现在有了两个肉铺，每天卖出两头猪很容易。他寻思，生产方法依旧是二十年前，生产物也没有变化，而价格又非从前可比，人们的生活程度居然慢慢地高起来，这是最危险的事。所以，他感慨地说，这些年中只听见某家破产了，某家落拓了，再也听不见老人说的：从前谁家因俭起来，谁家耐劳致富。

他再三思考，到底是什么原因造成了乡村的凋敝破落，想到了三个因素；一是近代商品流入，打破了乡村原有的自给自足的经济，他们的生产能力跟不上他们日常享受所需的费用。二是无恒产而无恒心，他问村中的人为何这样享用不顾将来？许多人的回答是："我们的账是还不完的了，将来没有什么希望了！只好自己享用点吧！"三是人口问题，家家的孩子多于大人，人口的激增使贫困问题加速度，加上分家析产，有限的土地愈分愈少，愈少愈穷。①

他的家乡距天津近，受都市的影响更大，与河北另一个村的情况就不大一样。

关玉润也毕业于辅仁大学，当时在山东济宁代庄的崇德师范工作，他的家乡是山东寿张县属的梁山，从前是一片汪洋，历

---

① 《独立评论》第 123 号，1934 年版，第 7—10 页。

年来因为黄河淤塞，变成了一片好黄土地，农事的收获还算可以，七八年前可以见到许多食有余粮的人家，近三四来却日形凋敝了。他在家乡所了解的情况与董浩所见又有所不同。

他回乡过中秋节，东邻的伯父因为这年的收成好，特地叫他过去吃酒。他去了，发现桌上放了两盘菜，一盘点心，伯父说，"今年月饼太贵了，可是有点心也满可代替。"

伯父家有十口人，四十亩地，两头牛，在村里可以算中等之家，问及这几年来怎么样？答以："太穷了！"在他的追问下，伯父才给他算了一笔账，告诉他怎么会"太穷了"，以当年的收支来计算，就知道穷得怎么样了。四十亩地可以种小麦十七亩（豆十四亩、芋三亩，还是种麦田）、高粱十六亩、谷二亩、落花生四亩、小荁一亩，收成好，全年的收入大约值240.625元。而支出仅种子、完粮及街坊杂费、耕牛的喂养三项就要111.20元，收支相抵，剩下也就129.425元。这还没有算上买肥料、人工费、苛捐杂税和医药费等支出。就按这个数来算，一家十口，十二个月的日常应用都在里面，平均下来每人每天只有大洋三分五厘（沈从文在湘西目睹当地人为了一分一厘讨价还价，由此即可以理解了），合八大枚半零五个制钱，就按九大枚算，一日三餐，每顿只有三大枚，这还只是食，衣、住、行等其他日常生活所需，额外的开销都没有考虑在内。他总算明白伯父何以说"太穷了"。他在当年12月23日的《独立评论》（第132号）发表的《农村经济一夕谭》开篇，忍不住说了这番话：

"农村破产",现在已经成了普遍的呼声,……大凡到过乡下的人,谁也不能否认!所以农村之穷,确实是穷,并且确已穷得不可开交!但是,老农们何以如此之穷?他们的穷究竟到了什么程度?这些却很少人能具体的告诉我们。换句话说,老农们穷得吃糠吃野菜;穷得衣不蔽体。可是,这些拼命要活的人们,他们日常生活费,到底是多少?他们节俭的努力,到底造成了什么程度?

这一次,伯父给他算的收支账,大概给了他一些具体的答案。

在阎锡山治下的山西,离开故乡七年的小文得知近况,不无愤怒地写下《故乡(如此山西)》。 他的故乡是山西最偏僻、最贫穷的一个小县,山多地少,十分之八的人要么在本地开山种地,要么到东口外寻活,常年吃的是谷子面打糊糊。 过去粮价还好,除了自己吃的,还可以将剩余的粮食卖掉,一家人总能过日子。 这几年越发不行了,因为粮食像泥一样贱! 税捐却一天比一天加多! 辛辛苦苦一年到头,那点收成还不够交税捐! 什么"十年计划"、"统制经济"、"造产救国",还有管理食盐、公卖鸦片……花样成天在变,闹得人人精疲力竭,家家喘不过气来。 农民没有饭吃了,全县二百多家商号也接连倒闭,还在开张的只有三家。 连七年前造成的林木,也砍伐得差不多了。 当时办的六七个学校,有四个停办了。 只有赌风比以前更烈了。

胡适读了此文,称之为"沉痛动人"。①

河北、山东、山西的乡村如此,在北方人心目中的好地方江南,尤其是"天堂"一般的江浙又是怎样的光景呢?

三

徐燮祥在《如此"天堂"》中作出了回答:

"上有天堂,下有苏杭。"可是现在的苏杭,非但不能比拟"天堂",简直已经沦为"地狱"?!

江南本是鱼米之乡,也是养蚕之乡。他的家乡海宁硖石,在杭州东北百余里,本算是浙江下三府中富有之地,一年有两熟,一是种田,一是养蚕。"蚕罢"(蚕事已了)的欢乐不减于秋收,还债、赎当、娶媳妇、嫁女儿,以及种田的资本都得从这里出。只要蚕事顺利,秋收也还过得去,乡村间便充满热气,城里的商业也兴旺。此时,江南与西北比起来真可比"天堂"。

去年的田里丰收,而每个农人都负了一身债,因为二块五毛一担的谷,把他们闹穷了。但他们把希望放在来年的蚕上面。不料今年天气不好,丝茧竟全没有收成,就是有一二家例外,上海丝厂一家家倒闭,镇上的茧厂都没有开秤。他们不能灰心,

---

① 《独立评论》第108号,1934年版,第11—14、20页。

继续把希望放在后面,蚕不好,还有田里的稻,欠下的蚕种钱、桑叶钱和高利贷都指望着秋收,哪知道,"整整三个月不见一点麻麻雨,太阳像烈火一般的挂在当空,田里的泥土干燥了,慢慢的张开了一条条不可弥缝的裂痕,像死龟的甲壳。慢慢的连河港也干涸了,也和田里那样张开了裂痕,像一条张着鳞的大死蛇。"往年还可以饮鸩止渴去用高利贷向地主或米行借,拿点丝到当铺里去当,今年丝茧没有收成,拿不出东西去当,又无青苗可指。本来还可以吃南瓜、芋头,捱过去。今年连这些都旱死了。山穷水尽,"吃大户"、抢米等风潮也就难以避免了,饿死的、全家自杀的,时有所闻。

徐燮祥的文章谈到浙江蚕业的凋敝,让胡适想起茅盾前年发表的小说《春蚕》,那是大旱灾之前的两年,那时农家的经济情形已够可怜了,何况在这大旱灾之后呢?①

茅盾在《春蚕》之后还有《秋收》,讲述了谷贱伤农和老通宝之死,江南乡村的危机。这一天当然不是突然临到的。《春蚕》中的老通宝,因嘉兴一带无人收蚕茧,大老远从水路送到无锡贱价出售。

到了1934年,中央政治学校学生邵德润暑假回家,在京沪车中,沿途在无锡一带看见许多茧厂,墙上写着斗大的字"停收"。车上他也听几个商人说起今年的丝行情,"年年耐呢无锡人总看见许多上海厂家拿着整千洋钱来收,今年去请也勿来

---

① 《独立评论》第124号,1934年版,第8—11、18页。

哉。"养蚕向来是江南农家最大的副业,上半年青黄不接时的"养命之根"。他问及,为什么上海商人不来收,得到的回答是"人造丝来啦,银根紧啦,行家倒啦"等等。他心中默默地想,江南人的命根又断了一条。

这一年江南又遭遇罕见的大旱,沿路他看到"毛刷似的死稻田",甚至有长着杂草的田,猜想是离河港远,没有水,田都没有种下。一路上,他看见许多挑着铺盖包袱的年轻农人外出求生。所以,他说:

> 江浙是跟别的省分同样的穷,旱灾,失业,饥,盗……亦已是恶疫似的流布到各处。江南已不是国中的锦绣地,遍地饥民,满田焦禾……

回到家乡衢州,看见大半焦黄的田禾,有气无力地折垂着,连路边的野花都晒得枯瘪了,池塘差不多全龟裂了,只有塘底一洼水。在家没有住上三天,耳闻的都是抢水出人命、抢米、全家服毒、吊死田头这样的新闻。村长老先生称之为:"乃是皇清所未见,实民国之奇灾。"预计全村在八月中就要没吃的有三分之一,有几家是"镰刀一息,就没得吃"。他听了唯有无语。①

他是在《独立评论》第115号读到清华大学学生王伏雄的文章《乡音》的,深有同感,因此写下这篇《哀江南》。

---

① 《独立评论》第118号,1934年版,第7—9页。

王伏雄的家乡是浙江兰溪县一个叫穆坞的山村，约有一百七十多户人家，地处山中，田地不多，粮食能自给的不过二十多家，其余的大都是佃农，辛苦忙碌一年，只能得豆麦两熟，谷除付租外不会余多少，也许还要赔本。他说："每年暑假回家，总觉得故乡的情形一年不如一年了。去年虽说是丰收，许多贫民仍觉得日子难过……家里稍有几亩田的中等人家，因为粮食太贱，如有子弟在外求学，或者碰到做什么婚丧之事，势非举债不可。然而际此农村经济崩溃的当儿，又向谁去借呢？田地是没有人要了，因为没有钱，即使有一点钱的人，在这个年头，也不愿买田地。这样，中等人家也不好过日子。"即便富有一点的人家，也不能像先前那样安定的生活了。又加上今年大旱，他接连接到妹妹、父亲的来信，都让他感到沉重，不要说他的祖父在家常仰天长叹，报上看不见有雨的消息，他在清华园都难以安心。

　　往年他家乡的农民还有一个出路，就是"出门"，"出门"是到几百里路远的深山掘榆树的皮，磨成粉，可以卖给香店，是供神拜佛的香的原料。有了这门副业，妇女也可磨粉赚钱，商人可以转卖香粉赚钱。近年来，就是这条路也走不通了，要么"出门"本钱借不到，即使借到了，榆树一年少似一年，而且各地都禁止砍伐，非出钱买榆树不可。再加上榆皮跌价，香粉销路一天不如一天。"这一切的现象，都受了经济衰落的影响。故乡农民的命运，已渐渐的陷入悲惨的深渊！"

　　这场七十年未有的旱灾，更是令惨状加剧。"天灾来临政府没有领导民众防范于前，事后的补救现在还不知道。农民的悲惨的遭遇，只有诉之于命运之神了。他们能够工作，能耐劳苦，只要有饭吃就行。但如今，'出门'去呢，本钱在哪里？没有粮食，向谁去求助？他们唯一的希望只有求神敬天，等待真命天子的早日出世！"

这篇《乡音》①曾深深地感动过胡适。

在交通大学研究所工作的吴辰仲，他的故乡在浙江义乌，与王伏雄的家乡相距很近，他在《苦旱的故乡》里记录当地最繁荣的佛堂镇"禁屠祈雨"时，与公安局长发生冲突，上千农民把请出来求雨的关圣神像抬进了公安局的大门，最后以县长向神像三跪九叩、公安局长撤职而告终。而雨依然没有任何音讯。无望的农民在酝酿"吃大户"，唯一的希望就是要工做、要饭吃，"乡绅们却肯定猜说那集团里面一定有青红帮或共产党从中鼓动"。②

当年9月16日，商务印书馆出版的《东方杂志》刊出冯柳堂的长文《旱灾与民食问题》，说到这次旱灾波及号称水乡泽国的浙苏皖湘鄂赣六省，河北、山西一些地方也有旱情，旱灾几遍及全国，各地粮价供应困难。吃饭问题成为中国当前最大的问题，"衣食足而后知礼义，故生活不安定，则一切不安定矣。何况农村已至破产，继之以数十年所稀有而犹不绝进行中之大旱

---

① 《独立评论》第115号，1934年版，第12—14、20页。
② 《独立评论》第117号，1934年版，第6—11页。

灾,瞻望前途,忧心忡忡!"①

即使不在灾区的广东三水,乡村的痛苦也一点不轻。一位叫邓达泉的小学教员给《独立评论》寄来一篇《谈谈广东的乡村》。他的家在三水县靠西边的一个乡村,地势比较低,耕种是"十年三收",大部分男子都是外出工作,清明除夕才回家数日,两江沿岸的乡村都是这样。因为经济不景气,各业都达到饱和的状态,他们外出谋生的路也没有了,家乡到处是找不到活回来"食谷种"(就是俗语失业坐食)的人。他忧伤地说:"今年各地都旱到赤地千里,我这里却浸到连来年的谷种也没有了。"

连素来富饶的广东顺德,也因丝业衰落,向来以种桑为生的乡村同样生计艰难。他以自己的所见所闻证实,"经济衰落农村破产,到处皆然,不分南北,大抵都同病相怜。"②

《独立评论》在1934年大量发表的乡村纪事,呈现了一个真实的中国乡村,与《边城》中那个世界截然不同。当一年将终,12月28日,实业家穆藕初在上海写下《一九三四年中国经济的回顾》说,"近年来促成农村破产,影响农民生活最重要的因素,莫如灾荒。本年各地灾情虽无三数年前之甚,而水旱交迫,损失亦大。"年内旱灾波及的省份达十一个、三百六十九个

---

① 《东方杂志》第31卷第18号,商务印书馆,1934年版,第22页。
② 《独立评论》第124号,1934年版,第11—13页。

县，受灾面积，一万三千三百八十多万亩，灾民在七千万人以上。 旱灾之外还有水灾，受灾的有十四省、二百八十多个县，受灾农田达三千多万亩。 水灾之外又有虫灾、风雹灾。 即使没有受灾的区域，粮价狂跌，也让农民的生活无法维持。 他注意到上海在"灾荒景象"之下，物价仍然暴跌。 这一年春蚕的跌价，更足惊人。 杭州、嘉兴等地尤为明显，"这又何怪农民的生活，如入火坑一般呢！"①

老牌的《东方杂志》开始关注乡村的严峻现实，不仅发表学者、专家与官员有关乡村危机的思考、分析和对策，1935 年第一期的"农村救济问题"就集中了十一篇文章。 而且与中国农村经济研究会合作，开辟了一个"农村写实"专栏，经常刊出关于各地农村的实况报道。

南京国民政府也注意到了这一问题的严重性，在行政院任要职的彭学沛在《农村复兴运动之鸟瞰》一文中列举了政府的一系列努力，其中关于农村复兴委员会一年来的工作，就有废除苛捐杂税、设立整理地方捐税委员会及各省市监理委员会、调查全国各地苛捐杂税等。 许多学者在分析乡村经济破产的原因时，都曾提及捐税之繁重已登峰造极，无论田赋杂税，都已超过农民负担的限度。 农村复兴委员会的举措到底收效如何，许多乡村正在发生的事实不断地做出了回答。

1933 年元月，大批知识分子曾在《东方杂志》上笔谈"新

---

① 《交易所周刊》创刊号，1935 年版，第 19—20 页。

年的梦想",在"个人的梦想"中,许多人心目中不约而同有个桃花源般的田园梦,向往有一个《边城》中那样的世界。然而,在这些赤裸裸的真实乡村书写面前,那田园诗般的梦又将落在何处?

2015 年 4 月

胡适为何拒绝组党？

1946年7月5日，胡适在阔别中国九年之后，回国出任北大校长，其一举一动都受到密切关注。是年9月《观察》创刊号登载了一篇"本刊特约南京通信"《组党传说中胡适的态度》：

> 胡氏回国后，外界即有胡氏组党的传说，业经胡氏公开否认，然此事非毫无起因者。这几年来，国事日非，一片混乱。人人对于现状表示不满，而一般自由思想的知识分子，所怀有的苦闷，尤其深刻。当今中国，国共对垒，一般受英美传统的民主教育洗礼的人，虽不满于国民党，但亦未必赞成共产党。民主同盟本来是超乎国共两党范围之外而独树一帜的，在思想上，大体可以吸收所有的自由思想分子，但民主同盟本身也是一个非常复杂而怀着许多先天不足的集团，最近一二年中所表现的，也未能使人满意，故民盟本身的前途如何，现在仍在不可知之列。由此，在心理上及感情上，中国一般自由思想分子，实有急切组织一个政党的要求。然而组党须有领袖，这个领袖要具有各方面的条

件,而这些条件,比较言之,今日以胡氏所具较多;胡氏是今日中国有足够的声望以领导群雄组织新党的人物。现在有几种人都希望中国有一个新的代表民主政治及自由主义的政党。第一种人是现在国内一般正统派的自由思想学者,第二种人是现在国内一般倾向民主自由的工商界人物,第三种人是美国人。就中国的大局论,美国当然是要支持国民党的,但是一方面要扶持国民党,一方面又实在感觉国民党的扶不起来。远的不说,就说最近一二年,国民党所表现的许多行为,实在使美国内心烦闷到了极点,美国方面也实在希望中国能有一批新的人物出来,来增强国家的生命,并巩固国家的"安定之摆"。①

在政治上对胡适抱有期待的确不乏其人,就在他回国前,因"高陶事件"而长期居留美国的高宗武 5 月 2 日给他写信即说:

> 中国今日的局面,似乎尚远不及 1937 年,这胜利声中的亡国现象,真的令我人忧心如焚。
> 我很盼望你在动身之前,能和你几位美国老朋友交换一点政治上的意见,必要时,我尚盼望你领导一班人

---

① 《观察》创刊号,1946 年版,第 21 页。

作一番最有效的新政运动。①

看不出胡适有领导什么"新政运动"之意,虽然此前他曾致电毛泽东,希望共产党能走上英国工党那样的和平竞选之路,那也只是书生之见。至于他组党的传说到底从何而来,《观察》创刊号的这篇通信中也有一点蛛丝马迹:"国民党当局对于胡氏归国后的动向,当然在密切注视中。胡氏甫抵国门,CC系即先来一个宣传攻势,宣称胡氏回国组党。这一拳使胡氏猝不及防。胡氏虽然从事外交数年,但毕竟还是书生本色,立刻公开否认,使CC的宣传攻势,大胜而归。"②

如果说,此时有关胡适组党的传说,只是来自国民党某些方面有意的试探。不久之后,蒋介石确曾有意请胡适出来组党。1947年2月4日傅斯年给胡适的信中就提到过此事,1月15日中午,蒋约傅斯年吃饭,座中别无他人:

他问我,前谈先生组党之说,如何?我说,未再谈过。他说,请先生再考虑。我说,组党不如办报……。

接着蒋又表示要胡适担任国府委员兼考试院长,傅斯年力陈其不便。他跟胡适强调:"但,我们自己要有办法,一入政府

---

① 转引自《胡适来往书信选》(下),中华书局,1979年版,第108页。
② 《观察》创刊号,1946年版,第22页。

即全无办法。与其入政府，不如组党；与其组党，不如办报。"也是在这封信中。①

可见，在1月15日之前，蒋介石已跟他谈起过要胡适组党的事。

蒋为何提议胡适出来组党？与美国的关系最大。当马歇尔在华调停国共争端，使命难成（共产党和民盟已拒绝参加国民大会），1946年12月27日，马歇尔与蒋谈话时强调："渠必须以本身间接之领导，孕育少数党团，联成一个自由党，而后渠在国民大会中，所作之采取健全宪法之努力，始可免于仍是一党政府掩饰之外议。……余意组织少数党派，为一较大之自由政团，对渠将极有裨益，且能置渠于国父之地位，而非仅续为国民党一党政府之领袖。"蒋虽表示，完全同意他关于自由党之意见，但中国青年党、中国民主社会党这几个少数党派实在不成气候。马歇尔在离华之际发表的声明中主张："尽力创造机会，使中国较佳之人士得以出头"。他更希望能在蒋介石的间接赞助下，组成一个爱国自由主义者的政团。他认为从蒋的立场言之，"此举实属必要。因渠需要一值得尊敬之反对党，以向世界证明，渠在中国建立民主型式政府之诚意。"②

1946年11月11日，胡适从北平飞南京，出席15日开幕的

―――――――

① 傅斯年：《傅斯年遗札》（第3卷），"中央研究院"历史语言研究所，2011年版，第1732—1734页。

② 《马歇尔使华报告笺注》，"中央研究院"近代史研究所，1994年版，第575、577页。

国民大会，在南京住了一阵子，请他组党之议大概就在这段时间。 11月23日晚上，他和王世杰、傅斯年有一席长谈，当天王世杰日记中说："适之对于国民党过去之贡献，本历史学者之眼光予以同情。 值此中外是非混淆之时，适之之态度颇为国民党之一个助力。"①要他出来组党，他却拒绝接受。

1948年4月8日，蒋介石提名胡适为总统候选人的想法在国民党内受挫之后，请他吃饭致歉，晚饭只有他们两人，宋美龄也不在场。 就是这一次，蒋再三表示要他组织政党，他的回答是："我不配组党。"并建议国民党最好分化作两三个政党。 对于这次面谈，他当天日记记得还比较详细。②

他无意组党，也无意组阁，两次受邀出任行政院长，他都拒绝了。

二

时空转移，政局变迁。

1949年以后，胡适客居美国，支持雷震在台湾岛上办《自由中国》。 然而，当蒋介石、雷震希望他出面组党时，他还是拒绝了。 1951年5月31日，他在写给蒋介石的长信中说："数年

---

① 王世杰：《王世杰日记》（上），"中央研究院"近代史研究所，2012年版，第833页。

② 胡适：《胡适日记全编》（第7册），安徽教育出版社，2001年版，第709页。

来，我公曾屡次表示盼望我出来组织一个政党，此真是我公的大度雅量，我最敬服。但人各有能有不能，不可勉强。在多党对立之中，我可以坚决的表示赞助甲党，反对乙党，……但我没有精力与勇气，出来自己组党，我也不同情于张君劢曾慕韩诸友的组党工作。"①张君劢、曾琦（慕韩）分别是中国民主社会党和中国青年党的领袖。这是他私下说的真心话。

1956 年 10 月 29 日，雷震在台湾给他写信，恳切地劝他出来领导组党：

> 先生今年六十六，我已六十，对国事奋斗之日无多，我们应该在民主政治上奠定一基础。……建立民主政治的政府，我们纵不能及身而成，但我们要下一点种子。先生常写"种豆得豆"，就是这个道理。
>
> 这个新党如先生愿出来领导，可把民社、青年两党分子合起来，加入国民党一小半及社会上无党无派者，成立国民党以外一个大党，今后实行两党政治。

11 月 5 日，雷震再次写信给他："我们要挽救危局，把中国造成一个现代的中国，必须有一个有力的反对党。并不是要这个党执政，就【而】是在旁边督促，使执政的国民党能够前进。请先生切实把这个问题想想。"

---

① 转引自 1997 年 2 月 27 日《联合报》"联合副刊"，感谢林建刚提供。

对此，他不予回应。1957年8月29日，当台湾盛传"反对党呼之欲出"、"胡适博士始作俑"，毛树青受《联合报》之命来访，他说："这一年来，香港、台北的朋友曾有信来，说起反对党的需要。但我始终没有回过一个字，没有复过一封信，因为我从来没有梦想到自己出来组织任何政党。"当天他给雷震写信，在复述了这些意思之后，继续说："丁月波和你都曾说过，反对党必须我出来领导。我从没有回信。因为我从来不曾作此想。我在台北时，屡次对朋友说——你必定也听见过——盼望胡适之出来组织政党，其痴心可比后唐明宗每夜焚香告天，愿天早生圣人以安中国！"①次日，他日记中提及写长信给雷震，"劝他们切不可轻信流言，说胡适之可以出来领导一个反对党。"②就是指这封信。

但雷震没有就此死心，还是希望胡适有一天能回心转意。

1958年5月27日晚上，《自由中国》杂志社举行餐会，有六十多人参加，主要是欢迎胡适，饭后雷震请他讲几句话，他夸了《自由中国》与雷震的贡献，最后提出对反对党问题的看法，认为不如改用"在野党"字样，并主张组织一个以知识分子为基础的新政党。在座的傅正、毛子水等人都明白，"这只表示他赞成有一个知识分子的新政党出现，并不表示他愿意参加这一政党，

---

① 《万山不许一溪奔——胡适雷震来往书信选集》，"中央研究院"近代史研究所，2001年版，第100—103、116—118页。

② 胡适：《胡适日记全编》（第8册），安徽教育出版社，2001年版，第497页。

更不表示他愿意领导组党"。毛子水当场说,明天报上又要说胡适之倡导组党了,使他有些不知如何回答才好。①

8月14日,雷震给他写信,又一次发出这样的呼吁:"我说在台湾搞反对党,可能流血。如先生出来,不仅可以消弭台湾人、内地人之隔阂,且可防止流血。先生当时亦(不)以为然。今日看情形,我的话一点也没有说错。对在野党事,是为中国民主政治铺路,我还是希望先生出来。"②

11月17日,雷震到台北郊外的南港探访胡适(此时,胡已就任"中央研究院"院长),第二天对《自由中国》编辑傅正说,"胡先生仍旧表示对政治无兴趣"。傅正在日记中说:"其实,这完全在我意料之内。老实说,人各有志,我们也不必勉强,事实上也无法勉强。在我看来,今天一切有志于以反对党救国的朋友,应该不必老把希望寄托在胡先生身上了。"③

而雷震直到入狱前,对胡适一直抱有希望。1960年4月20日,他还对傅正说起,前些时单独探访胡适时,胡适曾向他慨叹,局面没有希望,除非有一个反对党出来。但是当他希望胡适出面领导时,又遭到了拒绝。不过胡适表示,反对党一旦组成,就在组成的当天,自己会正式发表声明,要求全世界支持这

---

① 《傅正〈自由中国〉时期日记选编》,"中央研究院"近代史研究所,2011年版,第100页。

② 《万山不许一溪奔——胡适雷震来往书信选集》,"中央研究院"近代史研究所,2001年版,第137页。

③ 《傅正〈自由中国〉时期日记选编》,"中央研究院"近代史研究所,2011年版,第116页。

个组织。虽然他为胡适的态度转变,感到兴奋,甚至很乐观地认为一年内一定组成,而胡适自始至终都没有同意出来组党。①

三

胡适为什么一次次拒绝组党?无论提议来自最高当政者,还是与他有多年交往的朋友。一方面他对自己的性格有着清醒的认识。早在1949年2月12日,胡适就告诉过雷震,蒋介石过去请他组党,他说自己的个性不适合,他有"四不":"第一、不请客,被人约请则去,但从不回请;第二、不拜客;第三、不写信介绍人,渠之学生甚多,从未写一封信;第四、△△△△,故不能组党。"②

1957年8月28日,胡适给雷震的信中再次提及:"我一生有四不:不拜客,不回拜客,不请客,不写荐书。近一二十年来又添'不回信'。这样疏懒的人,最不适宜于干政治。此我自知之明也。"③

他确乎只是论政的人,未必适于从政。当年《观察》创刊号上那篇通信对他的有些分析,颇能抓到一些痒处。面对胡适

---

① 《傅正〈自由中国〉时期日记选编》,"中央研究院"近代史研究所,2011年版,第298页。
② 雷震:《雷震日记》,台北桂冠图书股份有限公司,1989年版,第130页。
③ 《万山不许一溪奔——胡适雷震来往书信选集》,"中央研究院"近代史研究所,2001年版,第115页。

组党的传说，分析了他个人的条件，认为不可知的因素有两个："第一，即胡氏的行政的才干，是否一如其思想的才干。治政与治学的性质不同，所需要的条件亦不同。……胡氏如组党，而其行政才干不足以副之者，则至少必须能有一个核心的高级的党的干部，以为策划执行的动力。第二，在大的思想倾向上，胡氏当然是领导得起来的，但一个政党不能单靠一种广泛的倾向来维持，尚须较为具体的纲领。……今日组党，领袖人物固然重要，而政党的基础仍在广大的群众。而群众决不能仅靠任何一个偶像来维系，须靠进步的政纲来维系。关于这点，胡氏出国多年，一方面他对于中国社会隔膜，一方面中国社会对于他也同样隔膜"。①

这种隔膜可以说是他的书生本质所决定的。1948年4月2日，他正在南京，暂住中央研究院历史语言研究所，当时蒋介石决意提名他为总统候选人，在王世杰、周鲠生的劝说下，他确有心动，勉强接受了，但又有点犹豫，"事后仍觉身体健康与能力不能胜任"。②

当晚，他找年轻的考古学家夏鼐聊天。他说，最近半年内打算把《水经注》作一结束，这本是思想史中的一小注，竟费了他四年多的功夫，实出意外。此后，他计划续写《中国哲学史大纲》，就是上卷也拟重写，可将殷墟材料加入，大约需一两年

---

① 《观察》创刊号，1946年版，第22页。
② 王世杰：《王世杰日记》（上），"中央研究院"近代史研究所，2012年版，第893—894页。

的功夫。然后再写《中国白话文学史》，下卷也许改成"活的文学"史，不一定是白话文学。他还想写整个中国文化史。说到这里，他又摇头，说自己老了，还有这三大部书要写，颇有"日暮途远"之感。说到自己教书三十年，没有教出一个可以传衣钵的徒弟出来，大部分上课听讲的学生，不能算是徒弟……说到自己成了公众人物，不能脱离一切，去从事研究，"最好是像陈独秀先生一般，被关禁几年，如又可得阅书之自由，或可专心著作。否则像副总统这样职任，消闲无事，亦属不错，且地位较高，有些小事像写字之类（指着书架上一大堆人家敬求墨宝的纸），人家也不好意思来麻烦了。但是万一总统出缺，这又更加麻烦了。最好能有一职位，每天以二三小时挣钱吃饭，其余时间可专心研究工作，北大校长仍嫌过忙，希望傅孟真先生或蒋梦麟先生能够来代理一两年，自己可以脱离行政事务，专心研究工作。……"

他越说越有精神，一直聊到十一点，夏鼐才告辞出来。① 这一夜的聊天是放松无忌的，同时可以看出他内心有点兴奋、有点激动，有可能被提名为总统候选人，不能不在他心中引起一点波澜，难怪他会想到"副总统"和"总统出缺"。这是当时夏鼐所不知道的。

4月5日下午，当王世杰告诉他，蒋介石想推选他为总统候

---

① 夏鼐：《夏鼐日记》（第4卷），华东师范大学出版社，2011年版，第180—181页。

选人的意图在国民党内没有通过，他非常愉快，如释重负，因为外间记者已喧传蒋将推荐他为总统候选人，他正十分头疼难以应付。①他当天的日记说："我的事到今天下午才算'得救了'。"②同一天，夏鼐在《大公报》上看到这个消息，猜想他前一天之所以没回来过夜，可能在友人那里躲避。③

胡适真正的志趣并不在从政上面，平时对时局的关心，也只是出于一个读书人的关怀，真要他去应对复杂、繁琐的事务，却非他所愿，也非他所长。何况，他清醒地了解中国的时局，即使他付出牺牲，也未必就能像他所愿望的那样。何况，他也从未打算牺牲。

当雷震他们在台湾组党已势在必行，明知胡适不可能出来领导组党，雷震身边的傅正对他早已失望了，1959年1月30日上午，傅正和雷震谈到胡适时，坦白指出，"胡先生不可能为争取原则而牺牲，并认为把组织反对党的希望放在他身上，便一定会落空。"雷震依然在为胡适辩护，傅正因此抱怨："雷公对胡先生的崇拜，似乎有几分近乎狂热，总是替他辩护。"

当时还年轻的傅正，对胡适的认识倒是值得留意的，1958年4月9日的日记中，他说：

---

① 王世杰：《王世杰日记》（上），"中央研究院"近代史研究所，2012年版，第895页。

② 胡适：《胡适日记全编》（第7册），安徽教育出版社，2001年版，第708页。

③ 夏鼐：《夏鼐日记》（第4卷），华东师范大学出版社，2011年版，第182页。

> 其实,胡先生之为人,自为者多,为人者少,只是遭遇这样一个时代,使他左右逢源而已!这种人在学术上固然能够开风气之先,但人格上并不够完满。他之不可能出来组织反对党,是我早就料定了的,但假使反对党已打开了相当好的局面,那时若再拉他出面领导时,倒可能会出来的。
>
> 这些年来,因为是《自由中国》鼓吹反对党最力,所以一谈到组织反对党,大家总认为非胡先生出来领导不可,这固然是由于他的偶像作用已经造成,同时也由于大家未免太重视偶像。老实说,一个理想的反对党,并不是以某一个偶像来号召,而是要以具体的政治主张和行动来号召。……
>
> 当然,胡先生既已有他的偶像作用,假使他真愿为反对党而努力,不惜牺牲自己,以求能对苦难的中国人有所贡献,站在有志于反对党活动的人,固然是求之不得。但胡先生如果真不出我所料,而不肯冒这种风险,人各有志,也没有什么值得大惊小怪的。

他认为胡适的性格"不是一个可以断然决然从事政治运动的人"。持有类似看法的也不仅傅正一人,5月3日晚饭后,傅正拜访台湾大学教授王叔岷,谈话的中心就是胡适,"彼此的看法很接近。共同认为胡博士要在学术上有什么惊人的成就恐怕很难，而要想胡博士在政治上领导反对党则更难。"①

中国应该走什么路，往哪个方向去，在胡适心中是确定的，在他有限的人生当中，他能做些什么，他大致上也是清楚的，所以，他给雷震的信中说："我平生绝不敢妄想我有政治能力可以领导一个政党。我从来没有能够教自己相信我有在政治上拯救中国的魄力与精力。胡适之没有成为一个'妄人'，就是因为他没有这种自信吧。"②他爱惜自己的羽毛，不愿成为"妄人"，一次次拒绝组党就是必然的。

2015年4月7日—8日

---

① 《傅正〈自由中国〉时期日记选编》，"中央研究院"近代史研究所，2011年版，第171—172、67—68、298、85页。

② 《万山不许一溪奔——胡适雷震来往书信选集》，"中央研究院"近代史研究所，2001年版，第116、118页。

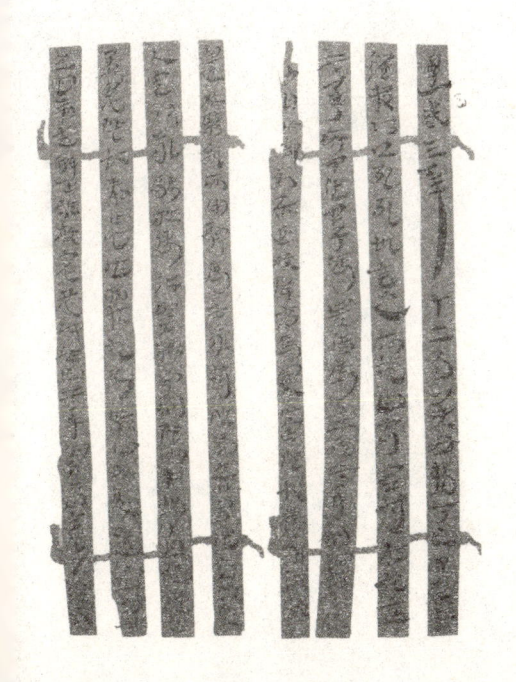

第二辑

时局　饭局　格局
史量才在"九一八"之后的公共生活

中国人向来只有私人生活，没有公共生活，梁漱溟在《乡村建设理论》中有个判断："中国人极有'四海一家''天下为公'的精神。……尤其是中国读书人开口天下，闭口天下，一说便说大话。盖在中国人切己的便是身家。远大的便是天下了。小起来甚小，大起来甚大——然真所谓大而无当。……西洋人不然。……得乎其中，有一适当的范围，正好培养团体生活。"他认为："西洋之有团体从有宗教来；中国之缺乏团体，从缺乏宗教来。"中国人缺乏团体生活，或者说公共生活。租界的出现，或者近代社会演变的结果，就是中国特别是上海这样的通商口岸开始出现了公共生活。

史量才作为报业老板，生活在上海这个中国最典型的现代化都市，他的公共生活也同样具有典型性，我试着从他这个个案的角度，来看看那个时代中国人的公共生活面貌。

史量才不写日记，也没有留下回忆录，我们今天只能依靠与他有交往的人的零星记录来还原他的公共生活。其中《黄炎培日记》相对完整，黄炎培跟史量才有很密切的来往，因为他曾是史量才的下属，在《申报》工作，有一段时间，几乎每一天都与史见面，经常到史家去。 史量才经历的事，黄炎培基本上都知道。 在史量才研究当中，非常重要的一个切入点就是《黄炎培日记》中提供的线索。 我想以他的日记为中心，旁及其他材料，建构起史量才在九一八事变之后公共生活的脉络。

九一八事变后，蒋介石曾邀请史量才等上海各界头面人物去南京谈话，1931年11月6日他们乘夜车到南京，8日与蒋介石在励志社见面。 上海邀请的人，包括黄炎培在内一共17个，都是银行界、实业界、教育界、新闻界、出版界的领袖。 那天上午从十点钟起，蒋介石跟他们聊了两个半小时，关于东北问题讨论甚详。 他们和蒋介石的合影，史量才站在正中间。 中午他们在励志社吃饭，晚上蒋介石邀请他们到家中吃饭，谈及改良币制、发展交通、舆论公开等，蒋诚意表示接受。 他们回到上海以后，11日又到史量才家聚餐，商量大局。 史量才在那个时代的影响由此可见。

一

我想从三个方面来看史量才的公共生活：第一，是从组织方面，作为一个报人，在九一八事变后，他至少参与创立了多个民间组织：壬申俱乐部、上海市民地方维持会（后来改称为上海市民协会）、东北难民救济会、东北协会，他虽没有参加中国民权保障同盟，但是支持了这个组织，他也支持了新中国建设协会，并参与了民宪协进会筹备会（洛阳国难会议会员穆藕初、熊希龄、张耀曾、黄炎培、左舜生等都是这个筹备会的发起人），他还参与过日本研究社（理事长马相伯、蔡元培，常务理事王云五、史量才等）。

短短几年间，一个人可以介入那么多不同类型的民间组织，可见那时的上海还有相当大的公共生活空间。1932年1月13日起，黄炎培在日记里讲到了他参加壬申俱乐部的情况。1月14日，黄炎培参加了上海银行举行的一个会议，史量才、陈光甫这些人都在，要成立一个壬申俱乐部，组织大纲就是他们几个起草的。当晚八点，这批人，主要以银行家、实业家为主，又在刘吉生家里聚集。接下来的几天，他们不断在刘家聚会。18日，再次在刘家集会，成立俱乐部，史量才当选为理事长，李铭、杜月笙副之，理事包括钱新之、虞洽卿、王晓籁、张公权等人。

22日，日本人借口《民国日报》报道了天皇被炸的事情和三友社打伤日僧事，要求解散上海抗日团体，张公权、虞洽卿、王晓籁、张啸林、杜月笙等都到史量才家里商量，他们都主张自行解散上海的一个抗日团体（抗日救国会）。

到了25日，壬申俱乐部举行的紧急会议，连市长都到场了，此时离一二八事变只剩下三天，灾难已迫在眉睫。上海市长吴铁城报告了日方提出的条件，张公权主张屈从，有的人反对。当天，壬申俱乐部的同人又在史家举行了一次国难会议。

26日，壬申俱乐部的人聚集在上海银行公会，商量应付上海迫在眉睫的灾难，连党国要员张群、何应钦、吴铁城都到了，可见当时上海民间社会的影响。当晚,他们又到张群家里,黄郛、吴铁城、史量才、王晓籁、俞鸿钧、何应钦等继续商量。然后,他们到刘吉生家里再商量。从这些记录可以看出,上海民间社会的这些人,无论是银行家、实业家、报人、教育家参与公共生活都很深。

27日黄炎培日记里说,"夜二时",那就是凌晨两点,上海市政府派警察封闭了上海市救国会,就是日本人要解散的抗日团体(史量才并没有参加这个抗日救国会),他们以为日本人因此就没有动手的借口了。

没想到28日夜,日本军队还是在闸北开火了,一二八事变无可挽回地爆发了。

自1月13日起,为应付日本攻击的危机,史量才等人几乎没有一天不集会,有时一日数会,主要是以壬申俱乐部的名义。31日下午,他们在刘鸿生的企业银行大楼决定成立上海地方维持会。史量才被推为会长、王晓籁为副会长,杜月笙、虞洽卿、刘鸿生等九人为理事。从壬申俱乐部推他为理事长,到上海地方维持会推他为会长,似乎顺理成章。维持会先是在圣母院路二号旧梵王官办公,直到2月29日。2月1日下午,在刘吉生家开三次大会,议决更名为"上海市民地方维持会"。此后,每天下午六点开会,孙科、李宗仁、孔祥熙、吴铁城等政要均曾列席他们的会议,并有报告。

2月10日,上海市民地方维持会会员名单首次公开登载在报纸上,先后加入的会员一共94名,几乎囊括了上海各界的头面人物，包括史量才、王晓籁、虞洽卿、张啸林、杜月笙、秦润卿、林康侯、刘鸿生、徐新六、钱新之、张公权、吴蕴斋、贝淞江、胡筠庵、俞寰澄，甚至包括荣宗敬、汪伯奇等都在这个名单上面。还有顾准的老师潘序伦，作为上海最有名的会计学家，他深受尊敬。2月17日，由史量才领衔、全体理事联名的《上海市民地方维持会募集救国捐启》在报纸上公布，公开向社会募捐。3月10日再次发布《上海市民地方维持会募集救国捐续启》。

3月19日，史量才提名加选杜月笙为副会长，并增选了张公权、穆藕初等六人为理事。杜月笙将他在巨籁达路敦丰里隔壁的轮盘赌场关掉，捐给维持会作为事务所，自3月1起起迁入这里办公。这个时候，壬申俱乐部并没有停止活动，20日还在银行公会开会，讨论政府的银行公债案。

上海市民地方维持会组织系统非常完善，由会员大会选出理事会，理事会下设总务处、慰劳组、救济组、经济组、交际组，每一个组下面又有很多功能的股，在这些组以外又有大量的研究委员会。

大难来临之际，一个临时成立的民间组织，竟有这么强大的操作能力，迅速地构建了一个功能齐备、比政府还要高效的办事机构。

2月29日，史量才通报了与蔡廷锴将军见面的情况，说到十九路军处境之艰难，已经支持不下去了。3月1日维持会先开理事会，再开大会，再开理事会，十九路军代表范其务列席报告了一个月来抗日战事经过情形。

黄炎培在2月7日的日记中说,"无一日不开会"。据《上海市民地方维持会报告》统计,从1月31日到5月31日,四个月间122天中,他们一共开了71次会,平均不足两天就要开会一次,确实非常密集。其中史量才只有两天没有到会主持,2月25日他因病请假,代理主席王晓籁报告史会长请假,26日代理主席王晓籁报告史会长续请病假。除了这两次,他应该出席了69次会。

4月13日在上海做律师的前司法总长张耀曾在日记中说,那天晚上六点半,地方维持会来接他去演讲,他发现门禁森严,有便衣配手枪,"有床上卧而吸烟者,张啸林也。"摇铃开会,主持人是史量才,左边是杜月笙,右边的空位是王晓籁,黄炎培坐在杜月笙的边上,一共大约七八十人。他说他自己认识的不过十之二三。先是议事约十余分钟,然后史量才请他演说。他演讲的重点是:"民国政体虽改,但操持政治者,仍非从事生产之人民自身,乃另是一路专靠政治吃饭之人,与前清官吏无异。近几年来标榜一党治国,治国者与生产人民更截然为两事。党专靠政治吃饭,而不必从事生产,从事生产者绝对不准予闻政治,结果党之政治目标,乃为自身利益,而不为生产阶级图利益,此今日痛苦烦闷所由生也。"演讲结束,大家鼓掌不绝,一个个站起来与他握手,他自我感觉"似颇得各方之感动"。他还特别提到,这个会所就是有名之大赌场,认为自己到这里来演说,"似一奇缘也"。他不知道这是杜月笙捐出给维持会使用的。

5月9日，当时发生了一些事情，虹口公园发生炸弹案，朝鲜志士杀日本人，日军派了大量宪兵，会长史量才让张耀曾律师帮他想办法。这是张耀曾跟史量才、上海市民地方维持会的两次交集。

维持会于6月3日宣布结束。当时，中日双方签订了《淞沪停战条约》。市民维持会当天举行闭幕典礼，《申报》做了报道。但是6月7日，他们又宣告成立上海地方协会，还是选举史量才为会长。如果说前面的上海市民地方维持会是战时组织，那么这个上海市民地方协会则是战后和经常组织，两者之间是连续的，相当程度上代表了上海民间社会精英参与公共生活的意愿和热情。这也是史量才介入最深的一个社会组织。

参与各种社会组织，是史量才的公共生活中十分重要的组成部分，观察那个时代的公共生活，我想到三个关键词：时局、饭局、格局。他所参加的这些组织几乎都是因应时局的需要产生的，无论壬申俱乐部，还是上海市民地方维持会（上海地方协会）。

以黄郛为中心形成的新中国建设协会，史量才也有所介入。黄郛与蒋介石有很深的关系，是民国史上的一个重要人物，当时隐居在莫干山上的白云山馆，同时在上海进行一些活动。在这个组织正式成立之前他们有个"十人团"，史量才就曾参加过几次饭局。1931年11月3日，黄炎培日记提到，与穆藕初、史量才等人在"一枝香"聚餐，除了商量到沿江沿海各埠提倡抵制日货计划，还商量过"十人团"计划。14日夜他们在"一枝香"会餐，又是商量"十人团"的事。

1932年5月16日晚上，黄郛、张耀曾、江问渔、黄炎培邀请吴鼎昌、史量才、钱新之、张公权、林康侯等人一起吃饭。这既是一个饭局，也是一个关乎时局的饭局，他们在"十人团"基础上要发起一个"新中国建设学会"。

史量才和"新中国建设学会"到底有多深的关系？除了这次饭局他在场之外，1933年2月26日，黄郛给赵正平的复电上，谈及他与这个组织的关系。黄郛说："会所迁移，以节经费，同时自建会所，以图久远。兄极赞同。地域不妨在江湾，经费连地价姑先暂定两万元。兄当认其半，再另筹五千，加以史量才兄已认之五千，似可立时举办。"这个复电在《黄郛年谱长编》可以看到。也就是说，史量才为新中国建设学会建会所出了四分之一的钱，可见他和这个组织的关系。

1932年6月11日晚上九点，熊希龄、朱庆澜、黄炎培等人在史量才家里商量东北义勇军的事情；8月12日下午四点，他们又在史家议论东北的事；16日下午四点，在史家中开东北的会议；17日下午四点，在史家开东北的会议。

那个时候，史量才除了《申报》的事，还有这些公共事务，经常要开会，忙得一塌糊涂。到底开的是什么东北会议？黄炎培日记言之不详。由《申报》9月8日的报道可知，史量才、褚辅成、王晓籁等四十九人在上海联合各界发起"东北难民救济会"，并于"九一八"一周年时举行成立大会。9月27日晚上七点，东北难民救济会在上海市地方协会举行了发起人会议，史量才、虞洽卿、张啸林、王晓籁、杜月笙等五人被推为理事会主席团。

29日，《申报》报道了这个消息，由王晓籁、史量才致辞："现在发起此会，请求各界人士慷慨资助，以救三省人民，此举不见为慈善性质，实为民心向背，东北存亡有莫大关系。"那个时候，张啸林、杜月笙也非常热衷于公共生活、公益事务。

10月5日，黄炎培日记里记着，在史量才家开东北协会，史被推为总务主任。8日，他到史家开东北协会理事会，14日在史家开会，是为"东北理事干事联议"。11月10日下午两点在史家开东北协会理事会。12月10日下午三点在史家开东北协会理事会。在东北难民救济会之后又出现了一个东北协会。因为东北协会要等到2月3日才在八仙桥青年会举行成立大会。该会由吴铁城、张公权、林康侯等发起，那天到会的人包括蔡元培、许世英、王一亭、褚辅成、章士钊、吴铁城、林康侯、史量才等，林康侯建议先推出二十七人，第一个名字就是史量才，接着是王晓籁、虞洽卿、朱庆澜、熊希龄、王正廷等。这些人都当选为东北协会理事。第二天的《申报》有报道。

2月12日，东北协会首次举行理事会，讨论的第一项事务就是推选常务理事案，公推吴铁城、王晓籁、史量才、林康侯、齐世英五人为常任理事。2月24日，史量才、王晓籁、虞洽卿、王正廷联名发表《东北协会宣言》。2月26日下午三点，东北难民救济会理事会在史量才家里举行。4月12日，也是在史家开会，决定结束东北难民救济会（然而，实际上一直到1933年8月9日下午，才在史家召开了东北难民救济会末次结束会议）。东北难民救济会与东北协会为两个组织，但是有关联。

那时，在上海的公共舞台上到处可以看到史量才的身影。宋庆龄、蔡元培、杨杏佛他们建立的中国民权保障同盟有共产国际的背景，那时宋庆龄与共产国际有很深的关系。从马荫良、陆诒、顾执中等新闻界人士的回忆来看，为了《申报》的安全，史量才确实没有参加过这个组织。但他也是这个组织的热情支持者。中国民权保障同盟由宋庆龄出面举行的两次记者招待会上，他都代表新闻界参会并作了发言。1932年12月29日下午四点，南京路华安人寿保险大厦八楼举行的中外记者招待会上，出席的有史量才、胡愈之、邹韬奋、顾执中、陆诒以及英文《中国论坛报》的编辑伊罗生、德国《法兰克福日报》驻华美籍记者史沫特莱等中外新闻界人士三十余人。这则消息登在两天后的《申报》上面。顾执中、陆诒回忆，史量才在招待会上有发言。

1933年2月1日，在华安饭店举行的一次民权保障同盟临时中央执行委员会会议，决定由中国民权同盟发表中英文宣言，反对江苏省主席顾祝同非法枪毙镇江《江声日报》经理兼主笔刘煜生一案。接着举行记者招待会，各报社四十余人到会，特别注明《申报》总经理史量才出席。《申报》主笔陈彬龢则直接参加了同盟，并成为上海执行委员，如果不是得到史量才的同意，至少是默许，陈参加同盟是不可能的。史不便直接参与，但是两次出席了记者招待会，在这次会上还有一个讲话："刘案为报界切身之事，自当有相当表示，本人愿负责向日报公会提出，并商议办法。"史是上海日报公会的会长。

当时，《申报》对于中国民权保障同盟提出的许多案件都有报道。丁玲、潘梓年被捕，潘梓年和陈彬龢是亲戚，潘的家属曾托陈彬龢设想营救。后来马相伯的孙女马玉章回忆，潘梓年被捕时，史量才曾经和陈彬龢到马家，请马相伯老人出面，向蒋介石说情，释放潘梓年和丁玲。如果这一回忆可靠，则史量才不仅支持了中国民权保障同盟，还曾经参与营救同盟想要营救的政治犯。他与宋庆龄有相当密切的私人关系，再联系他在记者招待会上的发言，至少可以确定他对民权保障同盟支持的态度。

这是史量才在"九一八"之后短短几年间，参与创立或支持的民间组织，涉及抗日、人权、地方自治等不同层面，可见他在公共领域的活跃度。

二

第二个方面，我们看看史量才的演说、通电。他有很多公开的演说，1932年1月31日，在刘鸿生的企业银行大楼，成立地方维持会的那次会上，他曾发表一个演讲，怒斥日寇"处心积虑，甘居戎首"，说自己"年近花甲，自幼深惧列强瓜分中国",立誓"生前不作亡国奴,死后不作亡国鬼"。

1932年3月18日《申报》报道,上海日报公会招待国联调查团,史量才致辞欢迎,李顿有恳切答词,报道节录了他的演讲词。

此前两天(3月16日),银行家陈光甫出席上海市民地方维持会时,邹秉文报告国联调查团来上海的情形,有人主张会长史量才与调查团见面谈谈,当天陈光甫在日记中提到,自己当时没有发言,但就个人意见而言,还是不见面为妙,认为史量才心中对满洲问题、上海问题皆无深入研究,"纵使有主张,如与社会舆论所不许者,亦不敢说,因平日一般人对之无信仰,组织亦不周密,此皆崩溃之现象也。"这表明陈光甫私下对史量才也有看法。 史量才招待国联调查团,不是以维持会会长的身份,而是以日报公会会长、《申报》总经理的身份,由致辞的内容也可见一斑:

> 日本不仅是亲手做下了不正直的行为,并且极力压抑一切正直的呼声,我们是新闻界同人,我们深知我们的责任,是共谋人类的和平与福祉,同时对于迫害人类和平与福祉的行为,应当以严正的揭露。然而青岛的《民国日报》,竟被日人焚烧;上海的《民国日报》,竟在日人威胁之下停刊了。此外在福州,在长沙,在北平,都有同样的事情发生。本月15日,天津专电,《大公报》又因为刊载一张插画,遭日本领事的威胁。诸位,日本既多

行不义，复欲一手抑止我们正直的呼声，掩尽世界人士的耳目，可是世界舆论不早已同样发出正直的呼声吗？最近不是更形一致了吗？

5月6日，陈光甫日记说，江苏战区救济委员会在中华职业教育社开会，史量才和朱庆澜、张公权被推为驻上海的常务委员，史量才还被推为四个请愿代表之一，前往财政部请求拨款救济战区难民。

此外，发起上海图书馆也要拉上他。6月25日，蔡元培、史量才、沈钧儒、唐文治、马相伯、马寅初、黄炎培、舒新城、何炳松、杨杏佛、王云五、王晓籁、徐新六等，包括工商界、文教界、政界人士一百二十三人联名发起筹建上海图书馆公启。

7月12日，航空救国会筹委会成立，史也被推为筹委会委员，名单上有吴铁城、黄秉衡、王晓籁、林康侯、杜月笙、史量才、虞洽卿、蔡元培、许世英、余日章、张啸林等三十六人。

8月10日，黄炎培主持的人文社举行第七届年会。当夜，年会聚餐时，史量才、钱新之、穆藕初、张公权等都参加了。

1933年1月7日，《申报》刊登史量才的一个演讲："据闻山海关昨晚又已开火，至今尚在肉搏中。我人似不可安居于此高谈文化，惟武力抵抗，历久无效，民族消沉，于今为烈，中山先生毕生所致力者，在民族复兴，惜大功未竟，遽谢人世。数年来文化落伍、教育破产，长此以往，民族且有灭亡之痛。中山先生在天之灵，亦当抚膺叹息。今哲生先生创设文化教育馆，论私论公，均为切要。 甚望哲生先生此后以全副精神办理馆务，更望哲生先生由党国要人而为党国医生、于民族于国家于社会寻其病之所在下一有效之方，期之以五年十年，中国或有起死回生之望。 苟能确定旨趣、准此而行，我人均愿分工合作、以底于成。"

1月22日下午，中国航空协会在八仙桥青年会举行茶话会，史量才作为主席，即席发表致辞。2月25日，中国航空协会正式成立，三百多人到会，史量才的名字排在第一个。

4月19日，江宁六县旅沪同乡会举行欢迎新会员大会，到会人数约有四百多人，史量才发表演说。

史量才太忙了，不仅到处开会，而且到处演讲，航空救国会、文化教育馆、同乡会，各种不同的场合都要出席。 他在立信会计补习学校也发表过讲话。

4月25日，他被行政院聘为农村复兴委员会会员，5月5日，出席农村复兴委员会成立会，出现在名单上的还有张公权、钱新之、陈光甫、虞洽卿、刘鸿生、荣宗敬、徐新六、唐寿民、丁文江、胡适、翁文灏、李四光、陶孟和、杨端六、邹树文这些人。

7月26日，史量才出席了林康侯、王晓籁发起的国货产销联合公司筹备会议。 国货产销联合公司发起人，第一个就是他，第二个是张公权、接下来是陈光甫、刘鸿生、宋子良（宋子文的弟弟）、许世英等人。

再看看他就许多重大的公共事务签名发表的通电。

1932年2月26日夜，史量才和全体上海市民地方维持会会员致电南京国民政府军事委员会及军政部何应钦部长请求派兵，支援十九路军。2月28日夜，他们致电南京国民政府军事委员会蒋委员长、军政部何部长请求急调援军。3月3日，他们又致电南京国民政府军事委员会及军政部何部长请求勿准蒋总指挥蔡军长辞职，并致电蒋、蔡勿辞职。

2月29日，他们发电报给《大公报》，转各报"敬告天津、北平、济南及河北山东两省各公团请积极抵制日货由"。

南京国民政府颁布国难会议召集令是在1932年1月18日，一二八事变发生之前，政府决定延聘富有学识经验资望人士，共谋自立之道。

3月12日张耀曾草拟《国难会议提案》。3月12日、15日，黄炎培日记说，在史量才家开会，黄郛、钱新之、穆藕初、张耀曾一起讨论由张耀曾起草的国难会议两个提案。这时南京国民政府将在洛阳举行国难会议，邀请上海各界名流参加。

张耀曾是京师大学堂的学生，留学日本学法政，同盟会会员，民国初年的议员，三次出任中华民国的司法总长，1928年以后来上海开律所做律师，他不仅有丰富的从政经验，也是法学专才。

很多这样的会都在史家举行。3月15日晚，他们在史家商量张耀曾起草的提案时，只有穆藕初嫌提案有点迂缓，钱新之不太热心，其他人都表示赞同。这是张耀曾当天日记所记。

4月1日，史量才等五十四人出席国难会议上海会员第四次会员大会，正式通过了致电洛阳国难会议的决定。六十二位国难会议的上海委员包括史量才、穆藕初、刘鸿生、虞洽卿等，他们联名提案：一，以武力自卫为主、国际折冲为辅，不惜任何牺牲，维护国家及主权完整；二，确保人民言论、出版、集会、结社自由，废止与此抵触的有关党部决议和法令，开放党禁，不再用公款支付国民党党务费，实行地方自治，集中全国人才，成立有力政府，并由民选的国民参政会监督政府；三，筹备宪政，限八个月内公布民主主义宪法。

这些报人、实业家、银行家联名提出的提案，都是要国民党的命，不允许他们用公款支付党费，限定他们用六个月时间公布民主主义宪法。国民党当然不会接受，但是六年后国民党还是接受了第二条最后一点，成立了国民参政会。

4月5日，他们又有一封给国民政府的"歌电"，次日发表在《申报》上。上海有五十五个国难会议委员签名，史量才在里面，黄金荣、张元济、王云五、夏鹏、荣宗敬也在里面。

4月10日，这批人又给国难会议发出"蒸电"，翌日在《申报》公开，他们的主张两次用电报的形式告诉国民政府，并且这些电报都发布在报纸上，让公众知道。他们在"蒸电"中直言："同人深感挽救国难，非举国一致不为功，又切念应付国难，非政府健全有力不可，更确信永久防止国难，非实行民主政治不能彻底奏效。主张在宪政未实施以前，由国民政府立即实行左列各项：一，确保人民之言论、出版、集会、结社各自由，凡制限上述各自由之党部决议及一切法令，除普通刑事及警察法规外，均废止之；二、承认各政党得并立自由活动，不得再用公款支给任何一党党费；三、实行地方自治，予人民以自由参与地方政治之机会；四、集中全国人才，组织有力政府；五、设立民选国民参政会，监督政府，限两个月内成立；六、筹备宪政，限八个月内制定民主主义之宪法宣布之。"

其中，他们提出了两个"限"，"限两个月内成立国民参政会"，"限八个月内制定民主主义之宪法宣布之"。4月10日，张耀曾日记记着，下午到银行公会开会，开会有四十人，"银行界到人仍少数，只有钱新之等，交通银行、四行一派杜月笙、张啸林均到，杜、张虽于前开会时到过，余今日始确识其面貌，杜尚平正，张则粗狂矣。结果议发一电，当场签名。连带署者共六十二人，总算成功。先是深虑金融界不再签名，余乃创议宴请吴达铨（吴鼎昌），以其为金融界而又兼国难会议议会员也。任之（黄炎培）复以洛阳来电之收电人为主人，其中除黄及余外，遂包含张公权、虞洽卿、史量才、杜月笙等，故他派人遂不得不来，此亦机缘凑成也。"这份联名电就是蒸电，内含对内对外两大主张，大体上的意思和张耀曾起草的草稿相同。

当年12月9日，史量才、王云五等两百三十四人发起创建无名英雄墓，由宝山各地募集钱款，安葬一二八事变牺牲的将士和民众。

1934年8月27日，先是杜月笙在华懋饭店请客，与黄炎培等商量致电蒋介石；次日，黄炎培到史量才家商定电稿。此时距史量才被暗杀不到三个月。史量才参与签署过那个时代跟公共事务有重大关系的多份通电。

三

第三方面是史量才的日常交往。这也是他公共生活十分重要的部分。《宋庆龄年谱长编》中讲到史量才与宋庆龄的一些交往。宋庆龄直接反对蒋介石的宣言，是因为邓演达被枪毙而写的，由陈翰笙和谢树英译成中文，在史量才的安排下，1931年12月20日刊登在《申报》第17版上，引起社会强烈反响。在"一二八"前夜，史量才与杨杏佛曾访宋庆龄密谈，史量才还说过一句"我当追随夫人"。1931年杨杏佛访问苏区后，宋、杨、陶行知在史宅长谈两次，由陶行知等人执笔写成了《剿匪与造匪》三论。这三篇评论也就是将来让蒋介石非常恼火，导致《申报》禁止邮递的缘由之一。马荫良的《回忆杨杏佛先生》讲到宋与史的两件事。宋庆龄办国民伤兵医院，史量才捐了开办费五万元。另外在宋庆龄年谱里还讲到了为了给十九路军筹集军饷，1931年10月，在杨杏佛的陪同下，宋庆龄找到史量才，史为十九路军捐献了一笔军饷。上海地方市民维持会成立之后，宋庆龄还与史商量过抗日的办法，在民权保障同盟的问题上，宋与史也有交往。

与史量才有过公共交往的方方面面的名人很多。他们来自社会各界，比如黄炎培、陶行知、陈彬龢、李公朴、俞颂华，都是《申报》的人。他跟政府高官张群、吴铁城、顾祝同等都有交往，1932年6月1日晚上八点半，黄炎培在史宅与顾祝同等江苏省要员共商省政，至凌晨一点才散。 顾祝同时为江苏省主席。 他跟黄郛、章士钊、熊希龄、朱庆澜有很多合作，1932年1月8日山海关告急，黄郛、熊希龄、朱庆澜等在史量才家会商大局。 6月17日夜，顾维钧、黄郛、熊希龄、江问渔一起在史家长谈。 1933年9月4日下午四点，黄郛、张公权、钱新之、黄炎培等在史家中畅谈。 他跟马相伯、张耀曾、褚辅成，跟基督教青年会总干事余日章，跟杨杏佛，跟会计学家潘序伦，跟实业家刘鸿生、穆藕初、荣宗敬，跟银行家张公权、李铭、林康侯、钱新之、陈光甫，跟帮会的杜月笙等，跟王晓籁、赵厚生，跟政论家罗隆基、张君劢、外交家顾维钧、地质学家丁文江，跟东北来的杜重远、重庆来的卢作孚、后起的实业家胡厥文等都有来往。 这只是一个很不完全的统计。 在九一八事变后的三年，也是他生命最后的三年中，史量才与社会各界的精英有许多公共来往，他的名字不断出现在私人回忆和公开报道中。

史量才与杜月笙交往很深。 张耀曾给杜月笙和张啸林私下的评价是："杜尚平正，张则粗犷矣。"1932年2月29日黄炎培日记写到，午后二时，到杜月笙家，"晤范子禄，悉援军不到。 偕月笙访量才，商讨办法"。 7月25日，黄炎培先看了杜月笙，然后到史量才家里报告北行经过及南阳村治状况，同坐的有史量才、杜月笙、王晓籁、朱庆澜等人。 8月8日，黄炎培"访量才，共月笙、量才长谈"。 9月6日午后一点，黄炎培到史宅跟史量才、杜月笙谈到四点半才散。 9月10日，"量才、月笙、厥文等议国布市场事情。"25日晚上十点，杜月笙、史量才、黄炎培等人在史宅长谈。 1934年2月25日，史量才、杜月笙、黄炎培"长谈，商计划"。 7月3日黄炎培和杜月笙、史量才等人在史宅商量高桥地方上的事情，主要是杜月笙搞的一个农业项目。 7月7日，黄炎培在史公馆共量才、月笙、晓籁商地方协会事。 8月26日，在史量才家，杜月笙等人一起吃饭，"商助理江西前方医药事"，这正是江西围剿红军的时候。 9月3日，高桥农村改进会成立。 9月6日，史量才、杜月笙一起请客，见到了两个刚刚留学回国的人。 10月10日午后两点半，在史家，史量才、黄炎培和杜月笙谈时局。 10月26日，杜月笙父亲七十岁生日，黄炎培和史量才中午到杜月笙家，一直到晚上十点才回来。

许多公共交往，都是通过饭局的，史量才也是饭局不断。1931年11月11日晚上，一同到南京见蒋介石的十七个人在史宅吃饭。 12日晚上六点，史量才叫上黄郛、罗隆基等人在他家吃饭，商量《申报》评论的事情。 14日，黄炎培在"一枝香"吃晚饭，有史量才、穆藕初等人。 19日晚上，包括章士钊、儿童教育家陈鹤琴等在史量才家一起吃饭，商量《申报》教育栏的材料和评论问题。 25日，《申报》又邀请陈鹤琴等人在"功德林"会餐。 12月2日，史量才在家里请章士钊吃饭。 12月10日张耀曾日记说，中午黄郛在"功德林"请客，一起吃饭的有史量才、赵叔雍。"席罢，众提议在沪组织各省国难救济联合会，余主张先成筹备会，而本会以缓成为妥。"由同一天的黄炎培日记可知，同席的还有熊希龄、赵恒惕等人。这种饭局，讨论的往往都是公共事务。

1932年1月15日，马相伯邀请史量才、朱庆澜等吃饭，黄炎培日记中特别讲到这天的菜精美，"为生平所食第一"。5月4日，银行家陈光甫日记说，中午上海市长吴铁城约在他家吃饭，一起吃饭的有杜月笙、王晓籁、刘鸿生、虞洽卿、张群、史量才，显然那是一个政治性的、关乎时局的饭局。5月16日黄炎培日记说，那天晚上，为了发起新中国建设学会的事，他和黄郛、张耀曾、江问渔邀请吴鼎昌、史量才，钱新之、张公权、林康侯等人吃饭。5月17日中午，他和九三老人马相伯先生一起吃饭，同席的有史量才、陈彬龢等人。5月24日，余日章、史量才、朱庆澜、黄炎培等在银行公会吃饭。23日史量才为了发起国货公司，请大家一起吃饭。1933年1月29日中午，王晓籁、史量才、虞洽卿、杜月笙、黄金荣、张啸林，一起陪段祺瑞吃饭，段因蒋介石之邀从天津南下，到上海居住，以免被日本人利用。这一天上海的头面人物都出来陪老段吃饭。8月11日晚上，朱庆澜请杜月笙、史量才、潘序伦、黄炎培等人一起吃饭，商量应付外界攻讦募捐的方法。1934年3月23日晚上，翁文灏、王晓籁、杜月笙、张啸林、史量才在史宅为宋子文饯行。

不断的饭局，不断的会客，或谈时局，或为了公益慈善，或为了公共事务，或为了《申报》事业的拓展，或是帮他人的事业，史量才几乎整天都活在人来人往之中。1932年11月20

日、21日,黄炎培带着冷御秋连续登门访史量才,为了一个公司(三益)借款的事(最后是从张公权那里借的)。1933年1月5日,杜重远访问史量才。24日,黄炎培到史量才家里商量热河抗战的事情。

1933年4月21日晚上,黄炎培到杭州时已经十一点,马上带着朋友去见史量才,和史量才、王晓籁商定推荐代表到南昌见蒋介石。当时史量才在西湖边上建造了秋水山庄,经常住在杭州,从这个时候起,他们有重要事情就要到杭州来。5月2日早上,黄炎培跟江问渔为大局赴杭访史量才,"午后二时到杭,与量才长谈";次日,他与量才长谈后游南山路,听史量才等奏琴。6月10日,黄炎培与朱庆澜一起访史量才,商量给何应钦复电的事;第二天,他又跟史量才、王晓籁、杜月笙商量如何给何应钦复电。7月31日,黄炎培带人去见史量才,请他担任广慈医院名誉职务;9月13日午后,他跟史量才等一同商量江苏省的事务,又跟史量才等人商量广慈医院的事务。

1932年9月23日,黄炎培来找张耀曾,说《申报》被禁止邮递,屡经交涉,最后按当局的意思,令黄炎培、陈彬龢、陶知行(即陶行知)三人退出《申报》而获解禁。当天,张耀曾在日记中说,黄炎培曾介绍他加入上海地方协会,他知道会长是史量才,副会长是杜月笙和王晓籁,"史尚为读书人,而杜、王为人素所鄙视,岂能降身为会员,而又碍于任之,不便明言,故婉词却之。"他对三个人都有评价,对史量才给出了比较正面的评价——"尚为读书人",对于一个报业老板,这是个很高的评价。 当年12月4日，陈彬龢写给钱新之的信中说："史先生自经扣报风波后，初颇消极，彬则以为报纸能贡献于社会者，不仅时评一项，可以努力者至多。 史先生亦颇能采纳。"确实，从那以后，史量才对《申报》事业的态度转趋积极，扩大业务范围，开始编地图集、《申报年鉴》《申报月刊》，还建立了"量才文库研究部"，及"二校一馆"，《申报》的事业在禁止邮递之后进一步拓宽了。

史量才的事业已经很庞大，在他名下，不仅有上海最大的两份报纸，《申报》和《新闻报》，还有中华书局的股份，五洲大药房的股份，中南银行的股份，横跨了报业、出版业、医药业和金融业。 这是他自己的事业，同时他又参与发起了许多的社会组织，在公共事务中处于非常重要的地位。 1929年，荣家企业三十周年时，编了一本《茂福申新卅周纪念册》，一共有十一篇序言，包括虞洽卿、王一亭、穆藕初等人，史量才的序言放在第一篇。 那时，上海什么事都可能会找他，即使许多看起来跟他毫无关系。

因而我们可以理解，为什么上海重要的民间组织，理事长、会长都要选他。 连挑剔的张耀曾都称他"尚为读书人"，各方对他的评价至少是正面的。 1934年荣氏企业危机的时候，也想到史量才，希望通过他向金城银行等"北五行"借款。

史量才在生命最后的三年当中，参与组织，演讲通电，公共交往，饭局不断，涉及社会的方方面面，我们可以看到那个时代，一个没有官职的人，凭着长期积累起来的影响力，有机会参与公共事务，在私人生活之外，可以拥有这样的公共生活。 在二十世纪三十年代的中国，尤其在上海这个地方，市民社会有一定程度的发育，民间有相对自主的空间。 也可以说公共空间在当时的上海大致上是存在的。 所以在一二八事变突发情况下，民间精英可以自行组织上海市民地方维持会，几乎代替了政府功能，保证了上海在战时的正常运转，并且支援前线十九路军方方面面的需要，十九路军在很多事情上都仰赖史量才等人的组织。 在此之后，史量才又参与或支持了许多组织，包括东北协会、新中国建设学会、中国民权保障同盟，这些组织各有侧重，有的关心东北问题，有的关心民权问题，有的偏左派，有的中立，有的半官方，有的纯民间，甚至跟农业有关的农村复兴委员会都要他参加。 在这三年当中，他的交往面非常宽广，与杜月笙等人有相当良好的公共交往，有非常良好的合作。 在整个上海社会，我们可以看到一个相对健康的生态，自有租界以来，经过近百年的积累，上海形成了一个特殊的公共空间，这就为一些有影响力甚至有一定公信力的个人，类似史量才这样在某个领域有地位的人提供了参与社会、关怀社会公共事务的机会。 透过史量才的公共生活，我们可以看到一个横截面，他不是一个官员，但他同样可以为国家承担责任。 不幸的是，他的生命突然被折断，1934 年 11 月他在杭州回上海的路上，遭军统特工有组织的暗杀。 到底是什么直接原因导致了史量才的死，至今还没有一个确切的答案。

透过这些零碎的材料，支离破碎的历史碎片，我们努力寻找史量才留下的公共生活痕迹，他与那个时代的关系，对那个时代的影响，这个脉络是清晰的。他们搞组织，发通电，做演讲，大量的公共交往，利用各种饭局来讨论公共事务。我试图把这些整合在三个词里面，那些组织、演讲、交往都是因应时局的需要，在许多时候他们都通过饭局来讨论时局，呈现出的是史量才和那一代人或者说那一代精英的公共生活格局。这当中，还包括了杜月笙等在内。时局、饭局、格局，是我试图串联这些碎片的说法。公共生活是一个值得研究的课题，有很多人的公共生活都值得研究，比如一个律师的公共生活（如张耀曾等），一个银行家的公共生活（如陈光甫等），一个诗人的公共生活（如徐志摩等），一个报人的公共生活（如史量才、张季鸾、胡政之等）。这些人都不是从政的，没有担任一定官职，但是他们的公共生活却彰显出人类对团体生活的渴望，中国人缺的就是这样的团体生活、公共生活，史量才这个个案因此而具有普遍意义。当然，在这一个案的背后还有许多没有呈现出来的信息，我只是在白纸上画了几笔，还留下了大量的空白，那些空白才是我们真正需要填补的。

鲁迅为何不喜欢杭州？

鲁迅年轻时曾在杭州工作过，1933年，郁达夫要移家杭州时，他却要写诗劝阻。他为什么不喜欢杭州？

1909年下半年，鲁迅从日本回国，第一个工作的地方就是杭州，在浙江两级师范学堂教书，教生理卫生和植物课，这所学校后来改名为浙江省立第一师范学校，校址就在现在的杭州高级中学。每隔一星期，他都会和学生一起到西湖边的孤山、葛岭、岳坟以及北高峰等处，采集植物标本。回校的路上，另一个日本籍的植物学老师是坐轿子的，他坚持和学生一起走路。他曾经想过编一本《西湖植物志》。这件事没有做成。不过现在我们在杭州高级中学，还能看到那里保存的与许多鲁迅有关的实物资料，比如鲁迅带领学生做的植物标本等。他是生理卫生的老师，还在课堂上给学生讲过性知识，要求学生听的时候不准笑。此事轰动全校。

正值清朝垮台的前夜，顽固保守的夏震武继沈钧儒之后当上了浙江两级师范学堂的监督，一来就下了一道手谕，内容包括两点：

一、定某一天在礼堂和各教师见面。

二、全体教职员必须按品级穿满清制服，红缨帽、硬领、开叉袍、外褂、高低缎靴,向"至圣先师"孔子行三跪九叩大礼。

当时,鲁迅等一些教师连辫子都剪了,带的是假辫子。

第二天早上,夏震武带着十六个随从,穿戴整齐,道貌岸然,摆着架子来了。他发现教师们并没有按他的要求穿戴,而且连孔子牌位也没有。许寿裳是教务长,他就责问许:你们这师范学堂腐败已极,必须整顿。因此激怒众人,当面反驳他。他恼羞成怒,要开除许寿裳。鲁迅、夏丏尊等许多老师纷纷辞职、罢教,搬到外面的湖州会馆去住。双方相持十几天,夏震武指使人用梁山泊的绰号来嘲讽他们,什么"白衣秀士"许寿裳、"神机军师"许缄甫、"霹雳火"张冷僧,鲁迅(周豫才)被他们叫做"拼命三郎"。最后学生请愿,宣布夏的九大罪状,全省学界起来呼应,杭州十三个学校联名指控夏滥用权威,摧残教育,嘉兴、湖州等地发起全省十一府驱夏计划。最后,触犯众怒的夏震武被免职,鲁迅他们获得胜利。这次事件被称为"木瓜之役"。"木瓜"是鲁迅他们给夏起的尊号。事后,二十多个老师在湖州会馆合影留念。他们相互之间也以"某木瓜"戏称,自然鲁迅是"周木瓜",不是"鲁木瓜",因为那时还没有"鲁迅"这个笔名。

杭州有西湖美景,有享受美食的饭店,拱宸桥的租界里还有销魂的妓院。这些对鲁迅都没有诱惑,他喜欢一个人独处,经常跑的地方只是浙江图书馆,借大量线装书来读、抄。第二年夏天,他回到绍兴工作。不过他对这所学校还是关心、留意的，十年后，这里发生著名的浙江一师风潮，推动新思潮的校长经亨颐及"四大金刚"（陈望道、夏丏尊、刘大白、李次九四个语文教师）被免职，学生奋起抗争，风潮旷日持久。当时鲁迅在教育部工作，曾赞许地说这次"木瓜之役"比自己十年前参与的那次"木瓜之役"声势规模大得多。

杭州工作期间的"木瓜之役"是鲁迅难忘的一段经历，他对杭州并无坏印象。后来他却很少来杭州。西湖边曾发生过"假鲁迅"一事。1928年1月间，杭州的大学生当中盛传鲁迅到过杭州，有人亲眼在孤山脚下曼殊和尚墓前看到他的题诗。当时，鲁迅已是享有大名的作家，不是当年在杭州默默无闻的教师。所以这件事在杭州的读书人中也引起了不小的轰动。

过了一阵子，连鲁迅在上海也知道了，他先是从叶圣陶那里听说，接着2月25日他又收到开明书店转来杭州一个叫马湘影的女士来信，自述1月10日和他孤山一别长久没有见面了等等。鲁迅回信说自己已十年没去过杭州，决不可能和人在孤山作别。过了一些天，马女士到上海见他，他才确知杭州有一个人自称鲁迅。他还看到了那个假鲁迅写的诗，一共四句：

我来君寂居，唤醒谁氏魂？
飘萍山林迹，待到他年随公去。

不过是一首打油诗罢了，引人注意的是后面的署名竟然是"鲁迅游杭吊老友曼殊句"，还有日期标的是民国十七年一月十日。

鲁迅写信托杭州的青年朋友许钦文去调查一下。许钦文到了孤山脚下，苏曼殊的墓前没有找到传说中那首诗。根据传闻，诗是题过的，可能被人擦掉了。许钦文他们在学生中打听，知道确实有一个叫"鲁迅"的先生在苏曼殊墓前题了这首诗。这个人就在杭州，在离西湖不远的松木场小学教书。他们找到这个人，姓周，名叫鼎（或鼎夏），三十多岁模样，脸瘦长，上唇留着短须，身上穿了白色裤褂，脚上是草鞋，手里拿着教鞭，正在上课。见面互通姓名，许钦文和同行的朋友川岛没有说自己的真名，只是说慕名拜访他。他居然真的自称鲁迅。说话的口气是对当时世道不满，怀才不遇才隐居教小学生。他自称写过一本《彷徨》的小说，虽然销了八万多册，但自己不满意，要另外写一本。鲁迅还写过别的什么，则说不上来了。谈话时，此人嘴里虽滔滔不绝，却目光发直，眼睛四面乱看，指手画脚，想当然地做出一些他认为鲁迅应该有的手势。还叫他们两个以后再去，有什么问题可以去问他，他乐于指导。川岛他们的感觉是：此人神经不正常。

真鲁迅遇到了假鲁迅，3月27日，鲁迅就这件事写了一篇《在上海的鲁迅启事》，声明在"我"之外，今年至少另外还有一个叫"鲁迅"的存在，但那个"鲁迅"的言行和"我"（也曾印过一本《彷徨》却没有销到八万本）这个"鲁迅"无干。几天后公开发表。这篇启事收入他的杂文集《三闲集》。许钦文几个朋友则托人告诉杭州教育局的负责人，请他转告那个假鲁迅不要再装下去了。

此事到此为止,以后没有下文。看来也不构成鲁迅不喜欢杭州的理由。因为当年夏天他就来杭州游玩,而且带了许广平来。

1928年7月12日,鲁迅带着许广平,从上海乘火车到杭州,到杭州已经半夜,那天住在与西湖稍微有点距离、比较僻静的清泰第二旅馆。他们在杭州一共玩了四天,7月17日早上才离开。这大约是他一生中极为难得的一次西湖之游。除了到西湖看风景,他还去过城站、河坊街等热闹地方买东西。陪同他的有年轻作家许钦文、川岛,都是在杭州教书的。

这次西湖之行早已定下,1927年他从广州北上,定居上海后,就打算来杭州看看,许钦文、川岛写信约他来看西溪的芦花,他说来看梅花,结果一直拖到1928年夏天才成行,变成了看荷花,好在西湖每个季节都有花可看。

到杭州的第一天,有人请鲁迅到著名的"楼外楼"吃午饭,这个饭店,也可能因为"山外青山楼外楼"这首诗的关系,很多人到杭州都想去吃一顿。楼外楼好就好在位置,它的名菜并不多,主要有醋溜鱼,西湖莼菜,现在一般做汤。还有炝虾等。醋溜鱼用的鱼是养在西湖里,当场捞起来的。醋溜鱼又叫宋嫂鱼,传统的做法是用鲤鱼,宋代就有了。杭州有些菜都与名人有关,比如东坡肉。现在的醋溜鱼也是章太炎的老师俞曲园发明的,他用他老家浙江德清烧鱼的方法和宋嫂鱼的做法结合,鱼则改用草鱼。因为浙江一带的鲤鱼比不上黄河鲤鱼。当年流传这样的说法：醋溜鱼，溜乃嫩，醋而香。

那天，鲁迅最喜欢的一个菜是：虾籽烧鞭笋。虾籽是虾的卵，味道鲜美，颜色橙黄，色味双全。这道菜现在楼外楼菜谱上没有了，只有火腿烧鞭笋、雪菜烧鞭笋，或者虾籽炖婆参。

那个时候，楼外楼不在现在的位置，而是在俞楼和西泠印社之间，大约在"六一泉"边上，是一座三层楼的洋房，当时新造没几年。徐志摩更喜欢之前的老式房子，对新楼房很有意见。

饭后，鲁迅一行信步走到附近的西泠印社，在四照阁喝茶聊天。他们一直谈到黄昏，主要是谈英国萧伯纳和苏联高尔基的作品，也说了说中国的绘画、雕刻等。临走时，他还在西泠印社买了一些碑帖拓本，其中有贯休和尚画的罗汉像石刻。晚上，川岛做东，在杭州龙翔桥附近的素菜馆"功德林"请鲁迅夫妇，这是杭州城里最有名的素菜馆，城外最有名的是烟霞洞，胡适喜欢那里的菜。鲁迅其实不喜欢去素菜馆，倒不是因为他爱吃荤的，他平时即喜欢蔬菜。而是因为他讨厌素菜馆明明是素菜，却要装什么鱼、鸭、鸡、火腿之类。他认为你如果喜欢吃鸡鸭鱼肉，何必到素菜馆来，直接吃荤好了。这次请他在素菜馆吃饭，没想到鲁迅还感觉很好，特别对一道叫"笋油"的菜很喜欢，实际上就是清炖笋干尖。

杭州的夏天特别热，鲁迅来的几天尤其热。第二天，鲁迅生病了，肠胃不好，拉肚子，在旅馆吃药休息。他自己说"蒸神仙鸭"一样蒸了半天。

第三天，鲁迅病好了，由他做东，在楼外楼回请几个杭州朋友。饭后,他们去虎跑喝茶、谈天。那里树多,比较凉快,特别是水好,所以喝了很多茶。据川岛回忆,喝茶在虎跑寺里,都是用碗,而不是杯子。鲁迅好像年轻了许多,和他们一起说笑、嬉闹,泉水洗头、洗脚,到泉眼扔铜钱,他玩得很尽兴。然后叫了一辆敞篷车,绕着净慈寺、苏堤回来,他一路上看风景,开玩笑,笑得很开心。

回上海前一天的下午,鲁迅去城站的一家旧书店抱经堂买了些旧书,还逛了几家新书店。晚上他又去河坊街买了龙井茶。他说,杭州旧书店的书价比上海高,茶叶比上海的好。所以他经常托朋友在杭州买了茶叶寄去。书和茶叶是鲁迅的最爱。

值得一提的是鲁迅从1927年和学生许广平同居,但对朋友介绍总是说许是自己的助手。没有公开两人的关系。一年后,这次来杭州游玩,虽带有和许广平补度蜜月的意思,但根据我的朋友刘克敌《伟大而尴尬的"私奔"》一文考证,鲁迅当时要求定的是个三人房,到了杭州,他向陪同他们的许钦文提出:"钦文,你留在这里。以后白天有事,你尽管做去,晚上可一定要到这里来!"他让许钦文睡在中间的床上,把他和许广平隔开。真是世上罕见的一次蜜月。为什么如此?因为他和朱安毕竟没有离婚,他也没有想过要离婚,他和许广平的关系有点尴尬。一直等到1929年,许广平怀孕五个月了,他才告诉家人,并含糊地告诉各地的朋友。

鲁迅在杭州四天,玩得很高兴,这是他有生以来难得的一次。以后他经常说起这次杭州之行。但说到杭州,他感到杭州市容学上海十里洋场的样子,总是显得小家子气,气派不大,喜欢的风景虽然宜人,有吃的地方,有玩的地方,不过,一个人如果流连忘返的话,这里的湖光山色也最足以消磨人的意志。所以,在鲁迅心目中,杭州西湖,更适合袁子才一类人,身上穿着罗纱大裰,与苏小小认认乡亲,过着飘飘然、优哉游哉的生活。当然那就无聊了。苏小小是南朝时的美女兼才女,她的墓现在新修,在孤山下西泠桥边,很热闹的地方,墓在亭里,亭本来叫"慕才亭",爱有"贝"之财不爱无"贝"之才的游人,有意无意把它当作"摸财亭",每天去她的墓上摸,甚至拿硬币去贴。这恐怕是鲁迅先生想不到的,也是美女苏小小和才子袁子才们想不到的。

我们知道,鲁迅还写过《论雷峰塔的倒掉》《再论雷峰塔的倒掉》等文,对"西湖十景"所代表的无聊的"十景病"也有犀利的批判。

但是,仅仅这些原因,鲁迅也不至于不喜欢杭州。

鲁迅晚年为什么对杭州一直耿耿于怀,最重要的原因还是他不喜欢杭州的一些党棍、文人。鲁迅去世三年后,郁达夫还在《回忆鲁迅》一文说起当年鲁迅送他的那首诗:"这诗的意思,他曾同我说过,指的是杭州党政诸人的无理的高压。"

当时掌握上海文网生杀大权的多为浙人,比如潘公展、朱应鹏、穆时英以及鲁迅所怀疑的杜衡等,他的论敌之一王平陵虽然不是浙江人,却是浙江第一师范毕业的。让他念念不忘的还有故乡的许绍棣、叶溯中秘密呈请南京政府通缉他。 许是台州人，叶是温州人。 这件事发生在1930年，鲁迅和郁达夫等作家应冯雪峰之请参与发起一个叫"中国自由大同盟"的团体，鲁迅有一篇生前没有发表过的文章，曾专门谈到此事，认为是许绍棣、叶溯中两人首先献媚，呈请南京政府下令通缉他，二人后来果然飞黄腾达，许官至浙江省教育厅长，叶官至官办的正中书局大员。 当时确实有国民党浙江党部呈请通缉"堕落文人鲁迅等51人"的传闻，鲁迅也因为这个消息一度离家，在内山书店楼上住了一个月。 鲁迅为此还起了"隋洛文"的笔名。 到1936年2月10日，就在鲁迅去世那年，他给杭州办《越风》杂志的黄萍荪写信，还说到六七年前因为自由同盟的关系，由浙江省党部率先呈请通缉他的事。 对于黄萍荪，鲁迅也指责他受到许、叶的唆使，办一小报，每个月骂自己两次。

郁达夫的《回忆鲁迅》也说：

南京的秘密通缉令，列名者共有六十几个，多半与民权保障自由大同盟有关的文化人。而这通缉案的呈请者，却是在杭州的浙江省党部的诸先生。

说起杭州，鲁迅绝端的厌恶；这通缉案的呈请者们，原是使他厌恶的原因之一，而对于山水的爱好，别有见解，也是他厌恶杭州的一个原因。

但通缉鲁迅的事一直没有人看到过正式的公文，也许"呈请通缉"只是"呈请",南京国民党当局没有真的下令通缉,也许连"呈请"都只是传闻。许绍棣对鲁迅有意见是真的,鲁迅曾批评过许的母校复旦大学,浙江当时是"复旦系"的天下。

当然,浙江人中既有许绍棣、叶溯中,也有蔡元培、陈布雷、邵力子这些人,他们对鲁迅的态度是截然相反的。且不说蔡元培亲自为《鲁迅全集》写序,备极推崇,在鲁迅移居上海的最初四年,蔡元培执掌大学院、中央研究院,每月给鲁迅发放三百银圆,名义是"特约撰稿员",直到1932年初,国民政府以"绝无成绩"的理由取消。

出身新闻界的陈布雷、邵力子虽然弃文从政并且身居高位,毕竟对言论自由有着切身的体会,他们对鲁迅充满敬仰,加上一层同乡之情,多多少少也会影响到国民党当局对鲁迅的态度。特别是陈布雷,身居中枢,长期是国民党宣传工作方面的主持和决策人物,鲁迅著作的大量流布,和他是应该有一些关系的。

1936年鲁迅去世,1938年《鲁迅全集》就顺利出版,这和邵力子、陈布雷他们不无关系,鲁迅旧日学生荆有麟托人请陈布雷向当时任国民党中宣部长的邵力子等通融,邵力子不仅尽快做了审核,而且特别指示:"对此一代文豪,决不能有丝毫之摧残。"

所以,《鲁迅全集》第一版还是以比较完整的面目问世的。

1944年10月19日,鲁迅去世八年后,战时首都重庆文化界要举办鲁迅纪念会，军统特务头子郑介民主张，开一个新闻发布会，公布所谓鲁迅接受日本浪人内山完造的津贴，以败坏鲁迅的名誉。结果，被陈布雷拦阻，认为中央社不应发布这样的消息。无论鲁迅生前还是身后，故乡浙江既有恨他的人，也有爱他、护他的人。但是，已经改变不了鲁迅不喜欢杭州的事实。

鲁迅为何拒绝诺贝尔文学奖提名？

中国人有诺贝尔奖情结，其中诺贝尔文学奖尤其受到广泛的注目。作为二十世纪中国最伟大的作家，鲁迅先生对于这个奖和对于本国文学却有着清醒、理智的认识。早在1927年，瑞典考古探险家斯文·赫定来中国考察研究时，就和鲁迅的北大老同事刘半农商量，想要提名鲁迅为诺贝尔文学奖的候选人，并通过鲁迅的老朋友台静农写信征询本人的意见，鲁迅毫不犹豫地拒绝了。这在今天的国人看来简直是不可思议，这样的好事求都求不来，有瑞典学者主动提出，还能不接受吗？鲁迅就是鲁迅，对于身外之物看得很轻。他为什么要拒绝诺贝尔文学奖提名？他本人又有怎样的解释？

我们先看看鲁迅走过的道路。鲁迅走出故乡绍兴之后，在南京的江南水师学堂、江南陆师学堂附设的矿路学堂求学，然后到日本仙台的医学专门学校，学的都是工科、医科一类学校。本来他想做一名良医，医治国人的身体，他少年时代亲身经历了父亲生病、庸医如何看病的整个过程。后来因为在日本受到种种刺激，才下决心弃医从文，医治国人的灵魂。他认为，如果灵魂麻木的话，身体健壮也没有用。这些世人皆知。

当年，他在日本学业没有完成就踏上文学之路，身无分文，却心忧天下，和弟弟周作人一起翻译外国小说，办文学刊物，没有钱怎么办？有个留日同学蒋抑卮，祖籍绍兴，家里在杭州开绸庄，很有钱，两人私交很好，印刷费二百元就是由他赞助的。后来他成了有名的银行家，是浙江兴业银行的主持人。现在保存下来的鲁迅日记中常有提到蒋抑卮。1936年鲁迅去世后，蒋抑卮送去"文章千古"的挽幛，并资助出版《鲁迅全集》。

但是鲁迅在日本最初的文学活动，毫无反响，杂志没办成，翻译的小说印出来也卖不动。一共印了两种书，每种都只卖出二十来本，不用说本钱收不回来，这么多书连放都没处放。鲁迅出师不利，这使他认识到靠文学吃饭不可能。他明白自己不是登高一呼、应者云集的人。

回国之后，理智的鲁迅当然没有选择文学道路，而是在杭州、绍兴教书育人，主要是养家糊口。他只知道人首先要吃饭，钱是重要的，这一点他一生都很清醒。辛亥革命后，欣赏他的同乡前辈蔡元培做了教育总长，经好朋友许寿裳推荐，他有机会到教育部工作，从科员做到社会教育司第一科的科长。蔡元培辞职后，他也一直留在教育部。从1912年到1926年的十四年里，鲁迅的职业身份都是教育部的公务员，写作是业余的，主要是晚上的事。在北大、北京女师大教书是兼职的，不是专任，按照北大规定，兼职老师只能做讲师，不能做教授，就是鲁迅在北大的"中国小说史"讲得再好，也只能做讲师。其实蔡元培很器重他，北大的校徽就是请他设计的。女师大没有这样的限制，所以他可以做教授。他在文学道路上的转机出现在 1918 年 5 月，他在陈独秀办的《新青年》杂志上发表《狂人日记》这篇白话小说，写白话小说他不是第一人，比他早的至少有一个女作家陈衡哲，但是他的这一篇石破天惊，第一次引起了世人广泛的关注，所以后世的人往往误以为这是第一篇白话小说。就是这篇小说发表时，他第一次用了"鲁迅"这个笔名。1918 年是文学家鲁迅最重要的年份，如果没有朋友的鼓励、敦促，他很可能不会去写这样的小说。这一年鲁迅虚龄已经 38 岁，不是很年轻了。胡适出名时不过二十几岁，早在 1916 年就在《新青年》发表文章，因为倡导白话文而暴得大名。在 1918 年以前有好多年的时光，鲁迅的生活是比较灰暗、寂寞的，抄古书、古碑，似乎是看破了红尘。

不过，值得注意的是，鲁迅等人在《新青年》发表文章都是没有稿费的，这是个同人刊物，大家都是义务写稿，没有什么报酬。所以鲁迅早期不是靠写小说、杂文吃饭的。他的收入来自教育部的工资和兼职讲课费。根据陈明远的统计研究，1923 年鲁迅有了稿费收入的记录，不过也只占他全年总收入的 3%，区区 69 个银元。1924 年，他的收入构成变化比较大，版税、稿费的收入占了全年收入的 26.9%，有 703.28 元。1925 年的稿费收入占 17%，1926 年的稿费收入占 27.7%。从这个情况看，鲁迅依靠文学写作获得生活保障从 1923 年以后才变成可能。不过，那个时候他没有想过放弃职业，专心从事写作。1926 年 7 月，他离京南下，也是先是到厦门大学做教授，半年后再到广州中山大学做教授。不到半年，他又放弃了这份500大洋一个月的职业。

离开大学岗位，47岁的鲁迅面临新的选择。从1927年10月到达上海，一直到1936年10月去世，他生命的最后九年，没有再去谋一个大学教职或其他职业，而是以写作为生，做了一个正式的自由撰稿人。这也是他和女师大时代的学生许广平一同度过的人生岁月，他唯一的儿子在这时出生。这段时间，鲁迅的主要收入来自稿费、版税，但是有一笔额外的钱，是蔡元培先生帮助他安排的，从1927年12月起，他获得南京政府的大学院（后来是中央研究院）"特约撰稿员"的名义，每个月可以领到300大洋，这个固定收入一直维持到1931年12月，也就是整整4年。因为国民党体制内有人提出意见，说鲁迅什么也没干，凭什么拿钱。专门研究过那个时代文化人经济生活的陈明远统计，鲁迅在上海的最后9年一共收入78 000元，平均每个月接近724元，相当于现在的人民币大约两万多元，这个收入比起他在北京的十四年，月均收入相当于现在人民币九千多元要高一倍多。也就是说，鲁迅最后9年靠写作，过上了小康的生活，可以看得起电影、上得起饭馆、看得起病、吃得起药，时不时还要接济、帮助一些文学青年。当然，他在上海的日常生活是比较简单的，房子是租的，家具也很少。在上海的最后9年，他没有写出当年《呐喊》《彷徨》里那样的小说，主要是写杂文，所以《鲁迅全集》中杂文占的比例最高。他给很多不同的报刊写过稿，时间比较长的是老牌大报《申报》副刊"自由谈"，从

1933年到1934年，写了一两年，老板史量才给他特别的待遇，一般文章的稿酬是千字五元到十元，鲁迅的稿子则无论用还是不用一律稿酬照付，每千字三十元，是一般稿费的三到六倍。

鲁迅一生大约在103个报刊上发表过742篇文章，从47岁到56岁，他靠写作、翻译维持一家人的生活，以自由撰稿人的身份发出独立的批评声音。进入1934年，鲁迅已出版的著作几乎全部成了禁书，他经常投稿的报刊有不少被封，先后两任编辑黎烈文、张梓生被迫离开了《申报》的"自由谈"副刊。到这一年11月，《申报》老板史量才也遭国民党军统特务暗杀。12月，他不无悲凉地在一封信中说："在日报上，我已经没有发表的地方。"

但这只是一个方面，否则，鲁迅靠什么生活啊。国民党不断查禁鲁迅的书、查禁他编的刊物是铁板钉钉的事实，但是效果很不好，为什么？上海还有外国租界存在，那些"诋毁党国"、"诱惑青年"的书刊，可以在租界书店里堂皇地出售。举个例子，1933年，柔石等五位"左联"作家被杀已整整两年，当时上海的报刊都不敢说这件事，鲁迅愤怒地写下一篇《为了忘却的纪念》。《现代》杂志的编辑施蛰存回忆，这篇文章在两个杂志的编辑室里搁了好几天，编辑都不敢用，转到他手里，这当然是一枚"炸弹"，施蛰存也有点犹豫、不敢决断，他请老板张静庐拿主意。出版家张静庐读了这文章，考虑了两三天，最后决定："上！"理由有两点：

一、舍不得鲁迅这篇异乎寻常的杰作被扼杀，或被别的刊物取得发表的荣誉。

二、经仔细研究，这篇文章没有直接触犯统治者的语句，在租界里发表，顶不上什么大罪名。

关键还是这个杂志毕竟在租界，虽然向外面发行，国民党管得住。租界实际上提供了一把文化的保护伞。鲁迅住在租界，个人安全基本上没有问题，他发表出来的文章虽然经常被国民党检查官删节过，全文被扣压不准发也是常有的事，但等到结集出版时，他又把那些扣压没发的文稿通通收入，并一一说明。被删节了的文句，也一一按原稿补足，并加上黑点。当时的书局、书店大多数是民营的，报刊也以民营为主，因为鲁迅的书有销路，鲁迅的文章有读者，出版商、报馆老板、编辑也都愿意冒一点小风险。还有一些因素不能忽略，国民党内部从来都不是铁板一块，不同的人，性格、人品、思想也都有差异，在鲁迅的同乡中也有打心眼里一直爱护、敬重他的人，比如蔡元培、陈布雷、邵力子这些人，他们都身居高位，有发言权。即使在普通的"小"检查官中也不乏"对鲁迅的著作网开一面"的人，1934年，甘肃审查处呈请查封鲁迅翻译的一本书《表》，国民党中央审审委员会有个叫王勉之的就这样批复：

"此书颇富有教育意义，毫未牵涉到政治问题……不必检扣。"

想当年，左翼文学走红之后，杂志上只要登鲁迅的文章，销路上就有了保险，只要有两种鲁迅的书，开起书店来就可以发达。碰上有些作品，连书店都不敢出，鲁迅还可以自己印刷出版,随便起一个出版社的名字就可(比如"三闲书屋"之类)。他不但以这种形式出自己的作品,萧红、萧军的成名作《生死场》、《八月的乡村》也都是这样出来的。

1932 年冬天,在北平的一个晚上,鲁迅讲过这样一个故事。当时北平一些左翼文艺社团和政治社团的青年,共有二三十人,秘密聚集在鲁迅的老朋友台静农家里,听鲁迅讲话。他说,在号称上海"文化街"的四马路上,集中着大大小小的书店,国民党特务看到许多书店里摆的都是左翼的书刊,读者买的也多是这一类书和杂志,而他们经营的书店门可罗雀,非左翼的书刊无人问津。他们把一个买卖很红火的书店老板抓了起来,审问他为什么不卖右翼的书刊?为什么爱卖左翼的书刊?书店老板回答说:"我们老板,将本求利。我不懂左翼右翼,我只懂算盘。""算盘"这两个字,他是用很浓重的绍兴口音讲的,在座的多数是北方人,没有听懂,所以没有反应,几个南方人则会心地笑了。他又把这几句话重复了一遍,这一次,他一边讲,一边伸出左手掌,用右手的指头在掌心上作拨打算盘珠子的样子。这一下,在场的人们才明白过来,一下子全笑了。

鲁迅其实不主张赤膊上阵,和国民党拼命,而是主张打"壕沟战",他认为:

"战斗当首先守住营垒,若专一冲锋,而反遭复灭,乃无谋之勇,非真勇也"。

在他眼中,用真姓名无异是"无谋之勇",这是他所不屑的。他从来都不欣赏许褚式的匹夫之勇。

他有自己与国民党检查官捉迷藏、玩游戏的手法。他办的刊物往往出一期就被禁了，那就换一个名称再出。《萌芽》不行了，改名《新地》再办，《前哨》不行了，改名《文学导报》继续，《拓荒者》不行了，改名《海燕》……当然，这些刊物最后都没能逃脱查封、停刊的命运。还有一个手法就是他津津乐道的"笔名"战术，有人统计，鲁迅一生至少用过130个以上的笔名，其中光是在《申报》"自由谈"就用过41个，他说，不断地变换让人防不胜防的笔名，就是为了和检查官们打一仗。这一点胡适是不同意的，胡适的主张是用真姓名发表负责任的意见。这是两种不同的选择。还有一点，在文风方面，明白清晰还是曲折拐弯，这也是两种不同的选择。鲁迅承认自己的文字往往"吞吞吐吐"，"含糊的居多"，他自称是戴着镣铐跳舞，就像是"植物被压在石头下，只好弯曲的生长"。

鲁迅晚年大受左翼青年的欢迎，他曾向往苏联，对苏联说过一些好话，但当苏联请他去参加一个国际进步作家大会时，他却谢绝了。1932年冬天，他到北平探望母亲的病，绍兴人、历史学家范文澜在家里设宴请他，陪同的还有台静农、马裕藻等人。鲁迅边吃边谈，吃得很少，谈锋却很健，其中说到一件事，不久前，他接到苏联的一封邀请信，莫斯科即将举办一个国际进步作家的大会，特邀他前往出席。他说，能够去列宁的家乡，亲眼看一看世界上第一个社会主义国家，他确实很向往，而且在那里能见到许多来自世界各国的著名作家，当然是难得的机会。但他认为在目前国民党的统治下，自己的活动受到严重压迫，写的文章经常被检查或扣压,但总还可以千方百计地冲出一些,能发挥些作用。"我未去苏联已被诬为拿卢布的人了,如果去苏联公开参与盛会,那我回国后写作活动就更困难了。"经过再三考虑,他还是决定不去。

鲁迅在意的不是抛头露面、鲜花掌声,甚至也不是文学成就,藏之名山、传之不朽,而是能将文章发表出来,把内心真实的声音传达出来,对现实发挥一些作用。 这是他的真心话,所以他才会毫不犹豫地拒绝世人趋之若鹜的诺贝尔文学奖提名。

从他1927年9月25日写给台静农的信来看,他的拒绝也不仅仅是谦虚而已。 有这封信在,后人的许多解释就会显得有点多余。 鲁迅在信中这样说:

> 九月十七日来信收到了。请你转致半农先生,为我,为中国。但我很抱歉,我不愿意如此。
>
> 诺贝尔赏金,梁启超自然不配,我也不配,要拿这钱,还欠努力。世界上比我好的作家何限,他们得不到。你看我译的那本《小约翰》,我那里做得出来,然而这作者就没有得到。
>
> 或者我所便宜的,是我是中国人,靠着这"中国"两个字罢,那么,与陈焕章在美国做《孔门理财学》而得博士无异了,自己也觉得好笑。
>
> 我觉得中国实在还没有可得诺贝尔赏金的人,瑞典最好是不要理我们,谁也不给。倘因为黄色脸皮人,格

外优待从宽,反足以长中国人的虚荣心,以为真可与别国大作家比肩了,结果将很坏。

鲁迅的话虽然说得有些尖锐,却是一语中的。对自己的文学成就,他当然有谦虚的一面,但更多的是他对自己深爱的民族弥漫的虚荣心、虚骄之气有着清醒、彻底的认识,他内心多么渴望这个民族在精神上变得更健全一些。

另外还有一点不可忽略,鲁迅对自己也不无担心,他生怕得到诺贝尔文学奖的崇高荣誉后,自己又没有条件安下心来从事文学创作,写不出什么好作品,有负于这一荣誉。所以他接着说:

> 我眼前所见的依然黑暗,有些疲倦,有些颓唐,此后能否创作,尚在不可知之数。倘这事成功而从此不再动笔,对不起人;倘再写,也许变了翰林文字,一无可观了。还是照旧的没有名誉而穷之为好罢。①

事实上,自《呐喊》《彷徨》两本小说集之后,在上海的最后九年,他只是完成了一本薄薄的历史小说集《故事新编》,他的精力主要用于写杂文,他构思中的关于他在内四代知识分子命运的长篇小说最终也没有动笔。他深知中国新文学起步仅仅

---

① 《鲁迅全集》(第11卷),人民文学出版社,1981年版,第580页。

十年，用世界文学的尺度来衡量，中国确实还没有产生足以获诺贝尔文学奖的作家、作品。他有自知之明，不会被诺贝尔文学奖的光环照晕了头。拒绝诺贝尔文学奖提名显示了他的明智。他虽然失去了一次获得诺贝尔文学奖提名的机会，但无损于他在中国文学史乃至世界文学史上的地位，他还是二十世纪中国文学当之无愧的首席代表。

民国史上的建设力

今天很多人可能会认为最重要的就是活在当下，没有过去，也没有未来，以这个角度来看的话，民国就是个"黄金时代"。真正的黄金时代是什么？就是一个人可以按照自己的意愿，守护自己的心灵，同时又可以照自己的选择面朝一个更广阔的公共社会，去追求自己梦想的时代。民国史里充满了动荡、战争，民国史里有很多的军阀、土匪、流氓，他们都曾经很有权势，这些人我给他们一个定位，叫破坏力。

中国历史一直有两种力量在拉锯，一种就是破坏力，始终是中国社会最大的力量。从古到今，中国社会在某种意义上是由破坏力在推动的，农民起义一直是一个非常重要的改朝换代的力量。另一种力量不指向政治，它只是在个体或社会的层面，致力于建设性的事情，在民国时代包括乡村建设、教书育人、法律、实业等。他们所做的事情都是和风细雨的，并不是雷霆霹雳，跟那些农民暴动有巨大的差异。

我把这种建设力分为两种，一种是个人的建设力，还有一种是团体的建设力。这一直是中国最缺乏的。因为中国没有宗教，很多人拜菩萨都是祈求升官发财这样的个人利益，这很难算得上是信仰。没有团体生活确实跟中国人没有宗教信仰有很大的关系。 西方人因为宗教信仰，形成了教会，因此就有了团体生活，因其民间大量的团体、组织，逐渐形成了团体的建设力。

何谓个体的建设力？ 爱因斯坦曾经说，在人生丰富多彩的表演中，真正可贵的不是政治上的国家，而是具有创造性的、有感情的个人。 个人在爱因斯坦的心目中有着极高的地位。 然而，作为一个个体生命，当他进入社会，由于环境的压力等，这种建设力就削减了。 大部分的人在中国这个社会里面，几乎都是一事无成，因为没有机会，这些机会在成长过程中都被削减掉了。 今天，我想回望的是，民国史上那些还有机会把自己身上的建设力发挥出来的个体和那些曾经发挥了建设力的团体。

《新月》杂志是由徐志摩、胡适等人创办的文学杂志，但是它不光发表文学作品，也发表很多尖锐的思想批评类文章，对当时的国民政府进行了非常尖锐的批判。 1929年国民政府在南京建立不久，那个时代的知识分子认为中国最缺的就是人权，所以，当时胡适、罗隆基、梁实秋等人发表了很多申张人权的文章，虽然它们是以批判的形式出现，但它们实际上代表了一种建设力。 比如罗隆基当时提出的三十五条人权，当然不是简单的批判。

胡适一生深度介入的民间刊物主要有五个，第一个是1922年创办的《努力周报》，第二个是1924年创办的《现代评论》，第三个是1928年创办的《新月》，第四个是1932年创办的《独立评论》，第五个是国民党在大陆垮台后雷震在台湾办的《自由中国》，胡适是名义上的发行人。

梁漱溟是乡村建设的代表人物。他从事乡村建设时间最长的地方是山东邹平县。与他同时代搞乡村建设的也有很多，晏阳初1926到1937年在定县搞了十一年的乡村建设，非常有效果，他是耶鲁大学出身，又在普林斯顿大学读了硕士，当时跟他一起到定县搞乡村建设的都是一批受过最好教育的人，比如有康奈尔大学的农学硕士，有哥伦比亚大学的社会学博士等等。

晏阳初跟梁漱溟走的路线不大一样，晏阳初那批人都是洋博士，是一批受了最好教育的人，而梁漱溟是在中国土生土长的中学生，出任了北大的哲学讲师，之后转向了乡村建设。他们发挥的是一种乡村的建设力。尤其是晏阳初等人，他们在定县的时间更长，他们给定县的农民带来了很多新鲜的事物。

这些人无论在北洋政府时期，还是在南京国民政府时期，即使在军阀混战的状态下，他们还是有机会通过"中华平民教育促进会"这样的社会团体去奉献自己的人生，发挥自己的建设力。在一个革命渐渐成为潮流的时代，他们选择了一条与革命相反的建设性的道路。

南通张謇，字季直，前几年有一部电影《建党伟业》，里面出现的第一个演员演的角色就是张謇。他是甲午战争那一年慈禧太后钦点的状元，但他一生最主要的功绩不是做官，而是办实业。他办的纺织企业，曾经是中国最大的企业大生集团，拥有几十家企业，是东南最有影响力的企业家。但我想说的不是他办实业成功成为了一个有钱人，不是追求财富，而是他的追求梦想。他在南通这个地方搞南通自治,袁世凯知道南通的地方自治是中国搞得最好的,还想把南通的地方自治作为样板推广到全国,他们编了一本书叫《南通地方自治十九年之成绩》。其实他在南通搞自治不止十九年,因为他比袁世凯多活了十年,一直活到 1926 年,跨越了晚清和民国。南通因为他一个个体的建设力,成了梁启超所说的"中国最进步的城市",成了建筑学家吴良镛所说的"近代中国第一城",一个微不足道的南通小县,仅仅因为这个有建设力的个体,成了当时西方人瞩目的地方。梅兰芳一次又一次到这个地方演戏,跟张謇建立了深厚的友谊,他们之间的书信往来、互赠的照片等都编成一本很厚的书。

无锡荣氏兄弟,荣毅仁的父辈,他们号称在衣食上拥有半个中国,他们不仅仅是面粉大王、纺织大王,更重要的是,他们只要一有钱就开始办学校,从小学开始,办了八所小学,还办了一所职业中学,一所高中,最后办了江南大学,他们一生自己出钱办的学校有十来个,从小学一路办到大学。那所江南大学在 1953 年被关闭了,现在无锡的江南大学是后来办的,跟他们所办的那个没有关系。

聂云台真正是富二代、官二代,他是曾国藩的外孙,他父亲做过浙江巡抚,还当过江南机器制造总局总办,这家企业雇佣了大批西方传教士,以及像华蘅芳、李善兰这样的化学家、数学家,聂云台虽然没有留学,但外语非常好,从小就有机会接触物理化学之类,因为在这个企业里什么样的人都有,可以接触到各种各样的新学科。1920 年,借着五四浪潮的余波,他被上海总商会投票选为会长。那个时代的总商会可不是一个富人俱乐部这么简单，而是一个企业家聚集在一起对国家大事发表看法，并且能影响社会的团体。这个团体里除了聂云台，还有穆藕初，他是中国第一个在美国留学拿了工科硕士学位回来创办企业成功的人。穆藕初办纺织企业，也是总商会的会董。总商会共有18届的换届选举，都是投票选出来的。他们对公共事务的影响很大，从1902年开始到1929年，他们一直是上海最有影响力的社会团体之一。

这些富人聚在一起不是吃吃喝喝，而是讨论国家大事。可以说，这些人发挥的就是我前面讲的团体的建设力。

1932年上海发生一二八事变，上海并没有瘫痪，没有失去秩序，因为史量才等人迅速地站出来，他们建立了自己独立的民间社团，把事情办得比政府还要好，十九路军的后勤保障很大一部分是由这些人做的，他们每天给前线送粮食，送其他物资，建立伤兵医院，照顾伤兵，募捐、宣传、维持治安等等，一切事情都做得非常有秩序。史量才被推举为这个上海市民地方维持会的会长。所以后来史量才被暗杀，跟这些也有关系，因为他太有影响力了，威望太高了。1934年11月史量才在杭州回上海的路上被暗杀，但是，我们看到当时的企业家，他们有机会按照自己的意愿发挥建设力。

卢作孚曾是中国最大的民营轮船企业——民生公司的总经理，他永远都穿着布衣、剃着小平头，唯一一次穿西装留头发是去美国访问，晏阳初跟他说他平时的穿着不符合他们交往的礼仪，他才穿了一次西装。 一家公司也是一个经济团体，在国家遭遇危机的时候，它也可以发挥惊人的力量，几乎难以想象。中国历史上的宜昌大撤退，就是由民生公司组织的。 1938年秋天，在长江的枯水期到来之前，要把留在宜昌大量的设备、机器、物资抢运到重庆，如果抢运不及时，等日本人来了，这些东西就没了。 这批物资极为重要，要支撑未来七年的抗日战争。最后这件事交给了卢作孚，他利用自己民生公司的船，成功地完成了宜昌大撤退，创造了一个奇迹。 一家公司，一个企业家，在生死存亡的关头，发挥了如此之大的力量。

过去中国的律师，不是有了律师资格证就可以开律师事务所的，必须得加入律师公会才可以，律师公会会员这个资格极为重要，这是一个行业公会，它的作用就是规范自己的行业，但它并不是一个官方团体，它是一个律师高度自治的独立社团。 尤其是上海的律师公会，在民国期间发挥的作用非常大。

一个健全的社会，不仅取决于独立的个体，并且取决于民间社会存在着大量具有独立性的社团，他们能对社会的不公平发出声音，而且这种声音是不会遭到逼迫的。 我们看民国时代，不论是律师公会，还是商会，或者是一个公司，他们是可以对公共事务发表自己的意见的，哪怕说错了，也不会招来弥天大祸。我们不要以为他们比我们勇敢，这是因为他们可以这么做，不会有什么严重的后果。

1897年创立的商务印书馆曾是中国出版业的航空母舰，它的鼎盛时期，在海内外拥有36家分馆，一千多个网点，上海的总馆 1932 年被日本人炸毁了。迄今为止还没有一家出版社达到过那样的规模。他们在历史上有一个重要创举，就是王云五做商务印书馆总经理时，出版了一套"万有文库"，那个时代很多中国人都读过"万有文库"里的书，受益于这一套书，因为这是一套百科全书式的书，从 1929 年到 1937 年共出版了四千册。如果买了这套书，就相当于拥有了一个小型图书馆。这套书每一册单本都特别薄，但内容涵盖所有的学科。它原本的目标是一万册，但是因为 1937 年抗日战争的爆发，中断了，但是四千册的一套丛书，仍然是中国当时出版的最大型的丛书。1930 年 6 月 1 日，当王云五访问美国时，美国的《纽约时报》发表一篇评论来赞美商务印书馆，题目是《为苦难的中国提供书本而非子弹》，这是我很喜欢的一个题目，多少年后的今天，商务印书馆留下的这些书，仍然是有生命力的。

其中有一本《各国民权运动史》，大概是 1930 年出版的，将近三十年后被北京大学的一个女学生看到了，她十分喜爱。《各国民权运动史》是"万有文库"里的一本小册子，很薄，只有一百多页，但内容非常丰富，它讲述了美国、法国、德国、俄国、日本、中国这些国家追求民权的道路，特别是讲日本走过的那条曲折的民权运动的道路，比很多其他的书讲得都清楚。可惜它是 1930 年出版的，当时还不知道日本后来会来侵略中国，还会发动太平洋战争。但是日本明治以后走的道路，对中国也是有参照意义的。我相信这本书对她产生了很大的影响，她的民权思想有从这本书里得到的启发。一本书，几十年后，被某一个读者看到，仍然可以发挥它的影响。这只是"万有文库"里其中一本书，它一共有四千本，所以不同的人拿到了"万有文库"里的某一本书，就可以发芽开花了。书本的影响力是可以穿越时间的。

1922年商务印书馆出版的国语教科书小学四年级课本中有一篇课文，题目叫《国王和牧童的问答》，有一天国王在路上遇见了一个牧童，国王的仪仗队叫牧童让路，牧童不让。牧童说这路是公共的，您可以走我也可以走，为什么非得让您呢？国王很生气地说：明天你到我宫里来，我有三个问题要问你，如果你回答得不错，我就把王位让给你，如果回答不出，我就要治你一个犯上的罪。第二天牧童就到了宫里，国王问第一个问题，什么东西最深？牧童回答，人的欲念最深，从没有满足的时候。第二个问题，什么东西最快？牧童回答，人的思想最快，一刻千变。第三个问题，什么事最快乐？牧童回答，求快乐先要心安，凡是行善的人，没有不心安的，因此行善最快乐。国王说你回答得都很不错，我把王位让给你。牧童连忙说，我不要！我不要！

这样的课文出现在1922年编的小学课本里面，最好地诠释和回答了"什么是人"这个问题。人就是牧童这样的人，也是国王这样的人。这篇文章最让我震撼的，不是牧童智慧的回答，因为人的聪明智慧终究是有限的，回答得再好，也不过是一个聪明人而已。而是他最后的拒绝，才真正道出了人的尊严、体面，面对权势的诱惑时可以断然拒绝。如果说起初他面对权势时的不卑不亢,很多人还可以做到,那么最后面对权势的诱惑能够拒绝,就更难了。牧童才是一个真正大写的"人"。商务印书馆的编者,以此诠释了"人"的内涵。

那时候,小学生在小学毕业前要读的最后一篇国文,是《大国民》。从晚清以来,在商务印书馆不同版本的许多小学国文课本中,最后一篇课文都用的是这一篇。"所谓大国民者,非在领土之广大也,非在人数之众多也,非在服食居处之豪侈也。所谓大国民者,人人各守其职,对于一己,对于家族,对于社会,对于国家,对于世界万国,无不各尽其道。斯之谓大国民。"把"人"的内涵发展到"国民"的概念,商务印书馆通过这些教科书,潜移默化地影响孩子们,怎样成为人,怎样成为大国民。在1917年,也就是袁世凯称帝失败后的一年,小学生拿到了一本教科书,叫做《公民须知》。其中的课文比如《自由》,我第一次看到这篇课文很感慨,现在的学生读多少年书都遇不到这样的课文,它清楚明白地阐述了公民的权利、自由,用词非常细腻、紧凑、简约,解释得很全面。商务印书馆的教科书就是那个时代的主流,那时候的政府不介入教科书的编辑,教育部不经手教科书的编辑。

这些都可以称作是那个时代的社会组织,这些社会组织所构成的社会组织力,表明那个时代人们还有发挥建设力的空间。今天回过头来看中国的历史,尤其是看晚清之后的五十年,因为晚清到民国是一个连续的历史,那五十年当中,政府允许民间的出版社自己编课本,大量的不同版本的教科书进行竞争、较量。

那个时代的商业领域，人们不仅可以追求自己的利益，同时可以关心公共事务、做公益的事情。 那个时代有很多独立的人，只有独立的人才谈得上建设力。 那样的时代过去了，那样的人也过去了。 今天回过头看历史，我们会思考一些问题，如果一个时代只剩下了破坏力，这个时代一定是有问题的。 社会需要健康，个体需要健康，就需要从破坏力的轨道转回到建设力。

建设力是什么？ 就是低调的理想主义，不追求天上掉馅饼，不追求一步登天。 建设力就是脚踏实地，追求一个更好的社会，不追求完美，只追求更美，不是为了一个完美社会，而是为一个不完美社会而努力，不是为了一个美好的明天，而是为了一个美好的今天。 建设力就是可以让每一个人不流血地追求理想，活得更好、更健康、更丰富，建设力是关乎活人的，不流血地完成革命、和平地更新，这样的社会就是纸上的革命。

2015 年 5 月在桂林"纸的时代"书店讲，根据录音整理

"九〇后"一代知识分子的不同选择

1890年代出生的这一代知识分子,一百多年来对中国的影响之深远,今天还没有得到足够的重视。当然,我们会想到1891年出生的胡适之先生,他的思想对中国的影响之巨大,从一件事就可以作出判断,上世纪五十年代初毛泽东要发起一场旨在肃清其思想影响的运动,光是当时发表的批判胡适的文章就有几百万字。留在大陆的几乎稍有一些知名度的学者都写了批判文章,包括胡适的学生在内,因为不批就过不了关。三联书店当年出的一套批判胡适的思想资料就有八大本,但这八大本还没有把批判胡适的所有文章都涵盖在里面。在批判胡适的名单上不仅有很多我们熟知的左翼知识分子,还有很多中立的埋头于书斋中做学问的知识分子。当胡适听说大陆发起缺席清算他思想的运动时并没有生气,反而觉得很骄傲。他认为:看来自己种下的思想种子是有用的,因为还需要那么多人来批判。

"一八九〇后"(下面简称"九〇后")这一代知识分子散布在各个领域,在教育领域对中国有深远影响的陶行知、竺可桢、叶圣陶等人都是"九〇后"。在乡村建设方面的梁漱溟、晏阳初、卢作孚是"九〇后",卢作孚也是主要的实业家,在实业界还有像吴蕴初等"九〇后"。还有一类人今天越来越受到社会的重视，得到读者的欢迎，就是安安静静在大学教书或在学术上有卓越贡献的人，比如钱穆、陈寅恪和吴宓等。这些人与胡适在许多问题上有不同的见解，有人称他们是文化保守主义者。其实，以任何一个词去概括人都是要冒风险的，至少不够周全，不能把人的更丰富、更复杂的精神世界涵盖进来。倒是有一点可以肯定，无论是留学回来的吴、陈，还是中学都没有毕业的钱穆，他们有一个基本的共同点，都有非常强烈的中国情结，但同时他们又是开放的，愿意放眼世界，包容、接纳人类久远文明中形成的那些基本价值。吴宓一生中似乎没有留下什么特别重要的学术著作，但他留下的一大摞日记，日复一日，坚持了半个多世纪的日记，无疑可以看作是他一生中最重要的作品，他一生所思所想都在那里面。吴宓日记填补了陈寅恪、叶公超等许多人不写日记留下的遗憾。如果我们想要知道陈寅恪当年留学美国时想了什么说了什么，陈寅恪那里没有留下什么记录，却可以在吴宓日记里找到，吴宓把陈寅恪随意说出的一些片言只语都记下来了。今天回过头来看，1919年陈寅恪在美国说的那些话你会觉得太超前了，具有相当的前瞻性，而且他也许只是在聊天当中不经意间说出的，说完之后就过去了。但是吴宓是一个有心人，他的日记写得很长，当年在清华学堂求学时，辛亥革命发生了，他每天都详细记录他所看到的所听到的。那时他只是一个中学生，与他年龄相仿的"九〇后"，无论是白崇禧、张治中们，还是左舜生、吴宓、叶圣陶们，还只能去当学生军，扮演一个微不足道的角色，但在辛亥革命之后的中国大舞台上，慢慢就要由这些"九〇后"一代来担任主演了。

　　不说别的,真正在民国时代知识界和思想界产生重要影响的还是"九〇后"这批人,包括胡适、傅斯年、冯友兰、顾颉刚、陈寅恪、晏阳初、钱穆、梁漱溟等,左翼的郭沫若也是。当然,"八〇后"那一代的影响始终也是不容忽略的,鲁迅、张君劢、张东荪、梅贻琦他们。 如果要在二十世纪中国找出三张面孔来代表二十世纪的中国知识分子,或者换一句话说,给二十世纪的中国知识分子画三张脸谱,鲁迅可能是我们容易想到的——留着小胡子的矮个子鲁迅——那是一张很冷、很酷、很犀利的脸,另一张脸也许就是胡适,很阳光、很包容,似乎永远地微笑着。 第三张脸可以是很严肃、很冷静、很认真的钱穆(自然也可以是早早失去了视力的瞎子陈寅恪的脸)。 这三张脸大致上可以代表二十世纪中国知识分子,他们都是"八〇后"和"九〇后","九〇后"的比重更大。 年纪越大,对钱穆的书就会越有亲近感,他对中国的文化与历史怀有温情与敬意,温情与敬意的背后是他的学养,他是真正沉浸在中国文化里面,并且把自己对中国文化的体悟表达出来的人。 你可以不同意他的观点,他对中国文化的判断,他对中国政制的褒扬即是我所不同意的,但他的态度是诚实的。 中国最缺的不是聪明,而是诚实。失去了诚实,聪明又算得了什么? 中国人缺诚实,缺宽容,中国人其实从来不缺乏犀利批判,缺的正是胡适式的宽容,以及钱穆式的诚实。"八〇后"鲁迅确乎深刻,冷冷的他几乎一眼洞穿了中国的症结,看到中国社会的不被鞭打就懒得动弹的巨大惰性，看到中国社会搬动一张桌子也要流血的无药可救，他写过一篇《药》，他的"药"在我看来正是无药可救的意思，他的"药"是救不了人的药。而我们仍然活在鲁迅的意象里，鲁迅概括的那些意象，无论是人血馒头，还是围观的场景、看客的目光，仍然是今天我们在生活场景中常常遭遇的意象和场景。作为一位作家的鲁迅毫无疑问是深刻的、独到的，他用几个词就能把整个中国的国民形象勾出来。但是声称"一个都不宽恕"的鲁迅确乎不宽容，所以他也渐渐受到质疑，他的不足正是中国文化基因中的缺陷。我们更清晰地看到，光是有鲁迅的冷峻和深刻，我们还是没有办法完全理解中国。

中国有几千年的文明史，这样一个国度不可能是无缘无故存续下来的，它一定是有原因、有逻辑的。它既然穿过一次次的王朝更迭，打碎重来，包括多次少数民族建立的王朝，乃至外国的大规模入侵，还能存续下来，内在的逻辑到底在哪里？在文化上则是由钱穆等人而不是由鲁迅来给出最好解释的。虽然我并非都认同他的见解，但我依然认为迄今为止没有一个学者比钱穆对中国的历史、传统和文明有更深入、更确定和有诚意的把握。但是光是理解了中国的过去，我们仍然理解不了今天这个时代、这个世界，所以需要有胡适，因为胡适提供的是一个更宽广的尺度，是面朝整个世界的目光和胸怀。他是从美国回来的，他在杜威那里接受了熏陶，他毕竟是在美国待了七年，从康奈尔大学到哥伦比亚大学，他不仅在校园里接受教育，同时他也在美国的公共生活里浸泡过，参与过美国的议会选举和总统选举，对美国的政治社会生活都有一定程度的介入，对欧美文明包括其政治文化都切身的体会，是走进过那种生活里面去的人。我觉得人在教室里获得的是宝贵的、重要的，但是不能没有生活中的经验，否则也是纸上功夫，是虚拟世界的认知，终究没有办法成为生命性的体验。从这个意义上说，胡适是真正能理解欧美文明或人类主流文明的人，鲁迅最大的问题就是：他对欧美文明是比较隔膜的，他最多只是接触了一些东欧弱小民族的文学作品、俄罗斯的文学作品，以及德国的尼采等人的哲学，他没有广泛接触欧美文明的价值，尤其缺乏对这一谱系政治文明的真切理解。

今天我们来看"九〇后"那一代青年，他们在"五四"之后分道扬镳，无论是参加共产党的张国焘、蔡和森们，还是参加国民党或者与国民党走得很近的段锡朋、罗家伦；无论是创立了中国青年党的国家主义派代表左舜生、曾琦、李璜，还是保持了相对独立性，在思想、文学、学术、教育或实业、乡村建设等领域有建树的胡适、傅斯年、竺可桢、叶圣陶、晏阳初、卢作孚、梁漱溟这些人。其实，他们早年的人生中有一段经历是有交集的，这个交集就发生在袁世凯称帝之后的中国。

回到一百年前的 1915 年，袁世凯要回归帝制轨道的时代背景下，也正是他们的青春期，逐渐产生了未来人生选择的不同意向。他们中有很多人在 1919 年前后都参加了一个团体"少年中国学会"，这个学会是对整个二十世纪中国影响最大的一个青年社团，可以说，从来没有一个社团像"少年中国学会"一样星斗璀璨。这个社团现在保存下来的名单大概是126人，上面有中国共产党早期的一批领袖和骨干，如李大钊、恽代英、毛泽东、蔡和森、邓中夏、张闻天、赵世炎、黄日葵、沈泽民、杨贤江、刘仁静、萧楚女这些人。另有一批后来在国民党内担任高官的人也在这个名单上，如程沧波、吴宝丰、沈怡、周佛海等。中国青年党的创始人如曾琦、李璜、左舜生、陈启天、余家菊、何鲁之等几乎都是这个学会的发起人和活跃分子。还有更多的人成了各个领域有所建树的人，如朱自清、宗白华、张申府、许德珩、王光祈、李劼人、田汉、吴俊升、杨钟健、康白情、方东美、周炳琳、舒新城等。他们或是作家、或是美学家、或是哲学家，或是音乐家，或是出版家，还有实业家如卢作孚等。

他们中年龄最大的李大钊也不过是1889年出生，大多数都是"九〇后"，有个别是1900年后出生的如程沧波、沈怡等。在1919年前后的中国，他们的人生选择是有相当同一性的，他们都曾经怀抱过将中国建造成为少年中国的理想。可能那一代"九〇后"少年时代都是梁启超的读者，读过那篇风行过一个时代的《少年中国说》。换句话说，每个时代的人在一定程度上也是由每个时代的思想家形塑出来的。毛泽东在延安的窑洞里就坦言少年时醉心于梁启超的文章。"九〇后"的许多想法都是从梁启超的话语里熏陶深化而出的。所以他们要建立一个社团也是想到"少年中国"这个说法。这个组织在1925年分裂出政治上的三条道路：中国共产党主张的共产主义道路，中国青年党要追求的国家主义道路，还有一条道路是追随孙中山的三民主义。这三条道路在民国时代构成了政治上的竞争关系，哪一条道路将来能走得通？当时人们并不知道，这些年轻的学生更不知道。

中国人历来强调"三不朽"，就是"立言"、"立德"、"立功"。"立功"是很难的，尤其需要特殊的机遇。"立德"也很难，而相对而言"立言"较为容易。中国的读书人很少有机会在这三者之外获得不朽的机会，其实这是最重要的，放在整个世界文明史上来看，"立制"就是最重要的不朽渠道。中国罕有"立制"之人，自古以来也不鼓励人"立制"，因为那是帝王的事。中国历史上最重要的两次"立制"，第一次是周公立制，定下了封建制，就是诸侯分封，管了中国将近一千年；第二次是嬴政立制，郡县制、中央集权制，管了中国两千余年，事实上一直影响到现在。到了晚清，中国开始产生一批人想要在制度上有所创新，无论是维新派（后来发展为立宪派）还是革命派，他们都有一个共同的追求就是要想在古老的中国重新立制，无论叫君主立宪制还是共和制都有别于原来秦始皇定下的旧政制。梁启超、张謇、汤寿潜和孙中山、黄兴、宋教仁这些人都试图呼唤一个全新的制度。在中国自秦至清两千年间这样的人是非常罕见的。我们的整个文化谱系几乎剔除了年轻人将来要立制的心志，整个教育、传统给你的教诲最多让你朝着前面三个"立"，没有第四个"立"，因此你心里也不会有这种意识。但是我们看到"九〇后"这一代中，许多人选择的道路都是追求在整个古老国家重新"立制"，无论是国家主义、三民主义还是共产主义，都是为了要选择一种新的政治模式，一种新的政治制度。所以，这一代人的牺牲也是惨烈的，很多人因为政治的原因被牺牲掉了。

当"九〇后"那一代告别舞台之后，我更在意的是那些在思想、学术、教育、出版、实业、乡村建设等不同领域默默努力耕耘的人，他们的思想、他们的著述、他们的文章、他们的事业、他们的故事最终会留下来，他们的精神遗产可能更长久，持续成为这个古老民族的祝福。

"一八八〇后"那一代在各领域的代表人物，包括鲁迅、张季鸾、胡政之、范旭东等人清一色都是留日学生。而"九〇后"这一代的代表人物就十分多样，他们中杜威的学生有好几个如陶行知、胡适（留美的），竺可桢是哈佛大学的气象学博士，罗隆基、金岳霖是哥伦比亚的政治学博士，冯友兰是哥伦比亚大学的哲学博士，汤用彤是哈佛大学哲学博士，晏阳初是耶鲁大学的，吴宓是哈佛大学的，王世杰是留英、法的，伦敦大学政治经济学士、巴黎大学法学博士，傅斯年留学英国，陈寅恪则在欧美游学，并没拿学位。与他们不同，1893年出生的梁漱溟是顺天府中学堂的学生，与他同年的卢作孚只是小学毕业，是在中学做过数学老师，并编写过数学辅导读物。他的脑子特别清楚，是个经营企业的能人。"九〇后"这一代中的钱穆，是常州府中学堂吕思勉的学生，因为家境贫寒中学没有毕业就开始教小学。从小学教到中学，一直到燕京大学、北京大学、清华大学和西南联大做教授。这不稀奇，在他之前梁漱溟就登上了北大讲台。

那一代"九〇后"的知识构成确实差异很大,更重要的是他们在大时代做出了不同的选择。

他们的选择大致上可以分成两种,简单地说,一种可以称之为不流血的选择,另一种就是流血的选择。或者换一句话,一种是选择了阳光道路,另一种是选择了闪电道路。有一本书《姊妹革命——美国革命与法国革命启示录》,讲的就是法国道路和英美道路。法国革命如同闪电,在黑暗中闪过,很刺激,很震撼。英美革命则是阳光一般,是慢慢的缓缓的,"随风潜入夜,润物细无声"的。或者再换一种说法,我更愿意用"低调理想主义"和"高调理想主义"来区分他们的不同选择。如果我们把流血的选择算作是"高调理想主义",它确实怀有一个很高远、很宏大的梦想,抱着追求一个完美的乌托邦的理想或者说是追求完美社会的理想,而且它也确实是真诚的(我们假定它的动机如此)。

以"九〇后"中参加过"少年中国学会"的那一批人为例,选择高调理想主义的相当多,他们之间既有主义之别,即使选择同一主义的也有派系、路线、方针之别。比他们晚一代选择高调理想主义特别是共产主义的知识青年面积更大。

到了 1970 年代初,顾准去世以前对"高调理想主义"有了深刻的反省。他自己就是"高调理想主义"的牺牲者。1974年 8 月以前他就想明白了——"然而我还是厌恶大一统的迷信。至于把独裁看做福音,我更嗤之以鼻,事实上,大国而不独裁,在古代确实办不到；但人类进步到现在，则确实完全办得到，不过这已经是另外一个问题了。"面对1917年到1967年这五十年间浩浩荡荡的世界革命大潮，他也曾被这个大潮抛来抛去，他进一步上溯到1789、1870年，将法、俄革命及其带动的世界性社会革命潮流放在一起思考，并指出还有另一股潮流，那就是英美代表的光荣革命或干脆叫做政体革命思潮。他没有时间继续往下思考，中国自十九世纪末到1949年的历史实际上也是这两种思潮的博弈和消长的历史。

我曾接触过不少出生于"五四"前后的那一代知识分子，也就是1919年前后出生的知识分子——顾准生于1915年，跟殷海光的年龄差不多。现在还健在的有1917年出生的李锐，已经去世的李慎之是1923年的，何家栋是1923年的，许良英是1920年的——他们这一代知识青年有个共同的特点：除了殷海光之外，那一代中大量的知识青年成为高调理想主义者。顾准非常具有典型性。另外一个从事文学的清华女生韦君宜（她最后的职务是人民文学出版社社长），是一二九运动时的学生领袖，一位富家小姐却奔赴延安，最后她留下了一本《思痛录》，在上世纪九十年代风行一时。《思痛录》与《顾准文集》是两个完全不同的路子，《思痛录》是感性的、文学的、叙事的，而《顾准文集》是理性的、思辩的、冷静的论述，但是他们得出的结论是一致的，都是对高调理想主义的重新反思。

与高调理想主义相对的就是低调理想主义，低调理想主义不是没有理想，而是不赞同用激进的、暴力的、快速的手段推动社会变革，是希望用自己的专业，通过持续的、长久的努力去造就一个时代、一个社会的新基础。

同为低调理想主义也有区别，胡适与罗隆基是《新月》时期的伙伴，以后却渐行渐远。同为《独立评论》的撰稿人，胡适与蒋廷黻的选择也并不同。同时从事乡村建设、乡村教育的晏阳初、陶行知、梁漱溟们区别也不小。但是，同为低调理想主义者，胡适倡导的真实姓名说负责任的话，与钱穆的严谨学业之间是有共同基础的。

用一句话说，就是胡适喜欢的那句话"得寸进寸"。高调理想主义是"得寸进尺"式的，甚至是"得寸进丈"式的、一步登天式的，"毕其功于一役"，就是想把所有问题一揽子解决。高调理想主义往往能吸引一大批纯洁的、有美好追求的年轻人，所以我们可以看到中国激荡的社会运动造就了多少青年的牺牲，一代一代的年轻人牺牲了自己的青春，甚至牺牲自己的生命，目的是建造一个完美的天堂。从"九〇后"一代到顾准他们那一代均付出了惨重的牺牲代价。得寸进寸，就是脚踏实地，从高处着眼，低处入手。

波兰上个世纪八十年代最重要的思想家之一米奇尼克，他指出："不是为了建立一个完美的社会而努力，而是为了一个不完美的社会努力。"我第一次看到这句话就觉得生命突然全亮了，我的身边每一寸土地都充满了光。我们过去不是一直活在"追求一个完美社会"的幻影里边吗？有一天，突然有一个思想家说出我们应该"为一个不完美的社会而努力"，因为这个世界永远不可能是完美的。但光有这句话还是不完整的,他还说出了第二句话:"不是为了美好的明天而奋斗,而是为了美好的今天而奋斗。"不要把责任推到将来,就在此刻,就在当下,完美是不可能的,美好却是可能的。

  米奇尼克的这些话是中国的思想家没有说出来的,虽然胡适在生活中践行了类似的理念,却没有清楚地表述。有着深厚的天主教和基督教背景的东欧具有超越之维,他们的背后更宽大一些。我们的民族是无神论的民族,所以孔子说,"未知生焉知死","未能事人焉能事鬼",这个民族一直活在形而下当中。当然,孔子没有说过世上没有鬼神,孔子只是不知道是否有鬼神,这也说明了孔子是严谨认真的,态度是诚实的。先秦诸子要么深刻,要么玄妙,要么刁钻,要么犀利,要么逻辑缜密,要么汪洋恣肆,要么就像孔子那样诚实而包容。为什么孔子能说出这句话?也不是孔子特别高明,而是中国的文明,哪怕是已经有文字记载的文明到孔子的时代已经历了上千年,他只是把先人的知识积累和思想资源进行了整合与归纳,每一个人物的出现,横向来看是他与同时代人之间知识的碰撞、对话、博弈,纵向来看是他之前漫长的时间中一代一代的人知识的逐渐累积。我觉得在这个世界上很多东西确是"卑之无甚高论",归根到底一句话无非就是"积累",所有的一切都是积累的产物,文明、财富和文化都是积累出来的。没有一个人是绝对聪明的,只是看他能在多大程度上呈现人类已有成果的积累,你积累得多一点你的知识就更宽、更厚、更重。

低调理想主义所强调的就是积累,就是渐进,社会的前进,文明的成果是一个积累的过程,是一个渐进、渐变的过程,而不是一个猛进、突变的过程。这样说并不是反对突变,而是因为突变不是可以预期的,也不是可以把控的,突变是突然发生的,你没有办法控制。就像地震的发生是可以控制的吗?即使你预防了地震,你也没有办法让它不地震。人类的科学发展到一定程度可以预测什么地方将发生地震,但是人类的科学永远都无法做到让地震不发生。那么,人类能把控的是什么呢?就是积累。在积累的过程中朝着更好的方向而不是朝着最好的方向发展。没有最好,只有更好,这是渐进主义的路径,也就是低调理想主义的路径,经验主义的路径,将生活看得高于乌托邦的路径,不指望在地上造通天塔。

大凡选择这条路径的人往往会有所建树,他们只想走自己的路,他知道自己是谁,能做什么,不能做什么。因为人生都很有限,有效的时光大概是三十年,每个人在世上真正有效地用来做事的时间不会太久。像周有光先生活到 110 岁是一种异数,而到了 110 岁还思维清晰,还能写文章,整个中国也许就只有他一个,你不能模仿他,他是一个特殊的存在。在人生几十年的时光里你能做的事事实上极为有限,你必须要选择,人生无非就是一个选择的过程,你选择了什么你就是什么。因为你不可能超越你的选择,你不可能什么社会角色都占有。当然有些人在人生宽度上会更宽一点,他所占的社会角色要多一点,但他也不是万能的。重要的还是在于积累,你在哪一个方面有积累,你一定能在那个方面为社会提供价值。低调理想主义这条道路无所谓成功与失败,他永远走在自我成全的道路上。然而,在中国的社会氛围下,人们往往更愿意走高调理想主义的路。

今天的中国,什么才是最热门的高调理想主义? 也许只剩下了赚钱! 民国时代的高调理想主义是革命,是抛头颅洒热血,排除万难不怕牺牲,国民革命、共产革命,革命的梦接踵而至。 如今,不惜一切手段赚到钱正是一种高调理想主义。 或许90%的中国人都活在高调的赚钱理想主义里。 几十年来,当高调的革命理想主义式微之后,高调的赚钱理想主义几乎把整个中国都吞进去了,人们为了利益可以不顾一切,这个时代如果用一句话来概括,让我想起"我们彼此用毒药相互款待"。 这是二十六年前我的好朋友张铭还在上大学时写的一句诗,当时的中国还不是这样的一个时代,高调的革命理想主义正在消退,高调的赚钱理想主义还没有横扫老大陆。 他却以神来之笔写下了这句诗。 每个职业都会有其职业的潜规则,整个时代都进入了高调赚钱理想主义的时代,只是这一高调理想主义跟革命相比有了另外一种指向。 高调理想主义最后把一切都化为粉末,连同理想本身。

低调理想主义却特别小心翼翼,恪守底线,反复强调节制,反复坚守专业性。 如果这个世界上,不同领域的人都在努力坚守底线和专业性,这个世界就是一个平平安安的世界,因为专业主义是包含着敬畏的。 西方人,尤其在欧洲,我们去看德国人和瑞士人的那种工匠精神，做一个东西要精密、准确，要精益求精，即使是一颗微小的螺丝都要做到这种程度，但换做中国人看来就会觉得是无趣的。低调理想主义不指望天上掉馅饼，只相信自己每一步都要脚踏实地，重要的是相信脚踏实地是可靠的，相信日复一日的努力是有效的，相信只要我善意地对待这个世界，别人也会善意地对待我，我在这个世界上认真诚实地付出，所做的一切都是值得的。这一切都围绕一个"值"字展开，如果说某一个时代有问题，那就是这个时代的"值"有问题。"值"就是价值，你遵循什么样的价值观你就是什么样的人。你喜欢钱并且把钱看得比命还重要，那么你就是钱的奴仆；如果你更看重友情或其他更人性的东西，那么你的心态也就完全不一样了。

不同的选择造就不同的人生。我们看到1890年代出生的这些人里，今天仍然可以被我们反复言说和琢磨的人如晏阳初、梁漱溟，他们在某种意义上失败了，因为他们在中国推动的平民教育、乡村建设都已化为乌有，在河北定县看不到晏阳初的痕迹，在山东邹平也看不到梁漱溟的痕迹。今年春节后我到邹平去了一下，整个邹平除了梁漱溟的墓和邹平一中校园里有一个梁漱溟纪念馆，整个县城、满大街都没有什么跟梁漱溟有关的遗迹，日本入侵时飞机轰炸过，什么老建筑都没有留下。他们留下的都是精神遗产，不是地上能看到的遗产。但是谁敢说梁漱溟、晏阳初所代表的上个世纪中国二三十年代的平民教育和乡村建设是没有意义、没有价值的呢？它的价值就在于，在农业中国已经向工业中国转型之际，这些最有抱负、最具责任感的低调理想主义者，将他们的目光转向了乡村，并且愿意用自己的知识装备和精神视野到农村去，带动普通农民一同寻求更加文明美好的生活，无论是从物质生活、文化生活，还是在更深的精神生活、社会秩序上都想努力重建一个乡土中国。他们在自己的时代里将这一梦想付诸了实践，虽然在整个中国没有成为被效仿的模式和道路，但是他们所走的这一步仍然是有意义的，因为说到底人除了物质存在以外，仍然要给自己的人生赋予意义，其他的都是第二位的。一个乞丐追求寻求的也不只是温饱，而是尊严，尊严高于温饱，没有尊严的温饱也许很多人乐意接受，但是有了温饱之后，人一定更想要尊严，尊严就是赋予人生更大的意义。傅斯年、胡适这些人所选择的思想和学术道路；陈寅恪、钱穆选择安静地做学术，把学术做得更厚重、更宽阔；吴宓、梅光迪接通了中国的老传统，也接通了西方的新人文主义。他们那一代人在中西贯通的基础上定下的范例迄今仍没有被超越。今天学术界没有几个人敢说自己的学问做得比陈寅恪和钱穆更好，活着的人一个也没有，将来也不知道还有没有。因为那是需要条件的，一个中西交互的时代，一个兼容并包的环境，各种机遇集于一身，这样的条件不是随便就能具备的。他们的努力如今看来依旧是有价值的。这些低调理想主义者从来没有说要为中国人民打下一个怎样的天下，他们也从来没有喊出什么激动人心的口号，胡适的"整理国故"也不是大口号，他们只是安安静静、脚踏实地地做了自己该做的事，得寸进寸，但是时过境迁，时间过去得越久你就越觉得他们身上有光，他们走的是一条阳光的路，不是闪电的路，他们的遗产是不流血的遗产。我一直在强调不流血的本土资源才是中国最值得珍惜的资源，因为叫一个人去流血是个什么逻辑？鼓励别人去流血牺牲这本身就是荒谬的。只有自己不流血，让他人也不流血，让整个社会珍惜生命，不以流血为代价走出来的路才是值得珍惜的路，才是朝向未来的路，才是为了一个不完美社会而奋斗的路，才是为美好今天而走的路。

我认为在1890年代出生的那一代知识分子的选择中，我更看重低调理想主义的选择，而不太看重高调理想主义的选择。虽然那个时代那么多人选择高调理想主义一定有着时代的原因，但这不是我们今天想讨论的问题。如果说高调理想主义强调群体，那么，低调理想主义在意的是一个个的个体，我再次想起爱因斯坦的那句话，1930年他在《我的世界观》一文中说："在人生的丰富多彩的表演中，真正可贵的不是政治上的国家，而是具有创造性的、有感情的个人，是人格。"我觉得他这句话讲得太好了，他把人生最重要的问题在短短的一句话中就讲明白了。失去了有感情有创造性的个体，其他的一切还有什么意义呢？其他的一切不都是建立在这个有感情的个体的基础上的吗？古希腊亚里士多德在《政治学》里就说清楚了这个问题：国家起源于生活。没有具体的、活着的个体生命的生活，其他的一切都是空的，没有地方可以依附的。个体的生活是国家的出发点，也是国家的归宿，从个体出发才能找到正确的方向。

(今天的高调赚钱理想主义貌似着眼于个体的私利,本质上还是"合群的自大",源自一种畸形的享乐心态支配下的群体发财动机。)

坚持低调理想主义的"九〇后"一代选择的就是个体。钱穆是个体,胡适是个体,傅斯年是个体,梁漱溟也是个体。因为他们知道自己只是个个体,他们选择了低调理想主义的路,一百年、两百年后人们仍然会记得他们,因为他们有血肉有生命。他们也有缺憾、有不足,但是不重要,因为每一个人都会有缺憾有不足,重要的是他们一直都在朝着建造一个个健全的个体生命,从而有一个健全的社会这样的目标往前走。他们的选择不是简单的成王败寇观念可以解释的。

2015年5月在广西师范大学雁山校区讲,根据录音整理

王人驹：一个低调理想主义者

王人驹是一个让人感到陌生的名字，我也是在几年前，因温州图书馆卢礼阳先生的引介，他的女儿王幼芙女士寄来一册《王人驹文存》，才第一次听说其人，才知道在温州，在民国年间，曾有一位对教育有过独立思考和长久实践的教育家。过去人们对"教育家"这个概念的理解有误区，往往以为只有那些高言大志的人，或者像张伯苓那样的人才可以称为教育家。但是在民国的舞台上，很多的教育家只是一个普通的中小学校长，王人驹就是这样的人。我们将王人驹放在什么样的背景下看待才能真实地理解他的意义？我简单谈谈我的几点想法。我想把王人驹放在两个背景下看待，第一个是整个二十世纪也就是百年中国的大背景下，第二个是民国教育的背景下。

决定二十世纪中国命运的大致上有三代人，我把他们称为"八〇后"、"九〇后"和"〇〇"后。"八〇后"就是出生在1880年后的那些人，代表人物是鲁迅、宋教仁、蒋介石这些人；"九〇后"就是生于1890年代的胡适、叶圣陶、晏阳初、毛泽东、梁漱溟这些人；王人驹先生已经属于"〇〇后"，跟邓小平、王芸生、徐铸成他们是同一代人，都是1900年后出生的。这三代人，大致上决定了中国一百年来的命运，并且将继续影响着今天和将来的命运。 王人驹是有幸的,他生在可以有所作为的时代,他生在一个还可以将理想付诸实践的时代;王人驹又是不幸的,不幸在壮年时期就遇到了天崩地裂,他原来所栖身的民国崩溃了,他的生命不幸中断于1951年,在这个世界上他只活了不足五十年。 这三代人,他们都赶上了一个天崩地裂的时代,王朝更替。 在短暂的民国年间,他们可以凭着各自选择的理想有全新的创造,无论他们追随什么样的主义或者没有什么主义,但他们都有自己的机会,并且把这样的理想在那个时代绽放出来。

第二个背景是民国教育,民国教育是晚清教育革新的继续。王人驹是1901年生人,幼年就遇上科举制的终结,新式教育成为主流,他是那个时代教育的产物,他四岁进私塾,开始握笔认字,七岁入当地永兴小学就读,接受新式教育。 十七岁考入浙江省立第十师范学校(温州中学),正好遇到"五四"思潮澎湃,《新青年》杂志、街头运动都是他的青春记忆,可以称他为"五四"之子。 虽然他是"五四"之子中普通的一员,远没有随后曾在温州中学任教的朱自清那样出名,但是"五四"一代人身上有共同特征,他们都是有理想的人,都是想做点事的人。"五四"之子常常都怀有理想,大而言之,理想可以有两种,一种叫高调的理想主义,一种叫低调的理想主义。 高调理想主义者信奉的或是无政府主义,或是三民主义,或是国家主义,或是共产主义,他们都希望通过政治的手段去改造这个国家,去改变这个古老民族。 他们中有许多人头破血流,甚至粉身碎骨,从天上掉到地下，没有一个高调理想主义者最后结出了果实。无论选择了高调理想主义还是低调理想主义，有一点相通的，他们都想建设一个"新中国"，一个理想中的"新中国"。

但是，坚持低调理想主义的人，在相当一段时期被否定，王人驹先生这样的人，在很长的时期也被否定，甚至被遗忘了。他走的是教育救国的道路，1920年王人驹师范学校毕业，成为母校永兴小学（已改为永嘉第二高等小学）教员；次年即担任校长，在温州率先实行六年新学制；1922年采用道尔顿教育法，并开始招收女生；1924年他被金嵘轩先生聘为温州中学小学部教员；1926年他考入上海大夏大学，1927年修满学分，正逢时局变动，国民党北伐胜利，他于1924年就加入了国民党，所以一毕业，当年8月就出任浙江省永嘉县教育局长；1929年11月调任海宁县教育局长，次年又调任浙江省第十学区专职教育辅导员，指导当时整个温州地区的教育工作。他一生最重要的著作就是这一时期写出来的，关于推动农村教育，包括创立很多的教育机构，尤其是乡村流动图书馆，还有许多关于基层教育的想法，都是此时提出来的。1933年7月，王人驹主持的浙江省第十学区地方教育服务人员暑期进修讲习会，邀请了夏承焘、高觉敷、周予同等在各自专业领域有影响的学者做了十多场专题讲座，听众一百七十多人（包括34位女教工），是温州教育史上第一次大规模的师资培训，轰动一时。1934年，他的著作《地方教育辅导经验谈》由开明书店出版，教育部长王世杰题写了书名。1935年，他参加西北考察团，深入青海、内蒙、宁夏等地考察教育现状。次年他发表了扎实有料的《宁夏省初等教育调查记》。这年 4 月,他调任淳安县政府教育科长。王人驹投身教育十五年,一直在基层服务,却引起了各方的注意,他母亲七十寿辰时,祝贺名单中即有于右任、林森、居正、朱家骅、黄绍竑这些政要的名字。

抗战期间,他曾离开教育界,辗转于永嘉、玉环、宁海等地县政府工作。1945 年 8 月,日寇投降,王人驹也从宁海回到家乡,当选为永嘉县参议会副议长。第二年,他开始回到教育界,担任当地永昌小学校长,并创建私立超凡初级农业农林水产职业中学(1948 年 6 月开学)。办学是他长期以来的理想,王人驹一共办过三所学校,还有一所是幼儿园,1932 年他协助王晓梅创立温州第一家女子中学时,同时设了儿童生活园。在基础教育、职业教育和幼儿教育领域,他都有介入。

他是一个低调理想主义者,几乎把一生的精力都奉献给了教育,王人驹几乎从来没有想过"人往高处走",这是今天这个时代的人非常难以理解的。今天这个社会的价值观,简单地说就是成功价值观,人要往高处走,不断提升自己的社会地位,这是这个时代大部分人的选择。但是在王人驹生活的年代,许多人像他一样,并没有把"人往高处走"定为自己的人生目标,他一直把自己看作是一个教育工作者,愿意用一生的时间在基层从事教育事业,从政非他所愿,攀高枝的想法从未有过,否则,以他结识的王世杰、朱家骅、黄绍竑等显贵,他是可以往上爬的。像他这样扎根基层的教育家在那个时代也并不孤立,各地皆有，温州也有不少。

王人驹的教育思想，我觉得比较宝贵的，可以概括成三个说法。

一是教育中心观。晚清时有一个女词人吕碧城，1907年在天津《大公报》发表一篇文章，提出"教育是文明的原动力"这个概念。这个概念放在今天，可能也算不了什么，但是在1907年的中国，吕碧城能提出教育是文明的原动力，那是不得了的一件事情。她提问：决定人类文明进步的难道是亚历山大？是拿破仑吗？这些都是有赫赫战功的人，都曾是世界上的风云人物，如今安在哉？她认为只有教育是推动人类文明进步的原动力。曾以工艺和商业知名于世的埃及、阿拉伯，如今又怎么样？吕碧城的这篇文章在当时引起了非常大的反响。我想说，在那个时代，也就是二十世纪初以来，许多中国的有识之士普遍有一个看法，教育是社会的中心，教育是文明的原动力。毫无疑问，王人驹也抱有这样的思想，所以他把教育看得十分重要，认为教育是社会建设的中心，教育可以带动整个社会的建设。他的《地方教育辅导经验谈》，其实不光是谈教育，而且是在谈整个社会建设。

中国人一向是不太注重社会建设的，两千年来，我们的文化就是帝王文化，围绕着帝王为中心，"建设"这个词在中国的文化里是没有地位的。王人驹提出：办一所农村的中心小学，围绕着这所小学去帮助当地的农民，帮助整个农村，从经济上、从卫生上、从扫盲上，包括改良农作物，改善农业生产，从方方面面去带动整个地方文化的改变、社会的改变。所以他认为,一所农村的中心小学,其重要性就相当于社会建设的中心。他专门写了一篇《中心小学》,将这些思路说得很清楚。法学家出身的王世杰时为国民政府教育部长,就很欣赏这位基层教育工作者提出的思路,所以,才会给他的著作题写书名,这在当时也是比较罕见的。在我的印象里,没有看到王世杰为他人写书名,留欧归来的王世杰不轻易给人写序,却为基层做教育的王人驹题写了书名。

教育中心观在那个时代,并非是他一个人的突发奇想。最近,我的故乡乐清"桃源书店"的主人送了我一套书《王骏声文集》。我才知故乡在民国时代有过一个教育家王亦文(骏声),他比王人驹大六岁,生于 1895 年,当他 1917 年毕业于浙江省立第十中学时,王人驹正好这年进入浙江省立第十师范学校(六年后两校合并为浙江省立第十中学校,就是温州中学的前身)。从 1918 年到 1923 年,王亦文在日本东京高等师范学校留学,进入社会反而比王人驹晚了三年。1923 年他回国出任浙江省立第十中学师范部教员兼附小主任,次年,王人驹即曾与他共过事。

在留日归国前夕,王亦文完成了《晚近教育学说概论》一书,先在上海商务印书馆的《教育杂志》刊载,1923 年 11 月就出了单行本。1927 年商务又出版了他的《幼稚园教育》一书。最有开创性价值的还是 1928 年他在商务出版的《教育中心——中国新农村之建设》。此书可以看作王亦文低调理想主义的完整表述。他意识到,中国农民人口占了绝对多数,中国的社会问题首先不是工商业问题，而是农业问题。要建设新中国，先决问题在于建设新农村。为此，王亦文画出了一幅新农村建设的详细蓝图，以他家乡的那个村——乐清石马南岸村为立脚点。他找到的撬动地球的支点就是教育。王亦文说："我是一个生长农村的人，所以对于农村，抱有无限的同情；我又是一个研究教育的人，所以很相信教育的力量，可以改造环境。我对于现在的中国农村生活，虽觉得很不满足，可是我相信以教育的力量，可以去改造它。因为教育一普及，程度一提高，自然农民们内心的要求，和各种改良环境的合理的组织，好像春潮带雨，其势不可或遏。明白地说一句，就是农村教育一发达，那些和农民有切身关系的农村自治问题，经济问题，产业问题……都可迎刃而解。"他将这些想法概括为"教育中心的中国新农村之建设"。这一想法最初在1924年发表的《青年农民的教育》一文就已提出，并在王亦文的家乡南岸村进行了实验。那还是北洋时代，国民党的势力尚未抵达浙南，他从日本回国未久，热忱满腔。

当《教育中心——中国新农村之建设》问世时，王人驹正在永嘉县教育局长任上，创立了当地的民众教育馆。两地相去不远，王人驹的教育中心观，即以教育为中心来建设乡村社会的思想，是否受到王亦文的启发，没有直接依据。但是可以猜想，他读过这本书，对这一思路是熟悉的。今天的社会当然不是以教育为中心，而是以行政为中心，以经济为中心的。也不大会有人这样想问题，这是两个不同时代之间观念的落差。

二是王人驹倡导的生活教育观。这一教育思想，我认为就是从陶行知、陈鹤琴他们那里来的。1947年，他亲自为永昌小学写了校歌，其中说：

> 我们在这里勤学勤做，生活即教育，社会即课堂；我们在这里滋长，作为优秀的公民，共建康乐的乡邦。

他有非常自觉的培养公民的心愿，生活即教育，社会即课堂，这不是王人驹原创的教育思想，却是他所认同的一种思想。当年他在大夏大学就接受了陈鹤琴的"活教育"思想，"活教育"的目的是"做人，做中国人，做现代中国人"，强调"做"，所以他把"训育主任"改称"生活导师"，主张学生不仅学习书面知识，而且参加体力劳动，反对教育脱离现实生活。王亦文的第一本著作中，开篇即介绍了杜威等教育哲学家主张的"教育即生活论"。

第三是他的独立教育观。这里的"独立"至少有两层涵义。首先，今天中国的教育，某种意义上说，小学、中学、大学之间的关系，小学是为了升中学而存在的，中学是为了升大学而存在的，实际上是个升学的流水线，基础教育失去了独立地位。王人驹在他的时代致力于基础教育，他把小学看得非常重要，认为小学就是教育的重心，并没有觉得这些人一定就是要为升学做准备，他把人看作全人，在每个阶段所接受的教育就是完全的，是重要的。

"独立"的第二个层面,就是教育如何与权力保持相对独立。从抗战后期起,国民政府终于想对教科书有所管制,由官资出版机构正中书局出版的"国定本"教科书到1947年前后已逐渐普及。但是在王人驹担任校长的永昌小学,可以不选择"国定本"作为唯一教材,而另外选择叶圣陶编写的课本作为主要教材,这在当时是需要勇气的,虽然不会因此被撤职。一个人要跟主流拉开距离,在任何时代都是需要勇气的。王人驹当时能这么做,并不是他在思想上偏向红色,他并不是左派,虽然他跟国民政府有渊源,担任过基层政府的一些职务,但是他跟国民党的意识形态并没有那么深的关系,他在思想上是独立的,他是真正保持了独立性的人。在国共两党之间,他没有政治倾向性。但是,王人驹的这个履历在新的时代里是过不了关的,所以他的命运是凄惨的。在时代剧变的时候,有许多像他这样的人,王亦文与他一样殁于1951年。这年5月,王人驹在温州西郊梧田慈湖莲花山村帮助当地扫盲时,被永昌乡的民兵逮捕,同年11月27日在永中镇荒坦处罹难。王亦文也于1951年被枪决。他一辈子都在从事教育,自1927年到1937年的十年间,王亦文先后任浙江省立第九中学(严州中学)校长、浙江省立杭州高级中学师范部主任、江苏省教育厅督学、镇江中学校长,抗战时期为永嘉县私立济时中学教导主任,1946年到1949年回家乡任私立乐成中学校长(即乐清中学前身),1951年,当他在"土改"浪潮中以"不法地主"罪名被判死刑前,他正在温州中学校长室秘书任上,终年57岁。(直到1985年才由乐清县人民法院重审，撤销三十四年前的判决，宣告他无罪。)

温州的《瓯风》曾以别册的形式介绍过文成南田人刘祝群，他是刘伯温的廿世孙，1877年生，国学大家孙诒让的弟子，1902年留学日本，归国任温州、金华等地府学讲习，1909年当选为浙江省咨议局议员，入民国先后做过江苏宜兴、浙江天台、松阳、鄞县知事，镇江海关道等，42岁归乡致力于乡邦文化教育事业，对家乡建设贡献甚大，一生留下了廿二册不完整的日记，戛然终止于1951年2月8日，终年74岁。是年3月15日，文成县政府在南田小学操场开万人公审大会，以"害死人命、谋杀红军、勾结土匪、变卖土地、召开黑会"等罪名判处他死刑并立即执行。这些罪名均子虚乌有。对于他难以理解的新时代，刘祝群在最后几篇日记中表达了极大的担忧和疑惑："人心日坏，风俗日衰……"①也正是这种心态直接导致了他惨死的下场。

那个时代许多从事教育的地方精英没有选择哪一方面的政治，而是一心坚持低调理想主义，希望通过自己的努力，做一个有益于社会，有益于文明进步的人。他们在大时代的滚滚铁流中被碾成了齑粉，从而被淘汰了，被否定了，被遗忘了。当我们蓦然回首，却看到许多最珍贵的东西，经得起时间检验的，恰恰是那些低调理想主义的精神资源。

低调理想主义有这么几个特征：一是低调不唱高调；二是负

---

① 见于卢礼阳《刘祝群蒙冤始末》，《温州图书馆学刊》2009年第2期。

责任，他为自己所做的事负责任；三是可持续，可以长期坚持去做。这样一种低调理想主义，毫无疑问是建设性的，也可以用胡适之先生所喜欢的一个词，"得寸进寸"来形容，不是得寸进尺，而是坚持将自己的理想日复一日、年复一年地付诸实践。今天这个社会我们也看到了，可能越来越向低调理想主义回归，所以很多乡村建设的代表人物越来越受到重视。前两天我去莫干山，看到有人提出一个计划：教育向乡村回归。当然现在还只是一句口号而已。王人驹有思想，有实践，他从"五四"时代到1949年，有大约三十年的时间，除去中间投身抗战，他把二十多年的时光献给了乡村教育。历史给予他们的时间太短暂了，他们的事业来不及充分展开，他们的生命也没有充分展开，但是他们的路径，低调理想主义的路径，得寸进寸的路径，不追求政治性的道路，如今看来更合乎文明的内在理路。

今天，我们在这里追溯王人驹先生的思想，追溯他对于教育的贡献，似乎看不出他有多重大的贡献，因为低调理想主义强调的并不是一个人要有多么耀眼、多么显赫，而是脚踏实地，朴素地、低调地、持续地在那里耕耘。在我们栖身的这个时代，似乎也有越来越多的人，在各个角落从事看上去不起眼的事情，但是这些不起眼的事情，放在整个历史当中，恰恰可能是最长久的，是经得起检验的。

2014年11月29日在"王人驹先生教育思想研讨会"上的讲话，根据录音整理修订

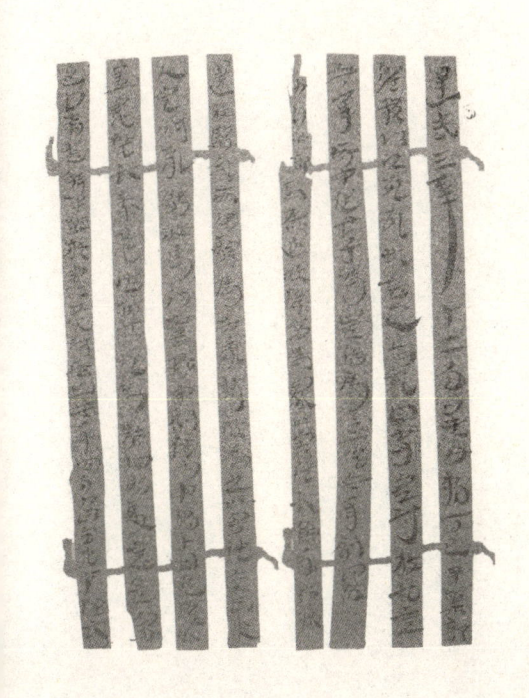

第三辑

到无锡寻访荣氏兄弟遗迹

从杭州到无锡，四个小时的火车，早上出发，午后就到，还在苏州大学读研究生的朋友晓丹来车站接我和妻子。我此行的目的是寻访荣氏兄弟在他们故乡留下的遗迹，荣宗敬、荣德生两兄弟从晚清到民国，白手起家，在无锡、上海等地创办了二十多个民营企业，被誉为"面粉大王"、"棉纱大王"，雄居工商界数十年，影响中国民族工业至深，是二十世纪前五十年实业家的代表人物。我想看看他们的出生地荣巷，看看无锡的茂新面粉厂和申新纺织三厂，还有太湖边的梅园、江南大学旧址等等。

无锡是一个有两千多年历史的江南名城，有山有水，山有锡山、惠山、龙山、灵山……水有太湖、京杭大运河，西南面紧挨着烟波浩渺的太湖，大运河穿城而过，其他各种河道交错（现在有许多河被填了修路，成了死水），水道畅通，加之地处苏南，是长江三角洲最好的位置之一，陆上交通也很方便，所以无锡自古繁华。早在晚清荣家兄弟办企业之初，就和上海通了火车，现在离上海的车程不足两小时。这里成为近代民族工商业的发祥地之一，无疑有地理上的原因。

因为荣巷和梅园都在城西，晓丹建议我们第一站先去锡惠公园，那里有一个很大的祠堂群，她隐约记得荣家祠堂好像也在那里。 在惠山看了泉水已干涸的"天下第二泉",听了"二泉映月"二胡演奏,看了阿炳墓经打听荣家祠堂早已无存,也不在这一带,于是我们打车赶往市中心,晓丹去找他爷爷黄志远老人,带我们先去西水墩看"无锡民族工商业博物馆"。

原来博物馆就是茂新面粉厂的旧址,这是荣氏兄弟在一百多年前开办的第一个工厂,原名保兴面粉厂,在古运河边上(穿无锡而过的京杭大运河是后来新挖的)。 灰色的三层办公楼门前有两块石碑,其中一块写得很详细,茂新面粉厂,原名保兴面粉厂,1900年筹资创办,1902年正式投产,是无锡第一家机制面粉厂。 1916年改名为茂新第一面粉厂。 最初的厂房等都被日军烧毁,现存建筑都是1946年重建的,包括麦仓、制粉车间、粉库和办公楼,建筑能体现那个时代面粉加工专业化生产的特点。 这是中国早期的股份制企业之一,是民族工商业发祥地的见证。 博物馆的主体就是当年的制粉车间、粉库。 两台圆筒状的扬麦机(除尘器),还有一个大石磨,现在博物馆门口成了最好的雕塑,依墙而立的还有两条高达九米的螺旋型转梯,原是当年从英国进口的原装设备,打包后的面粉正是通过转梯从五楼滑到一楼,然后用小推车推走。 黄老先生今年八十多岁了,在粮食局工作了几十年,面粉厂原来是粮食局的下属企业,他过去常来这里,所以他用无锡口音的普通话说起这些时,很有感情。 博物馆内陈列的不仅是图片,还有大量实物,不仅有过去的营业执照、账本、股票、广告、合同等,还有老机器、办公设备等。 这些近代工业遗产能这样得到保护,并向公众开放,当然是一件值得欣慰的事。因为天色已晚，已经关门，我们没能进去，不巧的是第二天又是星期一闭馆的日子。只能留待下次再来了。我们绕着厂房转了一圈，发现玻璃窗是开着的，可以看到里面的许多老机器，我想拍几张照片，保安马上赶过来说，不允许拍照，里面都有探头。被上司知道，他们的饭碗就没了。

码头与厂区紧挨着，遥想当年，闻名遐迩的"兵船"牌面粉就是在这里装船，运往各地。浑浊的古运河水依然静静地流淌，见证了岁月的沧桑，和荣氏企业的兴衰。喜欢看风水、读过大量堪舆书、差一点选择做一个堪舆师的荣德生，精心选择这个地方办厂，其实不仅是风水好，而是水路交通便捷，又靠近原料小麦的产区，当然适合办厂。荣家两兄弟决定创业之时不足三十岁，在上海的钱庄经营有些积余，于是有了办实业的念头。一开始，对他们来说，困难也是很多的，毕竟是从零起步，毫无经验可言，当时全国只有四家面粉厂，去参观取经，人家连主要的轧粉车间都不让看。他们初办企业，遇到了许多难以想象的障碍，先是他们选中的这片厂址，有人告发他们擅自将公田、民地围入界内。这个官司好不容易摆平了，开始建起厂房，又有谣言说，竖烟囱要用童男童女来祭造，才竖得起来。这就是那个时候的风气。但是，荣家兄弟的事业还是从这里开始起步了，以无锡为起点，再到上海，到武汉，他们准确地抓住了民族工业发展的契机，奇迹般地在面粉、纺织两个行业建立起了庞大的王国，称雄工商界数十年不倒。

西水墩一带被称为无锡"工业遗存的富矿",光是老厂房就有十多个,还有老仓库、老码头。东边与茂新隔河相望的是一家老纺织厂,过桥步行不久就到了。临河的老厂房,看上去有些年头了。黄志远老人告诉我,这就是原来的振新纱厂,是荣家兄弟和荣瑞馨等人合伙办的第一家纺织厂,时在1905年。后来他们退出,在上海另办了有名的申新纱厂,1919年又在无锡另办了一家纱厂,称为申新三厂,是当年无锡最大的纺织企业,地点在西水关外梁溪河边,现在是国棉一厂。天色已晚,我们没有来得及去寻访。

第二天一早,我们先去荣巷,向出租车司机打听,荣巷是不是还有荣家的老屋,她虽是本地人,但一无所知。她让我们在荣巷的菜市场附近下车,自己去找。我们打听了一下,才知荣巷在马路对面。几个转弯,进入一条小巷,看上面的门牌写着"荣巷街",看来找到了,巷子不大,也不是很长,两边老屋看起来比较低矮,如同我们熟悉的江南小镇上破败的老街。一路走过,发现了一块石碑,有"近代建筑群"等几个字。据说荣巷保存完好的老建筑就有157幢。但外观看上去很不起眼,门一般比较小,进去才会发现院落深深。几经打听,我们才知道,荣氏兄弟的房子不在这里,而在我们先前经过的部队院子里,原来的荣家祠堂也在里面,据说老房子已拆得差不多了。

荣德生办实业成功后,热心办学,最早在荣巷就办了一家公益小学,现在叫荣巷中心小学,就在附近,我们找到了这家小学的老校长荣心兰,她已经退休,原来就是公益小学毕业的,为人热情爽气，得知我是来寻访荣氏兄弟遗迹的，主动带我们去图书馆查找荣家的资料，还送了我们一本纪念册，原来去年这所小学度过了百年华诞。她带我们去看小学的风雨操场，这在当年是很先进的，有上下两层，雨天学生也可以在这里活动和上体育课。操场里有一块特别的石头，刻着"天降山海"四个字，这块石头见证了荣家祖先迁居无锡梁溪河边六百年的历史。操场边还有当年的水池，水面长满了青苔。荣校长告诉我，原来是活水，因为修路填了许多河，现在的水质不行了。临行时，她对我们说，有个叫荣勉韧的老人，七十八岁了，对荣巷和荣氏家族的历史很有研究，可以去找他了解情况。接着，我们到七三八〇一部队招待所（现在还有一块牌子叫"荣园大酒店"），去找荣家兄弟幸存的老房子，虽然发现了几幢老房子，有点像是当年的，问了站岗的士兵，才敢确认。这些房子现在都是饭店和旅馆，四处转转，依然能感受到当年的气派和幽深，建筑风格是中西合璧的，从一处保存最完好的院子看，天井有点像徽派建筑，但走廊、门窗都有欧式的风格，更大气一些，看看门上的玻璃雕花也不同一般，可能都是进口的，荣家毕竟已不同于传统的商人。后来听说，荣毅仁当年结婚的房子还在，只是几经装修，变化已很大。1949年解放军进无锡后司令部借用荣家的大院，大约在1954年、1955年拆了荣家祠堂，特别是经历了"文革"，部队根据自己的需要拆拆建建，许多见证过荣家生活的老房子都在那个时候消失。据说现在又要重建荣家祠堂和荣家大院了。

1948 年春天，著名学者钱穆应邀到江南大学任教，曾住在荣家别墅的楼上，每到周六下午，荣德生夫妇就会从城里来，住在楼下，周日下午离开。每次晚饭后，他们必定会在楼上或楼下畅谈两小时左右。荣德生对钱穆谈起了兄弟俩办厂最初的动机是救助社会失业，也就是为百姓解决就业问题。他问荣氏，毕生获得如此硕果，意复如何？荣氏回答，人生必有死，即两手空空而去。钱财有何意义，传之子孙，也没有听说可以几代不败的。这番话可以看作是一代实业家的财富观。钱穆目睹荣氏的个人生活，饮食、衣着、居住都很节俭，到荣氏城里的住宅看过，虽然比较宽敞，但也是质朴无华，用人不多，不像是富豪气派。荣氏的日常谈吐也是诚恳忠实，没有丝毫沾染交际场合那种应酬的套路，更不像文人作假斯文态，俨然是一个不识字不读书的人，每句话都是直抒胸臆，如见肺腑。他说荣氏的人生观和实践是一致的，在荣氏身上他体会到了中国文化传统中优良的一面。

　　离开荣巷，我们先去荣德生在民国初年苦心经营的梅园，相距只有几站地，出租车在起步价内，说到就到了。梅园，我已向往久矣。二十几年前，我读过郁达夫的《感伤的行旅》，知道无锡的大实业家荣氏在太湖边有个私家花园，种植梅花数千株，却免费对外开放，并不用高大的围墙圈为己有。郁达夫在文章中说："我在此地要感谢荣氏的竟能把我的空想去实现而造成这一个梅园，我更要感谢他既造成之后而能把它开放，并且非但把它开放，而又能在梅园里割出一席地来租给人家，去开设一个接待来游者的公共膳宿之场。因为这一晚我是决定在梅园里的太湖饭店内借宿的。"据说，当年梅园免费向社会开放，小商小贩穿越其间，荣德生没有将他们挡在外面，反而为梅园给他们带来生计而高兴。达夫先生的赞美之词今天看来仍不为过。

想不到二十多年后，我第一次到梅园正赶上梅花开放。因为花开的缘故，梅园的门票要30元一张（当然比起鼋头渚的105元便宜多了）。梅园早在上世纪五十年代按照荣德生的遗愿送给了政府，已不是私家花园。

一进门，就看见红、白各色梅花开得热闹，游人如织，以无锡本地人居多，显眼处的写着"春天从梅园开始"的广告词，添了不少时尚的游乐玩法。我沿着指示牌，先找到了荣德生的"乐农别墅"，两层三开间的小房子遮掩在一片绿荫和梅花之中，龙柏已有些苍老，外观看上去简朴，不起眼，里面布置的比较雅致。现在陈列有他当年办公的那张椅子，还有一个木头风车，和寻常农家的风车相似。我看到了两张放大的图片，一张是1937年荣德生和冯玉祥的合影，一张是1948年他和李宗仁夫妇的合影。

"乐农别墅"的门外平地上有三张石桌子，桌面赫然是用荣家面粉厂早年的大石磨。当年荣家兄弟主从法国买了四部石磨起家，其中留在梅园作纪念的有四只，"文革"中被砸碎，以后收集碎片，好不容易拼成了三只。

荣德生喜欢梅花，自称"一生低首拜梅花"，办实业成功后，他在1912年买下这块地方，种上梅花，这里面临太湖，相去不过数里。在高处招鹤亭或乐农别墅楼上据说都可以看见太湖水面，船帆点点。别墅有他接待客人的"诵豳堂"（现在看到的书法是画家吴作人后来写的），语出《诗经·豳风》。前面的匾额"湖山第一"，没有署名，听说是晚清时代可以和袁世凯相抗衡的岑春煊写的。门口有别人送他的对联"使有粟帛盈天下，常与湖山作主人"，那是对他衣食事业和湖山情趣的赞词。厅内柱上有对联，内容是他平生经常标榜的："择高处立，就平处坐，向宽处行；发上等愿，结中等缘，享下等福。"郁达夫说自己下榻在梅园里面的太湖饭店，和现在太湖边上的那个太湖饭店同名，只是我在梅园转了一大圈，也没有看到指示牌。

　　荣德生的铜像在门前一处平地上，是1986年新立的。再往高处，沿石阶而上，过招鹤亭，到"宗锦别墅"前有荣宗敬的铜像，别墅只是依山而建的几间平屋三间，看上去却很坚固，有点像西式堡垒，外观略显粗糙，没有"乐农别墅"那么精致。看介绍果然是仿罗马拱顶建筑。再往前就是有名的"豁然洞读书处"了，八十年前，荣德生在这里办了个书院式的中学，荣毅仁等荣家子弟都曾在这里读书，现在还保存着他们当年的作文。读书处的正厅叫"景畲堂"，旁边的山洞有明暗曲折的三条隧道，其中一条直通浒山顶上。周围树木成林，绿意盎然。往下看，梅花千树，一派烂漫，太湖在望，在这里读书，确实是人生一大乐事，只是而今看来有些太奢侈。当年，郁达夫说，梅园的好处在于它的位置，"在她的与太湖的接而又离，离而又接的妙处"。可惜，这种体验现在很难找到了。

离开梅园，我们到处打听荣氏兄弟的墓，听说就在不远处，有人说是十八湾，有人说是在公路边的华藏村。坐上公交车，沿太湖大道往前，按司机的指点，在华藏站下了车，发现有一条通往山里的岔路，路标显示里面有个华藏寺，我不无犹豫地往里走，正好有位上了年纪的大娘出来，赶紧问路，才知墓就在太湖大道边上，她说"文革"时村里的红卫兵把墓掘开，还要砸棺材，守墓人拼死保护，才得以保全。沿着大路往前走了不少路，眼前一亮，原来是荣宗敬的墓到了。从墓碑记知道，这里是十八湾张山嘴。墓在半山腰上，墓道前有一道不锈钢的栅栏门，紧闭着。怎么办？我正在发愁，有个师傅骑自行车过来了。问他能打开门吗？他说门没上锁，随便就可以打开的。他就是到里面山上干活的。问他为什么要搬自行车上山？他说放在马路边要被偷的。问他荣德生的墓在哪里？他不知道。好不容易找到了这个墓，我有点兴奋，虽然台阶很多，竟忘记了累。终于来到了荣宗敬墓前，两边有对联："民族经济先驱，创业精神楷模。"横批是"功在华夏"。我恭恭敬敬地向这位声称"多一枚纱锭就多一支枪"的大实业家鞠了三个躬。荣宗敬1938年在香港离世，1943年中秋节在这里下葬，棺材用的是独木棺，"文革"后墓地被破坏，1982年在原地修复，1994年又重新整修过。荣宗敬的墓枕山面湖，站在墓前，太湖就在眼底，湖中的小岛，岛上的塔尖都清晰可见。

下了山，我们先去浩渺太湖中的鼋头渚公园，本来是想看看荣德生当年出资建造的宝界桥。那是1934年，他60岁生日时，将祝寿的六万元全部捐出来做一件公益事业，听说桥一共有六十个桥孔。 正是这座桥把蠡湖（五里湖）、鼋头渚和太湖连接在了一起。 可惜，桥建在范蠡携西施归隐泛舟的蠡湖上，离我们进去的犊山大门还远，所以没能看到。

荣德生晚年回顾往事，曾对钱穆说：自己一生只有一件事或许可以留作身后的纪念，就是他出资建造的那座大桥，他以为以后无锡人知道世上有个荣德生，只有靠这个大桥了。

在鼋头渚看太湖，湖水中夕阳如金，幻成奇异的难以用文字表达的一种景致，也是照相机和摄像机镜头很难把握的，当年郁达夫向往的太湖日落，我看到了。 直到天色渐暮，我们才回到城里，去找荣勉韧老人，他1929年出生于荣巷，1949年毕业于无锡师范学校，进荣家的开源机器厂当艺徒，1950年底当兵，晚年编过《梁溪荣氏人物传》等几本书。 从他那里得知，荣德生的墓地在孔山南麓，是热衷风水的荣德生生前亲自选定的，背靠孔山，面向梅园。 1952年去世后，随葬品仅为一套线装地舆学书，一只平时用的镀金壳钢机芯打簧怀表。"文革"期间他的墓被毁，遗骸无存，陪葬品当然也下落不明。 以后在1984年重修，只是个衣冠冢，里面放了一件他穿过的衣服，还有一册他手草的《乐农自订行年纪事》。 画家刘海粟手书墓碑上写着："中华实业家 梅园主人 荣宗铨先生之墓"。 墓周围种了他喜爱的梅花。 比起他哥哥的墓来，占地、气派都不可同日而语。 甚至有人看了他显得有点寒碜的墓，禁不住发出感叹。 我问起荣氏兄弟在荣巷里面是否有老房子，他告诉我，"文革"前就被拆了，归了公，地基还在，那是一片火龙地，很值钱，不少房地产商都抢着要呢。 荣巷街2号算是他们的老宅，荣巷街40号荣氏两兄弟的父亲熙泰曾在那里开设过牛磨坊。

荣德生有了钱之后办学的热情特别让我感佩，小学、中学、专业学校，还有他1947年办的私立江南大学。 我此行本来特别想去看看江南大学的老校址，自学成家的大学者钱穆当年曾在这里执教。 教授分散住在荣巷和梅园，新校舍建成使用前，两处都做过临时校区。 荣勉韧老人说，太湖饭店就是江南大学的原址，还有一些老房子可以看到，比如万顷堂，不过已很难寻见当年江南大学的痕迹。 其实，白天我们路过那里了，只是没有下车去看。 1948年，太湖边的新校舍正式投入使用，钱穆在《师友杂忆》中说，江南大学的校舍在无锡西门外太湖滨的山坡上（山叫后湾山）。 由此向南一华里许，即鼋头渚。 校舍都是新造，风景极佳。 他当时任文学院院长，办公室在楼上，开窗一看，太湖就在眼前。 下午空闲时，他常常一个人到湖边村里，雇一叶小船到湖中任意荡漾，每个小时七毛钱。 从荣巷到江南大学，一路走来，都可以看到许多本地人以养鱼为业，漫步岸上，上天下水，幽闲无极，在漫天烽火中仿佛是个世外桃源。 就是在这样的环境和心境下，钱穆写成了《湖上闲思录》，完成了《庄子纂笺》，他在自序中称《庄子》是乱世之书，身居乱世而以注解乱世之书消遣，可以看出他当时的心情。 乱世结束前夕，钱穆谢绝荣家的挽留，南下去了香港。 江南大学也于1952年被撤销，新校舍做了当地政府的招待所，现在叫太湖饭店，是一个五星级酒店。

　　荣氏兄弟在无锡留下的遗迹还有不少，比如申新三厂、荣宗敬在小箕山的锦园、健康里还有荣德生住过多年的一处房子（是他大女婿李国伟的住宅）等等。因为当晚我们就要离开无锡，那只能等下一次再去了。

2007 年 3 月

到南通寻访张謇遗迹

近代中国史上，有许多知名的人物生前便和一个地名连在一起，康有为被叫做康南海，李鸿章被叫做李合肥，袁世凯被叫做袁项城，梁启超被叫做梁新会，翁同龢被叫做翁常熟，张謇被叫做张南通。老实说，在这些人中，真正与自己的故乡关系密切，在故乡开创了惊世事业、惠及后人的只有状元实业家张謇一人。甲午战后、尤其是戊戌变法之后，这位状元、翰林一门心思在万里长江奔流入海的南通一隅，办企业、办学校，致力于慈善事业和地方自治，将小小的南通打造成了举世瞩目、名扬中外的模范城，被誉为"近代中国第一城"，创造了近代著名的"南通模式"。到南通去看张謇，是我多年的心愿。正好有个朋友就是张謇故乡南通海门人，行程年前就定下了。2月26日，朋友开车到无锡来接我们，晚上十点多，抵达海门县城。海门离南通市区三十几公里，是个县级市，虽然只是一江之隔，但明显可以感觉到，江北的昼夜温差要比江南大。

第二天早上，陆文彬兄开车带我去张謇的出生地：海门常乐镇。常乐是个不大的小镇，市面也不繁华，有河穿镇而过，河边"状元故里"的石牌坊还是新的，几个字出自吴江费孝通的手笔。走过状元街，路边摆满了五颜六色的年货，行人不多，有点安静。张謇纪念馆说到就到了。进门是张謇手握一卷书的铜像，再往里是张謇史料陈列室，我看到张謇日记的手稿，看到一些当年出自张謇之手的石碑、匾额，还有学生送他的匾额，橱窗里有他一生事业的介绍，他创办的企业多达数十个，涉及纺织、垦牧、盐业、蚕桑、印染、酿造、油料、面粉、肥皂、印书、造纸、电话、航运、码头、银行、火柴、电力、房产、旅馆业等许多方面，我们禁不住发出感叹，同时又想到，他一手创立的大生资本集团最后走向衰败，是不是和涉及面太广、事业铺得太大有关呢？

张謇在科举路上经历过千难万难，最后在四十二岁完全绝望时意外地攀到了顶点。在陈列室，我看到了他在甲午战争那年高中状元的那份"捷报"仿制品，我在想，作为科举时代即将走到尽头的状元，张謇的作为完全超越了科举赋予他的角色，他是状元，更是实业家，教育家，社会活动家。从他开始，读书人开始告别四书五经限定的角色，融入变化了的近代社会，担当起知识分子在转型时代的责任。门外有一棵苍老而富有生气的银杏树，已经有二百三十多年的树龄。我本来以为这就是张謇小时候的家，一问才知这是张家祠堂旧址，"文革"时曾遭到破坏，后来重修的。他真正的故居当地人叫"状元府"，是在他中状元两年前建的，看他表侄孙金明直二十年前根据回忆画的示意图，院子还挺大的，种了挂花、榆树，还有果园，里面有桃、李、梅、杏、梨、枇杷、苹果等。可惜偌大的房子在"文革"时都被拆掉了，只留下一处小楼，现在一个酒厂里面。张謇曾在故乡小镇上办过小学，还办过女校，我们几经打听，辗转找到镇外公路边的常乐镇中心小学，却发现是个新的校园，问了几个当地人，学校原来的旧址在哪里，没有人说得清楚，来回找了一圈也没有找到。

我们在镇西找到了酒厂，颐生酿造厂的厂名还是张謇笔迹，走过一条小石桥，进大门往右，就看到了仅存的那处二层小楼，据说当年是张謇哥哥住的。我上楼转了转，现在是酒厂的陈列室。这个酒厂也是张謇当年办的，厂址就在他家边上，转眼已有百年历史。听说"颐生酒"在当地市场受到欢迎，销路不错。酒厂也以自己有百年传统为荣，广告语赫然就是"颐生百年，传承千载"。

离开常乐镇，我们到了张謇创办的大生三厂，张謇在办了第一个纱厂大生一厂成功后，雄心勃勃，计划一共办九个纱厂，不过好几个没有办起来，实际只办了一、二、三、八这四个厂，三厂离他的故乡不远，规模不小，职工有数千人，因厂成镇，现在就叫"三厂镇"，明显比常乐镇要繁华，街上车流往来密集。车从大街上开过，远远就看到了那个标志性的钟楼，"南通大生三厂"几个红字也很醒目。大生三厂现在是港资所有，名称叫"南通华润大生纺织有限公司"，我想进去看看张謇时代留下的老厂房，门卫打电话请示公司，一个陈姓的行政部经理三次和我通电话，我表示对张謇感兴趣，想进去看看旧时的厂房，拍几张照片。最后他拒绝了我的要求。他的理由是厂有厂规，我没有记者证之类的证件，只有公民身份证不行。中国公民在本国的土地上，想看看自己的历史文化遗存而不得，一个港资企业就可以将我们挡在外面，悲哀！ 这也算是这次寻访中一支不愉快的小插曲。 在门口等待的时间，我和这个企业的工人聊天，他们都对港资买下这家企业后的待遇、处境很不满，说是"外资企业的招牌，社办企业的待遇"，对于公司的条条框框的管理方式也有很多看法。 好在围墙挡不住高大的钟楼，从钟楼可以想见大生三厂盛时的风貌。

我们继续上路，直奔南通。 南通是个地级市，在长江北岸，从江南到南通要过长江的汽车轮渡，否则要绕道。 与江南的苏州、无锡相比，乃至与江阴、常熟这些县级市相比，南通无疑算是偏僻的，交通不便，经济也没有那么发达。 当然比起更往北去的苏北，这里的经济已经很好，当地人习惯上称为苏中，江苏一省以长江为界，从地理、文化和经济上可以分为苏南、苏中和苏北。

从海门到南通，车过狼山，当地最有名的一个景区，其实只是长江北岸千里平地上突起的五座小山，其中狼山最受称道，据说是佛教圣地，上海人尤其喜欢到这里来点香，说是很灵验的。 远远看去，山不高，绿意笼罩着。 刚从当地的《江海晚报》上看到，春假七天，南通的旅游收入是七个亿。 这个数字正好是杭州的三分之一，我出发时看《杭州日报》，七天的旅游收入是二十一个亿。 对长年生活在西湖边的我来说，到别的城市看风景，总是没有太大的兴趣，何况我也不是为了看风景而来，所以就没有打算下车。 如果有时间的话，改天再去看不迟。

进入南通市区，我们先去找一个神交已久的文化老人丁弘先生，早晨通电话时，他提出要陪我一起去看张謇遗迹。他的家在文峰塔和濠河公园附近，门前是环绕整个城市的濠河，水是难得的清，比起穿过杭州、苏州、无锡的运河，这条为有源头活水来的河流真是令人心喜，听说水是从长江来的。丁老告诉我们，南通这个城市的特点就是水包城、城包水，城里的水是濠河，城外的水是长江，到处是水，水水相通。看南通，就是看一山、一水、一人，山就是我前面提及的狼山，他解释说虽然狼山不高，但万里长江到此奔流入海，茫茫平野上突然出现五个山峰，如同五个手指，能不让人感到激动、欣喜吗？听说过去外国的船只越海而来，入长江口，看到狼山，就会高兴地呼喊：中国到了！中国到了！在那些航海者眼里，狼山简直成了中国的标志。一水就是濠河，惊奇的这不是一条人工开挖的运河，而是自然形成的，曲曲弯弯，将整个城市连接起来，保护得也好，一眼看上去，干净清爽。一人就是张謇，此行我就是冲着这位状元实业家、中国的现代化先驱而来的，为此，热情好客的丁老特地约了博学深思、对张謇素有研究的老友郭士龙先生一同陪我们去寻访张謇的遗迹。

下午一点，我们先找到郭先生家，他家在一楼，门前也有濠河流过，在他的书架上我看到了许多与张謇有关的书，其中《大生集团档案资料选编》（一）和《大生系统企业史》都有好几册，豪爽的郭先生当即慷慨地送给了我。第一站我们先到南郊去看张謇墓，墓园已扩大为一个公园，叫做"啬园"，因为张謇晚年号啬庵。门口两块牌子，一块写着"南通市啬园"，一块写着"南通大学张謇园"。 张謇的墓道前有个高大的石牌坊，简单地写着"南通张先生墓阙"几个篆体字，墓后有个高高的铜像，墓道两边和墓地周围的龙柏都很高大，有些恐怕有上百年了，显得气象森严。 郭先生告诉我，张謇墓在"文革"时都被红卫兵砸了，连棺木、尸骨都未能幸免。 这是 1980 年代在原址重建的，比原来占地好像大了些。 值得庆幸的是那些大树当年没有受到破坏，至今生命力仍是很旺盛，让张謇墓处在一片绿荫的庇护之中。 张謇墓旁边是翠竹环绕的"南通张公子之墓"，这位张公子叫张孝若，是胡适的好朋友，不是个一般的公子哥，做过南通大学校长，写过一本他父亲的传《南通张季直先生传》。 可惜因为父亲的名声太大了，他的墓碑上竟然连自己的名字都没有，好在墓碑上方有一张烧制在陶瓷上的照片，有点裂痕了。 他的眼睛清亮，面目清秀，一个儒雅而现代的读书人，可惜英年早逝（为仆人所杀）。 他的墓也没能免于"文革"一劫。 为了找张夫人墓，我们费了一点周折，因为这天下午游人稀少，连问路的也不好找，好不容易找到，原来和张謇墓隔着一条小河。 墓也是重修的，一共有三个墓，张謇的徐、吴两个夫人的墓，还有张孝若夫人的墓。 啬园的另一个方向，有一片张謇纪念林，还有一个小小的纪念碑。 公园为了吸引游人，增添了许多时兴的游乐项目，供小孩游玩，从门票上看还有鳄鱼园，我们没有去看。 张家一家在南通能有这样的埋骨之地供人凭吊，确已来之不易。

路上我们聊天，说起南通的方言很特别，和周边的地方都不一样，80岁的丁老称之为"语言的孤岛"，他自1949年随大军南下参与接管这座中等城市，一住半个多世纪，还是不会说本地话。相邻的海门人到南通，语言就不通了，也不知道当年张謇是不是感到有些不便？我们回到市区，先到了南通大学的老校区，这所学校当年就是张謇创立的，河边有个张謇的大石雕，留着胡子的张謇在看书的间隙，正抬起头看看远方。濠河流经这里，水域显得特别宽阔，河水清澈，春风徐来，河边的有些植物开始泛绿。富有诗人气质的丁老是南通大学离休的教授，对这里尤其热爱，他拉着我的手走到河边，说：这里比北大的未名湖强多了。这样的水穿校而过，很少见的。张謇当年选择这里办校，可能也与此有关。隔河相望，对岸也是南通大学的校区。旧校舍大部分都被拆掉了，校内只有一处老房子，灰砖、红砖相间，屋顶盖瓦，依稀还有张謇时代的影子。郭先生对我说，校门对面那个二层小楼过去是张孝若的校长办公室，因为做了教工宿所才得以幸存下来，墙头的烟囱很别致，很醒目。

张謇在南通创造了许多的中国第一，他手创的"南通博物苑"是我国第一个博物馆，南通师范学校是我国第一个完全师范，女子师范学校也是全国最早的。杜威、梁启超、竺可桢、丁文江、陶行知等人都曾到博物苑参观过，惊叹张謇开放的视野和博物苑所达到的水准。现在南通博物苑的主体建筑是新建的，外观造型独特，据说是吴良镛设计的，喷水池边一面气派的墙上镌刻着张謇手书的《营博物苑》诗手迹。邻近就是南通图书馆，前面有张謇当年住过的一幢老房子，叫做"濠南别业"，面临濠河，建筑风格独特，中西结合，尖顶，以深灰色砖为主体，红砖点缀，色调整洁大方，整个建筑显得大气开放，符合主人张謇的性格和追求。河对岸遥遥相望的一幢老房子，是他哥哥张三先生住的"城南别业"。他在当地人称"张四先生"，或南通张四，他哥哥是他事业的重要支持者，郭士龙先生对"张三衙门"和南通地方自治的关系有过细致的研究。

沿着河边埠头有一条人行道，当地政府在河岸边刻了一组系列石雕，见证了南通一百多年前开启的近代化进程，大体上概括了张謇建设南通的事业。其中还出现了杜威、梁启超、梅兰芳、欧阳予倩等人的形象，1920年，张謇曾邀请美国哲学家杜威到南通，在城区和北效大生纱厂所在的唐闸演讲，影响很大。京剧大师梅兰芳更是多次到这里演出。张謇不仅致力于教育和实业，将它们看作是"父母"，而且对文化建设十分重视，对文化人极为尊重。行走在南通的街道上，我们处处都能体会到这是一个有文化内涵的城市，有自身特色和独立风格的城市，这当中就包含了张謇的心血。即使在张謇离世八十多年后，南通依然处处是他的影子，他已经与这座江北名城血脉相连，不可分割。不仅因为他是南通人，更重要的是他以南通为基地，致力于经济、教育、社会和文化建设，规划并实践地方自治，实际上提供了近世转型期第一代知识分子推动中国现代化的一个完美范例。在张謇研究中心，张廷栖教授给我看了著名城建专家、两院院士吴良镛的新书《张謇与南通"中国近代第一城"》，从城市规划到区域整体协调等角度，给予张謇新的评价。称南通为"近代中国一城"确实不是过誉之词。张謇研究中心为整理张謇的史料做了大量工作，张廷栖先生告诉我，他们现在正在补充重编《张謇全集》，这是个浩大的工程。张先生研究张謇多年，知道我是特地来南通寻访张謇遗迹，送了我很多资料，其中有他们编的《张謇研究年刊》。我们谈到二十一世纪"张学"将成为显学，在中国通往现代化的路上，张謇是个绕不过去的大人物。看来现在的南通市政府对张謇研究非常重视，对张謇留下的遗迹保存、开发得也都很不错。张謇就是南通的名片，许多人都是因为张謇而知道这个城市的，我就是其中一个。

  绕到濠河对岸，刚才看到的张三先生那座房子，也是中西结合的建筑，现在是城市博物馆。再往前，穿过热闹繁华的市中心，就到了"张謇纪念馆"，这是张謇晚年主要的住处，房子和院子的布局都是中国风格的，一点也不起眼，他自称"濠阳小筑"，也确实不大，但很幽静，是个闹中取静的地方，紧挨着濠河。相邻一处小院，当年是给刺绣名家、女工传习所所长沈寿养病的，门口的竹丛里有一个文静洁白的沈寿雕塑。张謇很喜欢这位才艺出众的女性，给她写过许多诗和信，亲自记录她的著作《绣谱》。他儿子张孝若写的传记虽然有意回避父辈内心的情感轨迹，但也两处讲到父亲的"爱才如命"和"敬爱"沈寿其才其艺。沈寿年轻病故，他手书墓碑、挽联，并按她生前意愿安葬于长江边黄泥山麓。南通的通绣异军突起，与苏绣、湘绣齐名，就是他们合作的结果。一生开拓事业、奔波劳碌的张謇，他的内心在"濠阳小筑"里也许波动过，也遗憾过。

夕阳西下，天色不早，我们最后一站是去北郊的唐闸镇看大生纱厂一厂，丁老执意要继续陪我一起去。这是一百多年以前张謇状元办厂的起点，是他手创的大生资本集团第一个企业。唐闸离市区大约十多公里，出了城，很快就到了。大生一厂就在通扬运河边上，河边还有"大生码头"的牌坊，十分显眼，大生一厂那个高高的钟楼也一眼看到了。钟楼是按原样修复的。苍茫暮色中，看着浑浊的运河和不时往来的货船，还有运河两岸显得有些陈旧、低矮的厂房，我们仍然可以依稀感受到唐闸昔日的繁华。这是近代民族工业的发祥地之一，张謇当年之所以选中这个地方，作为办厂的地点，不是没有原因的，这里水路交通发达，离长江、大海都近在咫尺，与上海只隔着一个长江口，运河直通北京，丁老脱口而出——"南通州北通州南北通州通南北"，那副传世的著名对联就是因此而来。在以水运为主的时代，这里无疑是一个最理想的办厂地点。当然，还有其他的原因，这里千里平原，原料充足，当地的土壤、气候适合棉花的生长，而且质地优良，民间的土布纺织素有传统，很容易招到熟练工人。为什么取名"大生"？据做过大生二厂经理的刘厚生说，这是取《易经》"天地之大德曰生"的意思。

大生一厂现在的名称是"江苏大生集团"，还是国有控股的纺织企业，我们说明原因，很顺利地进了厂区，这里只有一处老房子，是当年张謇他们办公的公事厅，是个两层木结构的小楼，简朴大方，现在是大生厂史的陈列室。楼前有张謇的塑像。在海门常乐镇到南通、唐闸,一路走来,到处都看到张謇的雕像,有铜铸的,也有石雕的。丁老说他在1950年代初接管南通时曾在这个楼上住了一年,对这里有很深的感情,很多年没来了,这次是故地重游。我们遇到一位厂里出来的和蔼女性,简单地向她了解这个企业的现况,她说企业效益很不错,产品销到国内外,有几种还是国内领先的。她脸上的笑容告诉我,她对自己的企业还是满意的。

天色渐暗,风很大,我们不能不离开了。遥想一百多年前,张謇和他的同伴筚路蓝缕创造近代企业时的艰辛和成功的喜悦,我心中有一种感慨。高大气派的钟楼和大生码头一起见证着大生纱厂光荣与梦想、兴盛与衰落。"状元办厂"当时并不是张謇一个人,还有江南苏州状元的陆润庠,但真正怀抱实业报国之志,为推进中国现代化走出了一条新路的只有江北的这个状元,大生一厂就是最初的起点,南通就是重要的实验基地。丁老说,当年张謇进京坐船,从这里出发,路上要好多天,现在飞机几个小时就到了,运河今天的功能已非往昔可比,换言之,在一个陆路交通的时代,唐闸的地理和交通优势已完全丧失,但是这里还是南通重要的工业区。

此行到南通寻访张謇遗迹,最大的收获是,我看到了个人可以如此深刻地影响一个地方,影响历史的进程。有了张謇,南通就有了灵魂。归途和出租车司机聊天,正好他是张謇故里常乐镇人,他感叹故乡小镇的父母官没有眼光,不懂得打张謇牌。我说海门市也是,没有把张謇当作自己的名片,将张謇的遗迹保护好，也许在他们看来这是文化工作，不会马上带来经济效益，不会创造政绩。确实，文化不是直接的生产力，它是潜移默化的，不是立竿见影的。但文化的作用是长远的，是真正有生命力的。一个张謇能为故乡带来什么乃是不可估量的。司机还告诉我，有老奶奶告诉他，小时候见到张謇回家，是乘独轮车来的，不是坐轿子。还说张謇生活很简朴，为人谦和。

第二天，我乘坐的汽车要从轮渡过长江。大江东去，浩浩汤汤，江风吹动着船上的旗帜，这是在其他地方很难体会到的。在一个不再依靠水运的时代，南通靠江带海的地理优势已完全消失。不过，司机告诉我，南通的跨江大桥正在建造，用不了多久就会通车，那天正好江面雾大，我没能看到远处的大桥工地。我不知道，张謇耗费大半生心血的南通是不是还能找回当年的自信和骄傲？张謇开创的近代工商业传统能不能在这块土地上发扬光大？张謇留下的丰厚的文化遗产还有多少人在意？

2007 年 3 月 5 日于杭州

重庆到宜昌：访卢作孚遗迹

嘉陵江与长江汇合处的朝天门码头早已失去往日的繁华，在江潮起伏之间，今天的人们也许很难想象，在依赖水路交通的时代，这个码头对于重庆，对于四川甚至对于中国的意义。那个时候，归航与起航的船舶熙来攘往，长鸣的汽笛声、装卸货物的起重机声、上下客船的鼎沸人声……如同潮水般包围着这个码头。

卢作孚创立的民生公司大楼就在朝天门码头不远处，可惜，那幢见证过历史沧桑的大厦已消失了。赵晓铃是研究卢作孚的专家，写过《卢作孚的梦想与实践》，她带我到老民生大楼的旧址去看，现在那里是一家医院的宿舍楼。附近街上还能看到几幢民国时代的老建筑，有银行，有商业大楼，或西式，或中西合璧，依稀可以找到一点旧时的影子。这一带是重庆市的中心，可以想见，当民生公司鼎盛时期，多少达官贵人、名流大亨都来过这里，或参观，或演讲，车马往来，冠盖云集。新民生公司重建的民生大厦，与老民生大厦旧址近在咫尺，爬一个坡、转一个身就到了。在新华路上仰望新民生大厦，我心想，这或许也算是对历史的一种安慰。

卢作孚出生在1893年，和毛泽东、梁漱溟等同龄，是二十世纪前半叶实业报国的代表人物，他是一位苦干、实干的人，又是一位知行合一的人，有思想、有办法，肯动脑子，能下死工夫，在他身上，我们可以看到比他年长四十岁的张謇的影子，但他和拥有状元功名的张謇不同，他没有学历，完全是自学出身的一介平民，他要办实业因此也就难度更大。何况他创业是在1925年，没有赶上什么最有利的时机，等到十多年后，民生公司有了起色，成为长江上不可忽略的航运力量时，又遇到了抗日战争全面爆发，可以说卢作孚生不逢时。但是他硬生生在波涛汹涌的长江上，在同样波诡云谲的大时代里闯出了一片天地。他被称为没有钱的大亨，没有学历的学者，不追求个人享受的现代企业家。来自不同社会阶层、持有不同政治立场的人都对他表示敬意。

去重庆寻访卢作孚遗迹，产生这个念头已经很久，今年四月终于成行。因为赵晓铃大姐的帮助，我搭上了民生公司的顺风车，那天，正好对卢作孚研究有兴趣的宜昌地方志办公室主任朱复胜先生来重庆，我和他们结伴同行。第一站，我们先去合川看卢作孚创办民生公司时第一次开会的地方和他的故居。合川在嘉陵江边上，以前是个县城，现在是重庆的一个区，从重庆新华路的新民生公司出发，有高速公路，不再像当年总是走水路，民生公司拥有第一条船，开辟的第一条短途航线就是合川到重庆，然后一步步发展起来。当地的土特产以桃片最著名，卢小时候家贫，兄弟几个卖桃片做学费，成了切桃片的能手。到了合川城里，不是很繁华的样子，沿着有点潮湿的石阶往上走，石阶缝长出了青苔、青草，感觉有点旧电影里常见的那种小城风貌，药王庙在一个比较高旷之处，紧挨着老城墙的门洞。庙宇的大门看上去有点气派，门洞上面的尖顶带有点西洋风格，不像寻常的中国庙宇，只是有点摇摇欲坠，是个危房了，上面钉了块红字的牌子："此处危险，请勿逗留"。陪同我去的赵大姐告诉我，她上次来的时候，大门两边的"民生"二字还很清晰，现在因为年久风化剥落，斑驳得不大看得出来了。她记得这两个字是蒲伯英写的，蒲伯英就是蒲殿俊，清末四川咨议局局长，既有进士头衔，又曾留学日本，在保路运动中被捕入狱，辛亥革命后做过四川都督，书法很有名，据说他晚年回故乡，是以卖字为生。卢少年时代在成都求学、自学，参加过保路运动。清末在四川大有影响、造福川人的几个历史人物周善培、蒲殿俊等对他都有影响，特别是周善培，非常赏识他。梁漱溟回忆第一次听说同龄人卢作孚，是在"五四"前后周善培的家里，周对卢的人品才干竖大拇指，那个时候，卢还没做出什么惊人的事业。卢对周也是非常钦佩，四川第一个轮船公司就是周在1908年办起来的。十几年后，多年怀抱教育报国梦的卢身无分文，却决心投身实业，选择了航运，办起民生轮船公司，不知道是不是受到周的影响。

　　我们走到药王庙门口的时候，大门紧闭，陪我们去的民生公司研究室项锦熙主任已来过多次，他敲门、喊人，听到喊门声，里面的狗叫了，然后有人来开门，原来里面还有住家，我们进去一看，房子破烂，勉强遮风避雨而已，问朴实的主人和卢作孚、老民生有什么渊源，回答是没有什么关系。药王庙残存的破房子边上，还有残墙断壁，里面还种了一丛芭蕉，这就是卢作孚和民生公司"创世记"的地方，他最初办的合川电厂就在这里，民生公司第一次筹办会也在这里，据说1926年以前这里就是破破烂烂的，过了八十多年，还能幸存下来，已经很不容易了。就是在这里卢作孚迈出了实业报国的第一步，从一条七十多吨的微不足道的小船开始，在十年间发展壮大，以小搏大，合并了许多轮船公司，最后从长江上游进入长江下游，成为举世瞩目的一个民营轮船公司。和其他许多实业家不同的是，从始至终，卢作孚从来都不是老板，本人并没有多少股份，他和民生公司的成功靠的不是资本，而是经营思想、埋头苦干、实干的精神，靠的是律己之严，待人之诚，他的人格魅力吸引了、感召了大批年轻人，由此形成了凝聚力。八十多年前，他们在这个破庙创业之初，立下的那些规矩就足以令后人感叹，比如，身为总经理拿的是微薄的工资，船上技术人员的工资比他要高。这个规矩后来被沿用下来了。比如，从提高服务质量入手提升竞争力，在嘉陵江、长江上站住跟脚，这是当时其他的轮船公司做不到的。比如，定期航运，守时守信，这些规矩的确立，要比资金的运作更重要，更有生命力。

　　我走到庙附近一个高处，青草长得很茂盛，黄色的野花开得很闹，有点荒野的感觉。庙内与破房子构成鲜明色彩反差的是春天的树叶，还有一丛叫不出名字的花，我产生了一种历史的苍茫感，历史是由独特的个体生命创造的，个人是历史中最有魅力的因素。 因为卢作孚，一个寻常的破庙也能散发出如此诱人的光芒，一片荒废的草地也能让人如此留恋。

离开药王庙，我们去找卢作孚的故居，转了几条街，穿过一条泥泞的小弄堂，到了一处破败的老屋前，有三五个老人在择菜、聊天，卢当年就出生在这里，在这里成长，他的房子到现在都还有人住着，格局没什么变化，因为主人出门不在，房门锁着，我们没法进去看一眼。 这是个木结构的房屋，从外观可知，房子低矮、潮湿、幽暗，甚至散发着一些霉味，毕竟是一百多前的老屋了。 卢家的面积也很小，只是堂屋的一边，中间的厅是几家公用的，门前的天井里长了青苔。 七八十岁的老人对我们这些陌生人很热情，她们在这里住得很自在，很开心。 有个老大娘告诉我们，她小的时候见过卢作孚，为此她很感到几分自豪。 也许世人很难想象，这样一位声名显赫的实业家，即使事业成功之后也没有给自己的故居好好修一下。 离开卢家老屋的时候，老大娘还一直送我们到路口。

嘉陵江边以卢作孚命名的广场上，有个卢作孚的雕塑，底座是个大大的地球仪。 卢作孚曾经造福合川，故乡人是不能忘记他的。 他在创业之初先在这里办了电厂，让古老的小城有了电灯，后来又通了自来水，这在当时都是领先的。 最初支持他办民生公司的人也都是合川的同学、乡人，民生公司的起点就是在小小的合川。 眼前嘉陵江水依依流动，目睹了多少兴亡成败，卢作孚的出现也许是这一方水土对于中国最大的贡献。

我们从合川直到北碚，这是抗战期间名闻中外的文化城，复旦大学、中央大学等许多重要大学都迁到这里。 更重要的是，卢从1927年开始在这里进行的建设，北碚建设和民生公司是他一生留下的两大遗产。 他把北碚这块盗匪出没、混乱无序、落后贫困的地方，变成了一个举世瞩目的乡村建设模范基地，刷清盗匪，建学校、办工厂、修公园、开煤矿、造铁路，在他的规划下，图书馆、医院、防疫所甚至科学院、博物馆都出现了，从经济、文化到社会各个层面，全方位地进行建设，没有多少年时间，一个落后的乡村就成了初步现代化的小城镇。 他的毅力、魄力和才干受到普遍的敬重。 已经有学者注意到，与同时代的乡村建设，比如梁漱溟在山东邹县、晏阳初在河北定县、陶行知在江苏晓庄相比，他在北碚的建设是最有成效的，和他们只是注重教育不同，卢重视经济和社会建设，不仅仅把目光停留在教育文化层面。 尽管他也非常重视提高民众的识字率，提倡文化教育。 赵晓铃大姐告诉我，北碚放电影，峡防局有八十张免费的门票，卢作孚就拿这个电影票做奖品，来奖励当地的民众，认多少字就可以得到一张票。 还拿这个票作为灭鼠、灭苍蝇的奖励，可以拿死老鼠、死苍蝇来换。

北碚建设和民生公司如同是卢一生事业的两个翅膀，北碚建设和民生公司可以说是相辅相成、相得益彰的两个事业，相通的是他对人的训练的重视，在那个时候卢作孚就提出了"人的现代化"这个口号，北碚建设是从建立少年义勇队入手的，民生公司训练水手、茶房、财会人员等也都集中到北碚。 民生公司从他本人开始，上上下下穿的"民生服"，就是北碚的纺织厂自己生产的麻布。卢接任领导北碚建设的峡防局长，是在1927年，比创办民生公司稍晚一些，但收效更快。我们爬了几处山坡，转了几个弯，到了当年他的峡防局办公室，是利用一个庙宇之类的旧建筑，北碚的很多公共设施最初都是利用旧庙宇搞起来的，当地老百姓担心惊动神灵，带来惩罚，颇有意见，后来见一切平安，也就接受了。在这里可以俯瞰江面，位置很好，房子看上去却已摇摇欲坠，好像也是危房的样子，不过现在里面还有住户。屋外的路上满地黄叶无人扫，处处都显示出一片衰败迹象，想想当年，这里曾是北碚建设的指挥中心，北碚的心脏，充满了生气和活力，如今当然不可同日而语。

我们来到当年的中国西部科学院，它掩映在一片绿树之中，这个西部科学院和西部博物馆算得上是卢作孚的大手笔，在全国都是领先的，显示了他的眼光和远见，大大提升了北碚建设的层次。在上个世纪三十年代初，一家以民间力量建起来的科学院，即便放在今天，也是令人感佩的。主体建筑"惠宇"是军阀杨森捐的款，经费基本上来自各方捐款。卢作孚本人有了点钱，也都捐给北碚的科学和教育事业，比如他在一些企业有兼职，得到车马费，每次单子送来，他总是写上"捐中国西部科学院"、"捐兼善中学"、"捐瑞山小学"等，随手就捐出了，而他家里，完全靠他的一份工资生活，过得并不宽裕。当时，他还请了许多专业的科学人员在这里从事科学研究，与许多第一流的科学家都有交流，鼎盛时期科学院有四个研究所，包括生物、地质、农林、理化等，做了许多有价值的研究工作，比如大量的动物标本、植物标本现在仍被保存了下来。 动物标本已陈列出来，民生公司研究室的龙海副主任带我看了一遍，有些标本制作得极为精致。 展馆门口那张中国地形浮雕图几乎吸引了我们所有人的眼光，那是地质学家翁文灏的一个学生制作的，据说是中国最早的一幅地形浮雕。

在西部科学院，我们看到一处整齐的平房，就是他曾经工作过的办公室，比起合川的药王庙，和峡房局，这是我看到的他最像样的办公处。 不过一路走来，我处处能体会到，对于卢这样的理想主义者来说，任何物质条件的束缚都不足道，在生活上，他甚至有些清教徒的色彩，律己之严，生活之简朴都是后人难以想象的，如果说这是因为他贫寒的出身，吃得起苦，那也未必。如果说他不懂生活，不懂享受，也是对他的误解，他对休息、休闲有自己独特的体悟，他在北碚建起的公园就是最好的证据。

北碚处于嘉陵江小三峡，自然环境很好，卢作孚借助地势和温泉，在江边修建了全新的温泉公园，当年中国科学社曾在温泉举行过年会。 北碚公园是依山而建的，紧挨着北碚公园有新辟的"作孚园"，现在卢作孚的墓也在山顶上。 山脚下的小红楼就是北碚图书馆。 山上有著名的"清凉亭"，说是亭，却不像四边凌空的亭子，而是一个精巧的二层建筑，是当地人民为感谢他的贡献，在他母亲六十岁生日时修的，原名"慈寿阁"，他不愿接受，后来请林森写了"清凉亭"三个字。 不过，这几个字找不到了。 抗战时期，教育家陶行知入川，这里成为他夫妇暂住的地方，在这里做了大量有益抗战的工作。

卢作孚不仅是个实干的人，而且是个肯思想的人，北碚几乎就是按他的理想蓝图设计的，一个成功的实验基地。可是谁能想象，北碚那么多建设，几乎是在没有经费的情况下搞出来的，这也是个奇迹啊。卢作孚常常是边干、边筹款，很好地利用当地军阀，让他们出面、出钱，开辟温泉公园时就是这样，那里现在还有一块很大的石碑，上面镌刻着当年的募捐启事，其中说："温泉前瞰大江，后负苍岩，左右旷宇天开，林木丛茂……学生可到此旅行，病人可到此调摄，文学家可到此净养性灵，美术家可到此即景写生，园艺家可到此培植林圃，实业家可到此经营工厂、开拓矿产，生物学者可到此采集标本，地质学家可到此考察岩石，硕士宿儒可到此勒石题名，军政绅商，都市生活之余，可到此消除烦虑。"在这个启事上列名的几乎都是当年显赫一时的川系军阀，包括刘湘、杨森、邓锡侯、刘文辉、田颂尧、王陵基、王赞绪、潘文华等。卢作孚想了一个办法，谁捐钱造的房子就以他的名字命名，公园里有一处叫"农庄"的别墅，是川军一个师长陈书农捐的款，卢作孚的事业从合川开始，和陈有一定关系，此人曾驻扎合川，是个比较开明的军人。还有一处茅庐名为"琴庐"，就是最终支持他办民生公司的合川人郑东琴捐款的。

离开北碚已是下午不早了，一天下来，非常的疲乏。未能在北碚多呆些时间，慢慢地看，细细地看，我心里未免有些遗憾。

告别重庆，我先到了涪陵，然后再到万州，从万州坐船到宜昌，据说这是唯一的一条捷径，是最快的，六个小时就可穿越三峡。 只是今天的三峡平静如湖，再也没有当年的惊涛骇浪，再也体会不到民生船只进出三峡时的艰难，毛泽东"高峡出平湖"的理想算是实现了。 在长江水面上，我遇到了很多上水的货船和观光游船，只遇到一只新民生的货船，好像是"民蜀"号，上面装满了集装箱，我还是禁不住有点惊喜，虽然新民生已不能与老民生相提并论，但看到民生的标志，看到还有"民"字号的船只依然出没在长江上，我内心还是有几分欣慰。 船未能直接抵达宜昌，而是在三峡大坝下船，换汽车，说是水陆联运，到宜昌已经是黄昏时分。

第二天早上，在宜昌方志办主任朱复胜先生和黄波兄的陪同下，我先看了民生宜昌分公司幸存的一排仓库，砖头建筑的坡顶平房，看上去比较结实，现在还有单位在使用。 民生分公司的老房子已没有了，我们去了卢经常去的报关行，那个台阶曾留下他的背影。 房子是西式建筑，保存完好，现在还是招商局的办公地。

到了长江边的码头，那是中国抗战史上演出过"敦刻尔克大撤退"的地方，不过码头已找不到什么形迹，只有对岸形似金字塔的山依旧，叶圣陶过宜昌入川，写过几首诗，其中就有"对岸山如金字塔，泊江轮如旅人家"的句子。 朱先生主编过一本书《宜昌大撤退图文志》，其中收集了许多知识分子过宜昌时的故事。 那时的宜昌街道都不宽，一下子来了那么多西迁、等待入川的人流，街道显得特别拥挤。 朱先生领我们去看了一条还没有拆迁的老街，窄窄的，依稀可以想见抗战初期大量难民云集宜昌的情形。 面对大撤退的人流，宜昌曾不堪重负，何况天上还有日机的轰炸。 长江沿岸，当年更是堆满了等待西运的物资，其中有大量工厂的机器设备，汽油、炸弹、炸药等军用物资，不夸张地说，中国兵器工业、航空工业、重工业的一点生命几乎都在这里了。 卢作孚称之为"战时运输中最紧张的一幕"。 宜昌是入川的咽喉，那个时代，从宜昌到重庆的长江航线，就是一条生命线，几乎是唯一的，民生公司的重要性也是不言而喻的。

如果不是凭着民生公司这家民营企业上下齐心，如果不是卢作孚的才干、智慧和勇气，我们无法想象，大量的物资、人流是如何通过惊险的三峡顺利入川的。 1938年秋天，武汉告急，离枯水期只剩下四十天的时间，要抢运大量滞留宜昌的重要物资，这在当时是个巨大的难题，几乎是做不到的，但他做到了，他精密计算，分段航行，日夜不停，最大限度地发挥民生公司的运输能力，调动所有力量，奇迹般地完成了这个难题。 那个时候，三峡不能夜航，只能白天行船，晚上装卸，宜昌因此见证了有史以来没有见过的大场面，码头上彻夜映照着灯光，工人的号子声、汽笛声、起重机的声音、江水拍岸的声音……在一个民族危亡的时刻，融会成了一曲最最动人的交响曲，此情此景曾经让卢作孚自己也感动不已。 七十年后，我来到宜昌，在长江边上，在叫做"九码头"的地方，试图寻找当年的痕迹，感受那场惊心动魄的"敦刻尔克大撤退"，大江截流之后，这一段江面已失去往日的气势，显得宁静而安详，停泊在江中的轮船，和来往船只似乎都很从容乃至悠闲，岸边的行道树上，连绿叶在春风中飘动的姿态都很舒缓，再也体会不到大撤退时的那种紧张、焦虑和激情。不无遗憾的是，这里竟然连一块大撤退的石碑都没有。朱先生告诉我，宜昌市政府已计划在这里建一个雕塑群，纪念那段不能忘记的历史。

2007年5月

海盗和核电：风云三门湾

这是我第一次来到浙江三门，此前对这个靠山临海的小县所知甚少，只知道那里的青蟹很有名，离我们家不远原来有一家"三门湾酒店"，生意红火，天天食客盈门，据说大半是冲着那里的青蟹、小海鲜去的，前不久迁到别处去了，那段路也因此畅通了不少。 在各地纷纷造"节"的热潮中，两年一度的"三门青蟹节"也举行了两届，今年没有青蟹节，但我去的时候正值秋天青蟹肥时，少不了要尝一尝青蟹的美味，果然与别处的蟹不同。 以前默默无闻的三门沾了青蟹的光开始为外界所知，"三门青蟹，横行世界"，"三门青蟹，横行霸道"，是印在一些包装盒上的广告语，听说也是当地政府提出的口号。

当然三门不只是有青蟹，从宋室南渡到明朝覆亡，从戚继光抗倭到张苍水抗清，几代王朝的浮沉，多少英雄曾在那块古老的土地上洒下过热泪，孙中山的目光也投向过神秘的三门湾。 千百年来，那个离陆地只有十几分钟水程，可以把汽车渡过去的蛇蟠岛曾是海盗出没的大本营，上演过许多鲜为人知的海上活剧。

车到海边，等待轮渡，海风吹来，近海的芦苇已有秋天的意味。 我对海一直怀有一种特殊的感情，常常向往着面朝大海，在茫茫无际的海洋面前，我会感到灵魂的宁静。 不过那天雾气很重，视线被雾遮没，看不大远，浑浊的大海在脚下显得恭顺。然而旁边坚固的海堤提醒我们，大海有发怒的时候，几乎年年都有、今年尤其多的台风，让生活在海边的人们感受到了海的威力。八年前的一场台风曾夺去了九十多人的生命。在痛定思痛之后，他们用高昂的代价筑起一条据说可以抵御五十年不遇的台风的坚固石堤。当地人说，每走一步就要一万元的造价。在人与自然之间，有许多至今没有解决的问题。

一上蛇蟠岛，扑面而来的就是一股咸湿的气息，岛不大，只有几千人口，山也不高，树木长得稀疏，不过山里面却都藏着人工采石留下的一串串洞穴，洞外有洞，洞洞相接，整个山体仿佛都被凿空了。我们去的那一处已被开发成了"海盗村"，对于农业文明中浸染成长起来的大多数中国人而言，海盗文化无疑是陌生而神奇的。元末的方国珍、明代的王直、明末清初的郑芝龙这些名字我们也许并不是第一次听说，但真正将他们放置在海洋文明的背景下，从中国人向海洋讨生活，从近代以前的海上贸易这些角度，对他们进行认真研究的进程还没有开始。

"盗亦有道"，海盗在中国历史进程中到底扮演过什么样的角色，海盗文化中包含了哪些有可能走向新文明的因子，都值得思考。明代的王直就是个颇有争议的历史人物，他亦盗亦商，对于海上贸易有很多独到的见解。然而，在一个片板不许下海的农耕时代，他选择的海上冒险生涯注定了是在刀头舔血，是普天之下、莫非王土的大明王朝所无法容忍的，他与日本的关系更使他的身份被打上了特殊的记号。

往事越千年,穿行在那些历代先民开采石料留下的整齐洞穴中,洞外海风轻拂,洞内却完全是另一个世界,有些洞穴据说确实曾是当年海盗的窝。登上山顶,有一个"绿客亭",是新建的,当地人告诉我们,在台州方言中,强盗、海盗都叫做"绿客",从字面上看,大概是"绿林豪客"的意思,其中并无贬义,这是民间的看法。据说这个不大不小的岛屿最初叫做龙蟠岛,某朝皇帝专门下了一道圣旨改名蛇蟠岛。从山上望下去,海岸边围塘里到处都是养殖青蟹和其他海鲜的水洼,一派悠闲从容的气氛。现实中的蛇蟠岛离海盗文化已经十分的遥远。然而,在鸦片战争的大炮打开中国的国门之前,我们的海岸线上,至少在东南沿海一带,长期以来都是海盗称雄的世界,这是一个基本的事实。一个民族世世代代佝偻在土地上,不敢直面辽阔无边的海洋,注定了衰落的命运。

1916年8月,袁世凯死后,孙中山结束第二次流亡生涯,回到祖国,曾在东南沿海一带做过一番比较仔细的考察,对三门湾给予了很高的评价,以后他在著名的《实业计划》中提出三门湾以北的石浦可以建成"东方第九渔业港"。

十九世纪末,三门湾差一点成了意大利的租借地。进入民国之后,南洋华侨曾经想建设三门湾模范自治农垦区。最早计划投资开发三门湾的是实业家许廷佐(1882—1941),他是舟山人,幼年丧父,经一位传教士介绍,少年时到上海一家外商饭店打工,勤敏好学,服务周全,不到十年,他就利用辛苦积攒的小费在上海百老汇路自办了益利饭店,生意日益兴隆,他又创办了益利汽水厂、益利五金店、益利拆船打捞公司等。1922年，许廷佐和朱葆三合资购置"舟山轮"，开辟上海——定海——穿山——海门航线。1926年，他创办生产力利轮船公司，有两艘轮船往来于上海——定海——温州航线，1929年，又开通了上海——定海——三门湾航线。

也就是这一年，许廷佐发起组建"三门湾开埠公司"，自任经理，聘请比利时工程师进行设计，拟定了开放三门湾的宏大计划中，包括筑十里防洪堤，围涂十六万亩，建三门港，修建三门到义乌的铁路，以及三门到宁波、杭州、温州的公路，同时办造船厂、机械厂、采矿场、飞机场等等。第一期需资金300万元，他本人以私产抵押，借政府公债50万元，准备在三门湾大干一场，他先建起益利码头、堆栈、旅馆，"益利号"轮船往返于上海与三门之间，成为海上热线。上海商人闻风而至，有百余家计划到三门挽投资，渔盐、商贸、垦牧等都已铺开。

当年秋天，当满载百货、机器设备的"益利号"进入三门湾时，被十多只海盗船包围，船上货物被抢劫一空。经此一劫，商家裹足，资金不继，工程停顿，许廷佐忧愤成疾，失去了雄心壮志。三门湾开发计划从此搁浅，这一搁至少就是七十年。

三门县城离海边就很远，以前大概没有想过建成一个滨海小城，还是一种内陆型的思维，再看看当地政府现在提出的开发建设"三港三城"的思路，我们不难想见，三门人开始意识到靠海的优势，大海的重要性。当年，实业家许廷佐在构想三门湾开发计划时，也许做梦不会想到这里会出现一座核电站。

离开蛇蟠岛后，我们到了正在建设三门湾核电厂的工地，那一片地方正好是三面环海、一面靠山的半岛，像一个猫头，猫头山、猫头洋等地名都由此而来，地理上相对独立，加上天然的地质条件，早在上个世纪八十年代就被国家选中作为核电厂址。附近村落人口不多，有些已经迁移，剩下的不久也要离开。这里的渔民祖祖辈辈都以出海捕鱼为生，我们遇到一个还没有迁走的老渔民，一脸的沧桑，说起孩子和家里的捕鱼船，已远去江苏南通附近的海域捕鱼，三门湾一带不太能捕到鱼了，传统的渔业面临着新的变化。说起生活，他觉得渔民过得还可以，一般几户人家合伙买一条渔船，雇佣外地民工帮忙。

看着被炸平的两座山头，看着围垦出来的上千亩海塘，除了增强人类移山填海、向大自然索取的信心，还会产生什么样的感受呢？最容易感受到的是核电项目落户给三门带来的希望，三门人对此引以自豪，对未来充满了美好而朦胧的憧憬。在经济发达的浙江台州，三门属于经济相对落后的地方，主政者对发展经济的热望超过了一切，那种迫切、那种焦虑，对一个栖身商业时代的人来说，都是可以理解的。

第二天，因为去浮门古村，我们又一次经过猫头山的核电厂工地，天上下着雨，站在海堤上，听着海浪的呻吟，海水是那么浑浊，在雨中聆听海的声音，我在想，用不了太久，现代工业文明的力量也许就会打破三门湾古老的寂静，连那种原生态的海浪声都会变得越来越奢侈。

在前往浮门古村的路上，我们的车沿着海边的公路弯曲前行，山和海，海边的人家，海滩，如果是一个阳光柔和的日子，如果大海是蔚蓝的，那就是最好的风景。一路上，当地的司机和我们念叨着三门民风的淳朴，说来自各地的打鱼船遇风浪到三门这里避风，总是能得到友善的对待，而且从来没有听说本地渔民和外地渔民在附近海域发生纠纷、打架之类。

路过健跳江，已架起了造价7800万元的大桥，成为三门当地的标志性建筑物之一。江名"健跳"，同行的一位朋友马上想到了遥远的虎跳峡，猜想这条江最狭处也如同一个健壮的人一脚能跳过似的，不无道理。江又名琴江，传说中，这是金兵南下、仓皇南逃的宋高宗赵构投琴之处。当地拍的一个记录片《琴江问海》就将这个故事演绎了一番。江又名浮门江，与浮门村就联系在一起了。

老实说，当我听说浮门古村有一千五百年的历史，我对那里是有所期待的，我想至少有些老屋能找到一些岁月沧桑的痕迹。然而，车一拐进村子，我就感觉不对，与我的想象差距太大。吸引我来到这个小村庄的是这样一个故事：南朝宋齐梁陈，陈被隋灭后，曾风云江南的陈霸先后裔南下逃难，船上还带有太湖石，先是浮海到了临海，再到三门的牛头洋，拐进港湾，沿江而上，正好潮水一直涨到五峰山脚下，他们上岸落脚。等到追兵来时，已经退潮，沿江找不到人的踪迹，就此作罢。陈氏后人就在浮门江不远处的这个浮门村定居，繁衍生息。在那个秋雨迷离的下午，当我们走进千年古村时，却已经形迹全无，房子似乎都是最近这些年建的，与普通的小山村毫无区别。

司机直接把车开到了油漆味还没来得及散去的"安住寺"大殿前面，显然是新建起来的。听说这本是陈氏的家庙，供奉陈氏三帝，到了唐代扩建为安住寺，历经千年，香火旺盛，到晚清一场大火之后才逐渐冷落。在司机的带领下，我们径直到了寺院后面的山坡上，草丛中俨然有两块石碑，一块是隶书"古安住寺"几个字，一块是行书"蟠龙山"三个字，都是清乾隆时留下的，有两百多年了。到了寺前，我们没有进去，只是在门口张望了一下崭新的塑像。站在门前，抬头看左边雨中的青山，山势逶迤，还能看到一些有年头的老树，如果说青山不老，大约也只有这座山见证了千年的风雨，一代代陈氏后人的生活。任何一个王朝总要化为灰烬，皇家的后人也免不了回到平凡的生存中，在漫长的岁月里，这个地方的生存环境无疑是艰难的，陈氏后人守护着安住寺，过的却是日出而作的农人生活。祖上的荣华自王朝覆灭的那一刻起，即已成为遥远的旧梦，安住寺就是寄托梦的一种方式。

　　由于管事的和尚不在，我们没有看到相传保存了一千五百年的太湖石。门前没有涧水潺潺，但还能见到如今看来显得十分低矮的石桥，依稀可以想见当年青山绿水的景象，安住寺鼎盛时期，桥就有三座，所谓"三桥连山门，门前着衣亭"。

　　到了村里，我们向村民打听这个村是否还是陈姓居多，村民告诉我们，陈姓几乎都搬到附近健跳镇上去了，这里的姓氏很杂。原来村民们主要以种地为生，现在土地被征用了，主要靠打工，所以村里只有老少，不太看到青年男女，据说都出门打工去了。与靠海为生的渔民相比，靠土地为生的农民生活要艰难得多。秋雨中，整个村落有些幽静，我在想，千百年来，多少世代的农民恪守的那种生存方式是否正面临着挑战？

归途中，司机突然问起一个问题，推动经济发展的主要原因是什么？他自己的答案是："腐败。"腐败集中的资金用来投资，经济才能起来。虽然他对腐败现象、社会不公同样不满，却有着那样一种奇怪的论点，让我想起一些经济学家有关"腐败润滑剂"的观点，这位土地被征用、脑筋活络的农民显然不是从经济学家那里得到的启示，而是他自己的一种观察。我一时无语了。

带着心中的一些疑问，在离开三门前夕，我们专门去了解一下三门的农民专业合作社情况。当地农业局的负责人再三指出，他们搞的不是农业合作社，也不是农村合作社，农民是核心，特别强调专业化程度，现在所有的合作社都是按产业（而不是区域）形成的，比如水产品养殖合作社、西瓜合作社、生猪合作社、柑橘合作社、花卉合作社、芦笋合作社、茶叶合作社等等，其中规模最大、成气候的要数水产品养殖方面的合作社。

我们走访了一家青蟹合作社，社员选举产生的理事长表示，成立合作社确实有很多好处，比如经常组织社员进行专业技术培训，提高专业水准，比如统一打品牌，统一做市场，减少了相互残杀，内部消耗，他们的青蟹品牌已经有统一的包装，市场效果良好，大家都得益。

同时，他也坦承合作社发展面临的许多困难，由于合作社的相关法律还没有出台,现在合作社是在工商局注册的,交税时常常按企业对待,实际上又不是企业,此外在资金积累、申请贷款等方面也都有很多目前尚难解决的问题。 合作社的路还刚刚开始,到底怎么走,确实面临着许多困惑。

三门的农民专业合作社出现得比较早,前身是"农业发展有限公司",一开始不是农民自发搞起来的,而是政府有关部门引导的。 现在当地农业局认可的合作社只有 50 家,但,仅仅在工商局注册登记的就有 120 家。 它们不是股份合作经济,不是股份公司,是生产、加工、销售一体的。 对于合作社的前景,农业部门也有一些担心,他们提出要有几个防止,一是防止合作社成为个别人发财致富、牺牲多数社员利益的工具,也就是担心有些返销大户挂合作社的招牌,实际上不是真正意义上的合作社。二是防止走老路,办成原来的老合作社,类似原来的供销合作社,少数人说了算,资产不明细,资产为少数人所有。 三是防止把合作社办成企业,应该是劳动最多,得益最多,而不是资产最多,得益最多。 三门的农民专业合作社章程有几条硬性规定,生产社员必须在 50% 以上(担心不搞生产、只从事经营的返销大户控制),单个股份不得在 20% 以上(担心有人控股),实行一人多票的民主,也就是一股一票,以生产规模确定股权,按股权设票数,这一规定的意图是既要保护多数人的利益,也要保护少数人的利益,主要就是保护产业的利益。 此外,为了防止同类产业成立不同的合作社,当地的做法一般是搞大合作社,然后再进行分层、分组。

当然，专业合作社的形成需要有一定基础，一是产业基础，有特色，农民有积极性，二是市场基础，要有品牌，要开拓市场能力的人。　分散的农民如何走出一条新路，创造自己的生活，这在一个农业人口占绝对比例的古老大国，是一个不得不直面的问题。　现在没有农会，农民如何维护自己的权益，新型合作社的出现在解决农民经济问题的同时，是不是也为他们的权益保障提供了一种可能性。　从这个意义上说，包括三门县在内，全国各地的专业合作社，他们的探索都不是无益的，尽管还是在尝试、摸索阶段，许多做法都还没有成熟。　三门的问题也是中国广大的农村面临的问题。　告别三门的时候，天上依然下着雨，三门带给我的深思还没有结束。

2005 年 11 月

到成都寻找历史

　　火车快到成都的时候，我发现车窗外的田野、草木，所有自然景色和我熟悉的江南接近，下了车是个阴天，有点闷闷的，有人告诉我，成都的天气常常就是这样，盆地的湿气重。 虽然这是我第一次踏上成都的土地，但，对于这个城市我不仅一点也不感到陌生，反而有几分亲切。 小时候读历史书，读《三国演义》，成都这个地名，以及发生在那块土地上的故事，那些各放异彩的历史人物，早就根植在我的心中。 一句话，这个是有历史根系的城市，不只是一个钢筋混凝土的森林，不只是泡泡茶馆、打打麻将、优哉游哉的地方。 四川一方面由于特殊的环境，蜀道难行，三峡天险，在地理上相对封闭，自成一体。 另一方面，成都平原又是千里辽阔，土地肥沃，是个足以自立的地方，在文化的传承上也相对完整。 诸葛亮当年在南阳的草庐中对刘备纵谈天下大事，分析四川可以成为打天下的基地，以后他们合作果然成就了鼎足三分的事业。 蒋介石在抗日战争全面爆发前的几年间，足迹遍及西北、西南许多城市，最终选择四川作为抗战的大后方，就是看中四川腹地宽阔，物产丰富，教育较为普及，人民文化程度相对要高，而且川人有血性，能包容、接纳外来人口，不排外，因为它本身就是一个移民省份，他们的先人往往都是从湖广等地迁徙过来的。

到成都,当然要去武侯祠看看。然而我一到那里,发现和我心目中的武侯祠大相径庭,我对武侯祠的印象来自杜甫那首千年传诵的《蜀相》诗,那是我小时候就会背的。除了大门进去时,两旁的柏树能让我想起杜甫的两句诗:"丞相祠堂何处寻?锦官城外柏森森。"其他的可以说都很失望,我原以来武侯祠就是纪念诸葛亮的地方,古柏森森都是为他而种,他的前后《出师表》,他留下的"鞠躬尽瘁,死而后已",放在今天都有必要进行重新评价,但我们不能否认,在他的时代,甚至在他身后十分漫长的岁月里,他曾经代表了一种完美的人格范型,世世代代的人们要凭吊、纪念这样一个历史人物,这种心理是可以理解的。

可惜,走进大门,我看到的首先不是"武侯祠",而是"刘备庙",然后才是"武侯祠",后面又是"三义庙",旁边则是刘备的衣冠冢"惠陵",景区名为"武侯祠",实际上武侯祠只是包裹在其中的一个点,而且不是居于中心地位,整个布局还是突出刘备,还是以君为主,臣为次,君臣上下之分非常分明,哪怕诸葛亮名垂青史,也改变不了根深蒂固的君臣观念,改变不了无比森严的等级秩序,君就是君,臣就是臣。从这个角度看,"武侯祠"就是一个典型的范本。后来我和一个朋友说起自己的印象,她的看法也是如此。千年以来,国人坦然接受这样的安排,从内心深处认同这样的安排,这是本民族最大的悲哀之一。

从进入"武侯祠"的大门起,一路上都是人头攒动,游客们津津有味地听着那些关于三国的老掉牙的故事。我试图寻找一些能勾起我记忆的东西,看来看去,也只有武侯祠前那副有名的对联:

能攻心则反侧自消,自古知兵非好战
不审视则宽严皆误,后来治蜀要深思

其实,后人所知道的诸葛亮大部分是从《三国演义》里来的,这是一个被拔高、神化的诸葛亮,与真实的诸葛亮相去甚远,比如舌战群儒、草船借箭、借东风等许多熟悉的故事都是出于文学想象,而不是历史事实。鲁迅先生在《中国小说史略》中,就批评《三国演义》"状诸葛亮之多智而近妖"。一句话就击中要害。

历史中的诸葛亮和文学中的诸葛亮,在绝大多数人的心底里已经不可能截然分开,《三国演义》以及许多戏曲、评书乃至电视连续剧的影响力无疑远远超过了《三国志》等史书。要以现代的尺度来重新看待诸葛亮这个人物,注定了困难重重。我个人内心深处,对诸葛亮的感情就很复杂,我更在乎的不是他被后人神化近于妖的智慧,而是他提供的人格范式。前段时间,对于诸葛亮的《出师表》是不是应该从教科书上撤下来,发生了一些争论。这件事的起因是中共西安市委党校的一个教授胡觉照写信给教育部教材司,建议将《出师表》从中学语文课本撤出,以另外一篇古人的奏折《止战疏》来替代,理由是诸葛亮对战争、暴力缺乏认识,对敌我力量的对比了解不足,一心只想报刘备的知遇之恩,不顾九十四万蜀人的利益,贸然北伐,发动战争。 感动千古的《出师表》只能证明诸葛亮的愚忠和缺乏自知之明。 这个建议引起了媒体和中学语文界的关注。 我先是在朋友郭初阳的博客上看到的,这位在语文教育上卓有建树的中学教师说,《出师表》的废留,之所以引起整个社会的关注,一方面也可以说明社会整体观念的进步,我们谈论诸葛亮,其实跟诸葛亮无关,只跟我们的观念有关。 一部文学史,对忠而受重用的"诸葛亮人格"咏叹不绝,杜甫的"三顾频烦天下计,两朝开济老臣心",陆游的"凛然出师表,一字不可删"、"出师一表真名世,千载谁堪伯仲间"等等所在皆是。 他说2007年的中国,应该是反省《出师表》"忠臣意识"与"诸葛亮人格"的时候了。 我赞同这种反省意识,对于"诸葛亮人格",必须站在现代的起点上进行反省,一个古老民族如果缺乏自我反省的意识,就永远不会有进步可言。 但是,我们在重新审视历史的同时,也不能忘记,评价一个历史人物也好,评价历史文献也好,都应该回到当时的历史情境中,给予同情之理解。 两者之间是可以并行不悖的,对"诸葛亮人格"的反省并不意味着对诸葛亮的一概否定,《出师表》是不是离开教科书不是关键,关键是我们以什么样的价值尺度、什么样的心态来看待它。

在"武侯祠",在刘家帝王之气的包裹中,在三义庙、衣冠冢和刘备庙之间,重读刻在石碑上的《出师表》,我们会有更深的体悟，那是典型的帝王时代的产物，诸葛亮无论有多大的智慧，多大的才干，也只能依托对一家一姓的皇室的忠诚，来推行他的理想，他不可能摆脱时代给予他的限制。至少在他生存的年代，他还不可能跳出君臣思维看问题。当然这并不是他的悲哀。

时序正是春色烂漫时，"武侯祠"的种种建筑也都点缀在红红绿绿之间，但转悠了半天，不仅连杜甫的"映阶碧草自春色，隔叶黄鹂空好音"的自然美丽没有体会到，更感受不到"出师未捷身先死，长使英雄泪沾襟"的那种悲怆境界，我的心中难免生出一种失落感。

到"杜甫草堂"，门票和武侯祠一样都是六十元，我的失落感也一样的强烈。草堂当然是新建的，大部分的建筑物都没有多少历史，小时候会背诵的《茅屋为秋风所破歌》刻在草堂前的一块石头上。几个年轻人一边参观1990年代重建的茅屋，一边发感叹说，古代的人对房子功能的安排、分割很合理、很科学。草堂门前的小桥流水，也和其他许多公园一样，没有什么特色。

当年，杜甫在成都浣花溪畔，不仅留下了"八月秋高风怒号，卷我屋上三重茅"的诗句，也留下了许多非常美好的诗篇，比如《春夜喜雨》《江畔独步寻花》等。可惜，相隔一千数百年，我们再到"杜甫草堂"，既感受不到《茅屋为秋风所破歌》中的那种悲凄，也难以找到"黄四娘家花满蹊，千朵万朵压枝低。留恋戏蝶时时舞，自在娇莺恰恰啼"的景致，更体会不到

"好雨知时节，当春乃发生。随风潜入夜，润物细无声"的意境。哪怕今天的花开得和唐代一样美丽，我们也难以拥有杜甫那样的心境、体悟和灵感，不可能写出"晓看红湿处，花重锦官城"的诗句来。唐诗时代毕竟已成过去，杜甫的体验更是独一无二，不可重复。

不过，这一切都并不重要，也不会有多少人在意。重要的是，这个地方因为"诗圣"的存在而成了中国文学史上的圣地，成了历代文人墨客乃至政要权贵流连的去处，他们挥洒笔墨、极尽所能要表达自己对"诗圣"的敬意，或书或画或诗或文或雕，说穿了还是要留下自己的痕迹，类似于"王二到此一游"的心态，追慕先贤一定要将自己的名字留下，并刻在石头上，这是一种中国式的"朝圣"之旅。中国文化在根本上重视的是世俗的功利，是自己的身后名，包括把自己的名字刻在石头上不朽。或者借助先贤的光环，来凸现自己。从这一意义上，这个后人建造的"杜甫草堂"并不是为杜甫而存在的。杜甫生存、栖息过的草堂早已坍塌，对于一个伟大的诗人来说，重要的是他的诗，那些千古传诵的诗篇，有没有草堂，对他并无什么意义。

"杜甫草堂"的附近有一个浣花夫人祠，我进去一看，除了一个塑像，也没有别的，只有推销扇子、手绘工艺品的人们十分卖力。浣花夫人本是浣花溪边普通的农家女，我们只知道她姓任，因为美貌成为西川节度史崔宁的小妾。唐大历三年，泸洲刺史杨子琳乘崔宁不在，发动叛乱，她亲自披挂上阵，招募勇士，平定叛乱，被誉为浣花夫人。遥想当年，满城男人主张投降，独有一个女流之辈挺身而出，捍卫成都。在一个长期以来男权至上、男尊女卑的社会，这是一道怎样壮丽的风景。只是在成都之外，人们很少知道历史上有个浣花夫人。她和五代时代蜀亡于宋时写下"君王城上竖降旗，妾在深宫那得知。十四万人齐解甲，宁无一个是男儿"的花蕊夫人更值得后人记住。她们同是成都和中国的骄傲，成都因为她们而增色。

我在离开"武侯祠"后，并没有直接去"杜甫草堂"，而是先去了天府广场，听说那是昔日的蜀王宫所在地，明末清初张献忠入川，建立"大西"政权，也曾将这里作为他的王宫，并在这里大开过杀戒。我只是想看看张献忠杀人的地方。当地的朋友告诉我，现在的天府广场什么也没有，什么痕迹都找不到了，只有一个毛泽东挥手的雕塑。可我还是执意要去看看，虽然我知道什么也看不到了。果然，到了广场，远远就看见了毛泽东挥手的高大雕塑巍然屹立在广场上，日日夜夜俯视着广场上熙来攘往的男女老幼。那一天，正好天气晴朗，在喷水池和雕塑周围，成都百姓载歌载舞，我想，对她们来说，那不仅是锻炼身体，也是娱乐的一种方式。在一片安乐祥和的气氛中，恐怕没有几个人还记得几百年前这里曾经发生过什么，流过多少无辜川人的鲜血。

张献忠杀人还有一个地方就是成都有名的大慈寺。史料记载，大慈寺本有上千僧人，因为听说寺中藏过一位明朝的宗室，便下令将全部僧人处死。据说在大慈寺前杀了人，尸体都堆在寺里。

青羊宫门前的广场据说也是张献忠大规模杀人的去处，那里现在依然是一个香火旺盛的道观。史载，有一次他在青羊宫杀读书人，一口气杀了上万人，青羊宫门前的护城河前的水都流红了，读书人带的毛笔和砚台堆积如小山。我只是徘徊在青羊宫外，没有进去，附近的河水流得那么缓、那么慢，如同静止的一般，时光不会倒转，三百六十余年，血光闪动，人头滚滚落地的一幕幕已湮没在历史的夜空中。很少有人再去留意那些不堪回首的往事。鲁迅一生中曾多次提及张献忠的嗜杀成性，草菅人命。很长时间以来，张的头上因为顶着农民起义的神圣光环，按照农民起义必然好的逻辑，对于那些血腥气弥漫的史料我们都不敢轻易相信，甚至连鲁迅的话也不敢多提。

离开天府广场以后，我到了人民公园，本来是去寻找当年卢作孚办的成都通俗教育馆遗迹，卢先生是个大实业家、民生公司的创始人，在投身实业救国之前，他曾致力于教育救国，当年川中军阀杨森请他当教育厅长，他辞谢了，却愿意办一个成都通俗教育馆，开启民智，旧址就在现在的人民公园里面，据说里面还保存着一些老房子。我进去找了一遍，也问了一些休闲的老人，他们都不大清楚，有个老人说，老房子好像都已经拆了，只有几棵老树，那个时候就有的。

人民公园和天府广场一样，都是成都市民载歌载舞的去处，不要门票，其中最热闹的莫过于"辛亥秋保路死事纪念碑"前的广场上，数百男女在"文革"前的歌乐声中翩翩起舞，自在自得，那一张张快乐得有点夸张的面容，让人难忘。保路运动是中国近代史上的一个重大事件，是辛亥革命的序曲，它和武昌起义在时间上是衔接的，以往我们的历史教科书总是称之为辛亥革命的导火线，有些史家则干脆认为保路运动才是首义，是结束两千年帝制的一个关键。因为清廷出尔反尔，收回铁路权、借外债筑路的政令，直接与民争利，与民间社会发生冲突，原先由民间集资修路凝聚起来的社会力量，不仅代表了各地中上层的绅士、新兴资产者的利益，很大程度上也得到了下层广泛的支持和同情，修路毕竟是造福一方，所有人都能受益。为了路权之争，在江、浙等地都曾引发官民冲突，酿成风潮，只是没有一个地方像成都一样造成流血，导致许多民众伤亡、许多地方精英入狱，并引发了一场难以应对的保路运动。1911年9月7日，有"屠户"之称的新任四川总督赵尔丰先是悍然诱捕了保路运动的头面人物蒲殿俊、罗纶、张澜等十一人，当民众手持光绪帝牌位、拈香而来请愿，要求释放他们的时候，他竟然下令开枪，死伤累累，死难者中有姓名可查的就有二十六人，伤者达数百人，都是来自社会各界的普通人。第二天，面对城外民众的抗议，再次开枪杀了数十人。由此引发了四川各地民众的武力反抗。"辛亥秋保路死事纪念碑"就是为了纪念被赵尔丰屠杀的民众而建立，见证了保路运动这段重要历史，是成都人民对抗强权的一个象征性建筑，如果没有这块碑，从武侯祠到杜甫草堂，我们将只能感受到一个古代的成都，这块碑的存在意味着成都从古代进入了近代，我们可以看到成都市民社会的成长，看到那个时代民众和精英在争取自身权益时达成的共识，看到阻止社会进步的强权是那么残酷无人性。历史常常是血写的，一块高不过数十米高的碑，其意义远远超过了碑的本身。

在成都，最让我内心深处受到震撼的还是都江堰。我甚至认为，到成都哪里都可以不看，但不看都江堰就是此行有虚。

我到都江堰只想看三个点：宝瓶口、飞沙堰、鱼嘴。三点成一线，构成了一个天衣无缝、完美无比、令人叹绝的水利枢纽。我先看宝瓶口，悬崖断开，在两千两百多年前，火药没有发明的时代，蜀地的太守李冰他们靠的是最原始的方式，就是大火将岩石烧红，然后冷却，利用一热一冷，将山崖推开一个缺口，称之为"宝瓶口"是恰如其分的，清爽干净、让人心喜的岷江水分流之后，其中一支就是乖顺地通过宝瓶口，再去灌溉千里农田，流量因为这个工程而得到了控制，即使洪水滔滔之时，也不会泛滥成灾，淹没下游的田野和村庄。从高处俯瞰宝瓶口，我久久不忍离去，两千来，清澈的江水就是这样平静地缓缓而来，缓缓而去。

离开宝瓶口，为了节约时间，我乘电瓶车直接往鱼嘴，这样一种设计完全来自人类的天才创造，让我们这些生活在航天飞机时代的人都难以想象，一条类似鱼嘴的分水堤无比巧妙地将岷江分成了外江、内江，内江实际上就是一条人工水渠。所谓"四六分水，二八分沙"，古人凭什么如此精确地计算出流量、分洪分沙的准确性？

归途再看了处于内外江中间的飞沙堰,看上去毫不起眼,却具有很不寻常的作用,在枯水期它有拦水进入内江宝瓶口的功能,洪水期有自动分水、排洪到外江的功能,还具有二次排沙的功能。

为缅怀李冰父子而建的"二王庙"里,我看到了李冰的石像,那是一个既有大智慧、大抱负而且脚踏实地的巨人,他的目光穿透几千年,他的笑容如此安详而自信,古往今来那么多的官员,没有人能与他的功业相比。

在我的记忆中,都江堰从来是与万里长城相提并论的一个古迹,其实它不是古迹,是仍然造福川人的一个水利工程。万里长城是一个防御工程,是为了军事目的而修建的,耗费的人力、物力难以统计,但从它建立的那一刻,这个工程就没有起到应有的作用,从来就没有挡住胡人南下牧马,没有挡住女真族的长箭,没有挡住蒙古人的铁骑,也没有挡住满洲八旗兵的长枪。长城更多的是一种摆设,是一种装饰,万里长城上的每一块砖石代表的都是一个古老民族保守型的、防御型的心态,而不是开放、包容和进取。我想,当汉代张骞踏上西域之路时,当唐代玄奘前往印度时,一句话,当这个民族敢于敞开胸怀面对外来文化时,我们是不需要长城的。

长城情结赋予中华民族更多的是负面的东西,相比之下,这个存在了两千年的都江堰,倒是滋养了成都平原的千里沃野,四川之所以能成为天府之国,恐怕和这个水利工程有很深的关系,如果不是以今人都叹为观止的智慧,因势利导、恰到好处地利用了岷江之水，桀骜不驯的大自然不可能长期为人类服务。看着清亮的岷江水，我心中升起的只有敬意。对于跨越古今的伟人李冰，我们的历史书给予的评价是远远不够的。一个民族与其老是去膜拜万里长城，不如把目光转向造福千年、造福千千万万同胞的都江堰，少一点长城情结，多一点都江堰情结，我们就会找到更为真实可靠的文化命脉，找到通往现代社会的路径。都江堰是活的，它不仅属于古代，也属于现代，其中包含着对大地自然的尊重，对科学理性的尊重，对每个人的尊重。

2007 年 5 月

跋：问史哪得清如许

王鼎钧在一篇文章中提到，曾有人问一位史家，能不能用简单几句话说明人类全部的历史。结果他掂出了四句话：

> 上帝教谁灭亡，先要教谁疯狂；
> 上帝的磨子转得很慢，但是磨得很细；
> 蜜蜂采了花粉，却使花更鲜美；
> 当你看见星星时，太阳就快出来了。

这四句谚语，第三句是中国的，其他三句是西方的。第二句尤其让我心动，许多的失望，许多难以释怀、愤愤不平的历史，都可以在这句话中得到安息，慢慢地平静下来，重新获得耐心和信心，重新找回久远的根本的盼望。我们不过处在历史的过程中，磨还在转动，虽然转得很慢，但着急不来，毕竟我们能看见的常常只是现实的表象，我们并不明白历史何以如此。王鼎钧就这句话也有很好的点评："历史上每一件事情，都有远因、近因、内因、外因，历史永远在进行，只是你不觉得。这也正是中国人常常说的天道在冥冥之中。历史上重大的改变虽然来得慢，但是常常变得很彻底，冥冥之中进行的，是一件一件慢工细活。"①难怪德国大诗人歌德充满敬畏地将历史称为"上帝的神秘作坊"。1967年9月的一个夜晚,在台湾阳明山官邸,蒋介石对来访的美国众议员周以德吟诵的就是这四句谚语,只是将第三句放在了最前面。周以德曾在中国传教和行医,他们是多年的老朋友了。②

一

看看近世以来中国的转型,帝制瓦解,共和诞生,袁世凯这个新权威看上去已稳如磐石,就连解散国民党、取消民选国会,都无人可以质疑。因此,他一转念就回到了帝制的老路,也正是这一转念,他的权威就如同纸糊一般被戳穿了。这一切的发生都在短短几年之间,让人眼花缭乱。

袁氏当国,遇上了开创新局的大好机会,不幸他只有旧手段、旧眼光、旧见识,要他往共和的新路上走,真是难为他了。他与留美博士顾维钧关于共和要多久的问答,确乎生动、真实。袁氏是中国的官场里历练出来,见过世面、经过风浪的人,不是天上掉下来的,他与古老帝国的纠缠极深,也是古老帝国一步步造就出来的,典型的中国史中人。

张东荪在盛年思考中国的过去与将来,苦思冥想,为中国求

---

① 王鼎钧:《一方阳光》,江苏文艺出版社,2009年版,第262页。
② [美]陶涵:《蒋介石与现代中国的奋斗》(下),林添贵译,时报文化,2010年版,第664—665页。

出路。 在那个阶级论思潮勃兴的时代，他也以阶级来分析两千年来之中国，认为中国有三个阶级：官是一个阶级（商也好，士也好，都可归在这个阶级），农民是一个阶级，军和匪是一个阶级。 士和官之间并不能划等号，两者之间关系复杂，有矛盾。农民通过读书考试可以成为士，也可以成为军或匪。 他很看重士这个阶级，长远地看，这算是承担责任的一个阶级，也是造就中国的制度、文化和社会长期稳定的支撑力。

　　清末废科举，改学校，学生中的一部分成为革命党，保留了一些士的气味。 辛亥革命却主要由新军起事造成，如果没有新军，光凭革命党，清帝国不可能被撼动。 袁世凯何许人？ 他是官，他更是新军的主要缔造者，在新军打造的新局势中他登上权力舞台的中心，乃是顺理成章的。 他是兵的代表，也是官的代表，几乎无人可以替代他。 曾几何时，"非袁莫属"不是一句空话。

　　帝国的落日中，士的光荣毕竟还没有完全过去，在晚清咨议局选举中胜出的各省议员们，或在民初国会选举中胜出的参议员、众议员，多数可以算是旧式的士或新式的士，他们或是有旧的科举功名，乃至状元（如张謇），或是留学归来，或是出身国内新式学堂（如京师大学堂）。 他们的政治倾向虽各不相同，或是立宪派，或是革命党，但他们中的不少人是有责任感的，那是古老文化赋予他们的士的底气。 可惜，短暂的议会问政岁月，尚来不及淘洗出一批拥有民主精神的士来支撑新生的共和制度。 在长期的帝制生活下，国民性格中不可能养成民主精神,来适应和支撑新的共和制度。 这样的精神也是需要在时间中商量培养的,在适当的土壤中才能慢慢成长起来的。 清帝国开设的咨议局、资政院,民初的国会原本是最好的练习场。 但是,他们需要时间。 就连维系了二千年帝制循环的士和他们所代表的以儒家为主体的价值观,也是在长久的时间中转化为民族的政治文化,以至于游牧民族的统治者也难以改变。

像年轻的"八〇后"宋教仁这样对共和、民主有明晰见解、并有着付诸实行的热忱与能力的新人,毕竟只是少数中的少数,还不足以与袁氏这样的旧人竞争。 袁氏不愿走一条前途不明朗的新路,而要回到熟悉的老路,背后却不乏强大的文化上、思想上的推力,这不仅仅是私人的具体的因素。 整个中国还在新旧交替或新陈代谢的路上,上帝的磨还在慢慢地转,庄稼不会一夜就熟了。

袁氏之后,北洋军人主导北方政局十多年,最后被黄埔军人代表的力量取代,骨子里还是军阶级代替了军阶级。

二十几年过去后,到 1946 年,亲历过辛亥以来中国波澜起伏的变化,以哲学为业的"八〇后"张东荪已是六十岁的人了,其时他的《道德哲学》《科学与哲学》《思想与社会》《知识与文化》等著作已陆续问世。 大半生对国事的奔走和思索使他明白,"如果中国仍走历史上的老路,则不仅中国永远不能变为现代国家,并且中国人亦永久得不着人生幸福。 中国要变为民主却不是一件容易的事。 就是因为这样的文明在中国历史上没有十分可靠的根基。 ……所以中国今后要实行民主政治不仅是一个政治上的制度之问题,乃确是涉及全部文化的一个问题。亦不仅是在历史上另划一个新纪元的事情,乃必是把中国从历史的旧轨道中搬出而另外摆在一个新的轨道上。一班人只知高呼一二声民主以为就可了事;我则以为民主二字愈成滥调,则必致离真正的民主愈远。于是我们的问题便为:要实现民主必须先有一班人而足为这样的文明之托命者。倘使中国没有这样的人们,则纵有数千百万的高呼民主者亦必无济于事。非图无益,反而有害。"①

二

袁氏当国时,"足为这样的文明之托命者"太少了。即便彼时,民国已进入三十五年,又有多少人"足为这样的文明之托命者"呢? 我们当然可以说,这一班人已产生了,张东荪自己就是,刚从美国回来的北大校长胡适之是,北大代校长傅斯年是,民盟中的罗隆基这些人是,正在办《观察》周刊的储安平是,《观察》特约撰稿人名单上的许多人可以算是,吸纳到了国民党体制内的王世杰、雷震、陈克文等人也是……

即使商人当中也有陈光甫、卢作孚这样的人。目睹国民党主动吸纳其他党派改组国民政府,陈光甫一度感到振奋,1947年4月23日晚上对王世杰说:"国民党今日自动取消一党专政,

---

① 张东荪:《中国之过去与将来》,《观察》1946年第6期。

可说是一种不流血的革命。"①他是一位有见识的银行家,上海商业储蓄银行的创始人,对国族深怀期待,抗战期间曾与胡适到美国游说借款。

  他们的政见容或有异,在大的方向却是有共识的。他们中大多数大约都可以算是美国人所期待的中国的民主个人主义者,也是蒋介石想要拉拢,一起共渡难关的政治力量。然而,他们心里未必准备好了去做"足为这样的文明之托命者",时势也没有让他们成为这样的人。何况在汪洋大海般的民众当中,他们不过是少数中的少数。

  时局急转直下,人们看到一切都在往另一个方向演变。历史错过了又一次机会,第二次世界大战之后,作为战胜国的中国在制度更新层面走上了一条和平的宽阔之路。蒋介石苦心焦虑的筹划和努力都成了泥潭中的挣扎,他部下的国民党干部并非可以承担转轨易辙重任的士。那些有一点士之气息的知识分子,放在张东荪的三阶级结构中,我们一眼就能看出他们的脆弱与无奈,他们面对的是另外两大阶级来势汹涌的挤压。二十年前,蒋氏之所以在国民党内胜出,让胡汉民、汪精卫这些人屈居他之下,就因为他来自军这个阶级,在日本是学军事的,黄埔军校类似于当年袁氏的小站,在激荡的革命和战争当中,唯有军才能掌握局面。(毛泽东可以说是新学生,上井冈山,又结合农

---

① 王世杰:《王世杰日记》(上),"中央研究院"近代史研究所,2012年版,第856页。

民，将两个阶级连接起来了，其力量也来自于此。）

蒋试图通过还政于民、兑现宪政的承诺，获得美国的支持，时机不巧，反而加速了崩溃。但他也不是没有任何机会，只是他手下大多数人理解不了他的苦心，包括推荐胡适为总统候选人在国民党内就一边倒地通不过。罗家伦、雷震等人的日记都记着，1948年4月4日他在国民党中央执行会临时全会上痛言，如果大家不听他的主张，不出两年，国民党有崩溃的可能。这番沉痛之语决非戏言。与他同样来自军这个阶级的李宗仁等人，对于时局的判断就与他不同，派系之间的狭隘之见令他深感无奈。

他们诚然缺乏张东荪那样的认识，也不可能安静地坐下来思考更深刻的问题，只能随着时代剧变的风浪颠簸。此前，王世杰在1947年5月4日的感慨是有针对性的："凡在政治上或社会方面负重责之人，往往因日常事务之繁重，不及腾出时间，从容思考，或阅读有哲学性之古今著作。其实最需要细密思考，而且最需要不时从哲理方面，研讨自己之过去与将来之行动者，恰是这些忙而负责之人。"

是年7月9日，他为国民党的无办法而深感悲观，因为"无真正具有公心而且具有现代民主思想之人主持党务"。他也确实意识到国民党这架机器中少了"足为这样的文明之托命者"。像他这样有见识、有才能、有操守的读书人，在蒋介石圈中的作用已越来越小，抗战胜利的欢欣转眼化作了忧愁和焦灼，失败的阴影笼罩在石头城上。7月16日，"近来极消极"的王世杰想到了自己何去何从，想到了总崩溃："盖予今日之选择，一为引退，一为继续尽其力之所能为，以阻止国民政府与本党之总崩溃，不计成败与毁誉。 今日之问题诚然是一个防止总崩溃的问题。"①这要比蒋介石的上述痛言早了八九个月。

三

国民党在应对时代的变局时多有失策，王世杰、雷震、陈克文等人私下在日记里多有议及，蒋介石也并非没有洞悉。 对于1947年匆忙取消中国民主同盟，国民党内也有不同的意见，1948年1月25日，雷震读到《大公报》上一篇批评政府对付自由分子失策的文章，在日记中写下这段话：

> 去年宣布民盟为不法时，余再三说明不可，并谓可候岳军回来再说，不料次晨见报已由内政部发言人宣布其非法，此事处置大错。今日民盟完全由共产分子掌握，在香港大肆活动，沈钧儒为主席，章伯钧副之，如不解散，由张澜、黄炎培等主持，则比较稳健也。②

不仅处置自由知识分子的决策失当，他们对于乡村问题的

---

① 王世杰：《王世杰日记》（上），"中央研究院"近代史研究所，2012年版，第858、873、874页。

② 雷震：《雷震日记》，台北桂冠图书股份有限公司，1989年版，第3页。

严重性向来也不够放在心上。甚至可以说，国民党上层不大留意乡村的困苦。其实，早在1932年茅盾的小说《春蚕》系列和1934年沈从文的《边城》问世时，中国乡村从北到南就已陷入饥饿、动荡的危机中，只是日本入侵的危机太深重了，压倒了乡村的危机，但是乡村危机的后遗症终究要以某种方式爆发出来的，那就是国民党政权的出局。只是包括蒋介石在内，国民党上层的许多人未能及时明白罢了。我再次想起"上帝的磨子转得很慢，但是磨得很细"这句话，生活还在继续，历史也在继续。

"老通宝"们的命运看上去似乎渺不足道，无关大局，他们病死，还是饿死，不会上报纸新闻，除了他们的亲人，甚至无人为他们的死而哀伤。然而，人命关天，任何一个时代在土地上讨生活的人，他们的生死绝不可以忽视，尤其对掌握了政权的人而言。1930年代中国乡村的苦痛字字如血，潜伏着十几年后局势演变的信号。书斋中的张东荪也许未曾留意到这些线索，但他在思考中国的将来时，曾经设想过士的出路只有两条：一是以教育为终身职业，实行职业自治的社会主义，就是组织同业公会来自治；二是与农打成一片。即将在他面前展开的历史是，那在战场上锐不可当取代国民党的力量，走的似乎正好是后面一途。当然，他想象中的"与农打成一片"并不是这样的。老实说，他对乡村的苦难了解甚少，怎样"与农打成一片"他也没有提出具体的思路和方案。曾与他同在民盟的梁漱溟在乡村建设上有十年以上的实践，而且有系统的理论表述，这些静悄悄的努力不幸被日本入侵中断。晏阳初在河北定县、梁漱溟在山东邹平……这些知识分子迈出的脚步，已超越"书斋中的革命"，直接通往乡间地头，无疑他们也是"足为这样的文明之托命者"，只是历史给他们的时间太少了。

1948年5月20日，蒋介石、李宗仁宣誓就任总统、副总统，当天在场的陈克文在日记中记着："天气异常隐晦，细雨濛濛，使人对于时局的前途更加感觉沉郁。老河口、临汾都在这两天失落于共产党之手，市场物价又极度的波动混乱，代表民意的立法院也发生许多幼稚和冲动的言论。"不过，他依然认为，"民主是要学习的，更是要代价的，我们自然不必因此灰心。"当月23日，因行政院院长人选问题，许多人私下非难蒋介石，以为他不够民主，陈克文却不以为然，认为造成僵局的原因更复杂，不能归咎于他一人，国民党和立法院都有责任："我总觉得民主政治的养成，决不是一朝一夕之功，更不是一二人的意见和努力所能奏效的。我们现在才上第一课，只要大家认定方向，耐心向前走，一定可以慢慢走到目标的。"这些思考没有影响过那个时代，却是认真的，也是切实的。

从这一天，到次年南京易手，只剩下十一个月的时间。对于陈克文他们来说，心情之悲凉是可以想见的。1949年4月23日上午，他怀着无限的凄怆悲伤告别南京，留下一声深长的叹息:"呜呼! 国民党的政府竟这样的垮台!"①

但,历史不会在这里戛然而止,历史是一个过程。对于政治人物来说,也许成败就是一切,时间、空间是最大的限制,机会失去了就不再回来。而一个思想者能给予时代的最大贡献则是思想。思想的种子一旦落在地上,即能发芽,长叶,开花,结果。思想是最宝贵的,也是最容易被轻忽、被忘却的。思想不能当饭吃,却常常隐伏着一个民族的生命,连接着过去与将来。张东荪早已过去,他提出的"足为这样的文明之托命者"一说,却是不会被时间长久淹没的,时间只会让他的思想更显出生命的力量来。从袁氏称帝到今天正好一百年,一百年很长,大多数人活不到这个岁数,这是每个个体的"小时间"。一百年也很短,在横穿古今的"大时间"中,真的不算长,上帝的磨子还在转。一切都会过去,只有不该过去的不会过去。

2015年4月14—15日初稿 5月7日、6月16日修改于杭州

---

① 陈克文:《陈克文日记》(下),"中央研究院"近代史研究所,2012年版,第1098—1099、1221页。